扬州大学汉语言文学专业　国家一流专业建设点阶段性成果

涵泳经典丛书

现代文人小品十五家

施龙 著

东方出版中心

图书在版编目（CIP）数据

现代文人小品十五家 / 施龙著. 一上海：东方出版中心，2022.3
ISBN 978-7-5473-1981-9

Ⅰ. ①现… Ⅱ. ①施… Ⅲ. ①小品文－作品集－中国－现代 Ⅳ. ①I266.3

中国版本图书馆CIP数据核字（2022）第045809号

现代文人小品十五家

著　　者　施　龙
责任编辑　王欢欢　王　婷
封面设计　钟　颖

出版发行　东方出版中心有限公司
地　　址　上海市仙霞路345号
邮政编码　200336
电　　话　021-62417400
印 刷 者　昆山市亭林印刷有限责任公司

开　　本　710mm × 1000mm　1/16
印　　张　18.25
字　　数　205千字
版　　次　2022年7月第1版
印　　次　2022年7月第1次印刷
定　　价　65.00元

总序

面对人类命运共同体的宏大构思和伟大实践，中国高等教育如何响应、调整、改革、创新，汉语言文学专业建设如何适应时代发展需求？如何打造一流专业服务国家发展战略？

毋庸置疑，在传统视域下，汉语言文学专业在培育人文情怀、提升国民素质、塑造民族精神方面发挥了重大作用。今天，这样的作用依然重要，但时代赋予了本专业更迫切、更艰巨的使命。讲好中国故事，如何讲？讲什么？谁来讲？如何让“一带一路”沿线国家认同我们，接纳我们，“两情相悦”地合作共赢？需要理念、文化推介而培植民间基础，这一“以文化人”的工程谁来承担？构建人类命运共同体的核心理念无疑是和而不同、文明互鉴、多元包容，这些蕴藏在中国传统文化中的精髓，谁来挖掘、传播？汉语言文学专业具有得天独厚的优势和义不容辞的责任，汉语言文学专业人才无疑是实现中国梦、构建人类命运共同体的主力军。

古今中外，思考、设计民族前进的方向，不外乎在传统和域外之间，结合现实整合调融，进而谱写民族发展蓝图。春秋时期的孔子是这样，清朝后期的康有为也是这样；日本的明治维新如此，欧洲的启蒙运动亦是如此。这种状况启发我们尝试在域外和传统之间探寻汉语言文学专业的教学内容和教学方法，在人类命运共同体视域下思考和设计汉语言文学专业的建设路径和改革举措。

1961 年，大卫·丹比毕业于哥伦比亚大学。30 年后的 1991 年，他成为一个《纽约》杂志的影评人，两个孩子的父亲，过着中产阶级舒适的生活。但在岁月流逝、世事喧嚣中，他似乎感到自己的人生迷失了方向。他在“摇晃”和“厌恶”中不断加深怀旧、遗憾、愤怒，甚至绝望的情绪。万般无奈下，他以自我救赎的方式，重回哥大，用整整一年的时间重修当初的文学人文、当代文明课程，研读荷马、柏拉图、亚里士多德、但丁、薄伽丘、康德、莎士比亚、黑格尔、尼采、康拉德、伍尔夫等西方经典名著。这些作品最直接地触及“人是什么，又应该是什么?”以及人“应该如何在文明社会中生活”这些最重大的主题。大卫·丹比将这一年的教学情景和自己重读的乐趣及发现写成了《伟大的书》。这本书成为《纽约时报书评》1996 年令人瞩目的书，列为中西方高校必读书目。大卫·丹比在与这些经典“历险”时，他那失落的自我一点一点地苏醒过来，在扩大自我、伸展自己时，启发人们从庸俗中解放出来去感受美好和高贵，去倾听那些静谧的、永恒的声音，去孕育一种人所必需的性格的稳固性和明澈性。

2017 年春，《扬州大学文学院史料汇编》面世。通览此书，文学院汉语言文学专业的发展历程与“三教”密切关联。建校伊始，中文系即以“三教”制定规章，组织教学，逐步形成了“教学实践中坚持夯实基础”“教材建设中坚持自己动手”“教师培养中坚持思想引导、能力提升”的以“三教”为主轴的具有独创性的教学体系。“三教”教学体系的建立，使得中文系教学质量不断提高，一大批杰出校友茁壮成长，蜚声海外。如长江学者，国家名师，诗词学专家，楚辞学专家，戏曲学专家，国家重大招标项目、教育部重大攻关项目主持人，全国统编语文教材的主编等。如当代著名作家、著名批评家，鲁迅文学奖、茅盾文学奖获得者，卢卡·帕西奥利奖获得者（与德国著名哲学家哈贝马斯齐名获奖）。如世界美学学会主席、中国现代文学研究会会长、中华美学学会会长、中外文论研究会会长等。所有这一切，都无法割断与“三教”的紧密关联。重视“三教”，是历史提供给未来的最成功的教学经验。

综上，两个案例生动昭示了“经典”在人性伸展、人生成长中的价值和意义，“三教”在人才培养、专业建设中的地位和作用。

21 世纪以来，汉语言文学专业求新求变的呼声越来越高，保守滞后的质疑越来越大，紧跟时代步伐、适应社会需求的期待越来越强。伴随着中国发展的“块头”越来越大，“一带一路”朋友圈越来越多，中国文化的影响必将日益扩大，地位必将不断提高。由此，汉语言文学专业人才培养目标、素质能力必将作出新的呼应和调整。

未来，汉语言文学专业建设路径何在？抓手在哪？人才培养离不开课程，课程内容必须由教材承载，课程、教材必须通过教师开发、讲授、活化、创新。教师、教材、教学，三位一体，相辅相成，相得益彰。毋庸置疑，汉语言文学专业建设必须以教师、教材、教学之“三教”为抓手。

未来，“三教”落在何处？指向何方？古今中外教育实践证明：经典对人的价值观、世界观、人生观有着不可替代的巨大作用；当前，“国学热”“读经热”方兴未艾，经典诵读、经典节目如火如荼，生动诠释了社会、学校、公民前所未有的经典需求、经典呼唤；近几十年的专业教学改革没有找到一个能够将人才培养方案、课程结构体系有效统合建构的支点，唯有经典文本不仅可以将此啮合在一起，还能将教师、教材、教学之“三教”聚焦对接。毫无疑问，未来汉语言文学专业建设需要以经典为中心。

未来，培养模式更加多元开放。在人类命运共同体视野下，“经典”与“三教”的激荡聚合，催生经典文本导读和开放式的问题引导，注意吸取海外汉学研究的先进成果，如《剑桥中国文学史》的叙述方式，《哥伦比亚中国文学史》的一些议题，有助于启发学生在跨文化语境中关注不同文明史、文学史的发展概况，激发学生自主思考世界文学、文化中有关生态、疾病、爱情、战争、死亡等作品的叙事风格，有助于拓展专业人才知识结构的深度和广度，建构多元包容的人文情怀。

由此，我们在江苏省品牌专业和国家一流专业建设过程中，确立“以经典为中心，以三教为抓手”的专业建设路径，动员教学一线骨干教师围绕经典文本申报教材建设项目，组织专家对申报项目认真论证评审，陆续出版“以经典为中心，以三教为抓手”的“涵泳经典丛书”。

涵泳，即多读、细读，精思、深思。《辞源》云“深入体会”，《辞海》曰“沉浸”。即在经典的咀嚼、磋磨、追问中，体会作品的气势神韵、旨趣精髓。“涵泳”一词，早在左思《吴都赋》中已有“涵泳乎其中”的应用，陆九渊《读书》诗中有“读书切戒在荒忙，涵泳工夫兴味长”，程颐《论学篇》中有：“入德必自敬始，故容貌必恭也，言语必谨也。虽然，优游涵泳而养之可也，拘迫则不能入也”。在漫长的历史长河中，“涵泳”一词，或为文论术语，即指文学艺术鉴赏的一种态度或方法，对文学艺术作品的鉴赏应该沉潜其中，反复玩味，以获言外之意，象外之旨。或为读书方法，强调读书的状态和心境。朱熹云：“学者读书，须要致身正坐，缓视微吟，虚心涵泳，切己省察。”曾国藩《谕纪泽》说得更加形象：“涵泳者如春雨之润花，如清渠之溉稻……泳者，如鱼之游水，如人之濯足……善读书者，须视书，而视此心如花、如稻、如鱼、如濯足，庶可得之于意之表。”其将读书时的心境状态比喻为春雨润花，清水溉稻，鱼游水中，溪流濯足，即在一种自然本真的状态下，虚静澄澈地沉浸在浩瀚墨海里涵泳兴味，澄怀味象，方能知其意、得其趣、悟其神。借此，我们将此套丛书命名为“涵泳经典丛书”。期待广大师生在涵泳经典过程中，圆照体悟，宁静致远，拓展情怀，净化心灵，提升境界。

丛书的出版，凝聚了广大师生积极探索中西经典文本资源向优质教育资源转化与开发的热切期待，激荡着社会发展呼唤经典文本价值与人格养成、人性伸展共振嬗变、互动绵延的时代强音，蕴含了对出版社领导及编辑付出辛勤劳动的真挚谢忱。

柳　宏　王定勇

2020 年 3 月于瘦西湖畔

目录

绪论

中国是诗的国度，也是文的国度。中国的散文创作源远流长，“滥觞于先秦，成型于六朝。然自宋代以来，小品文勃然而兴，由古文的蕞尔小邦蔚然而成大国，至晚明而极盛”[1] 的小品文是其重要的支流之一。民国年间，许多作家的散文创作其实多少都受到本土的古典散文特别是小品文传统的影响，而在《浮生六记》等重新标点、沈启无编《近代散文抄》等选本陆续出版之时，周作人在为它们所作的序跋中，其实已经就晚明小品与新文学之间关系多有阐释[2]。1932 年，他在《中国新文学的源流》的演讲和随后出版的同名著作中，都强调了“今次的文学运动，其根本方向和明末的文学运动完全相同”[3] 的观点，这就从历史谱系的角度为新文学与本土的古典文学传统建立了联系。

事实上，作为现代文类之一种的散文，在新文学早期有多种名称，或称“美文”，或称“小品文”，或混称“小品散文”。胡适 1922 年所撰《五十年来中国之文学》就曾提及：

---

1 吴承学：《遗音与前奏——论晚明小品文的历史地位》，《江海学刊》1995 年第 3 期。

2 参见周作人：《苦雨斋序跋文》，止庵校订，河北教育出版社 2002 年版。该集第二部分的《枣和桥的序》《陶庵梦忆序》《杂拌儿跋》《燕知草跋》《近代散文抄序》《近代散文抄新序》等多篇文章，都就此一问题有所阐发。

3 周作人：《中国新文学的源流》，北平人文书店 1932 年版，第 102 页。

> 这几年来，散文方面最可注意的发展乃是周作人等提倡的“小品散文”。这一类的小品，用平淡的谈话，包藏着深刻的意味；有时很像笨拙，其实却是滑稽。这一类的作品的成功，就可彻底打破那“美文不能用白话”的迷信了。[1]

就周作人本人来说，他固然是以英国的小品文（Essay）为立论基础谈论“美文”的，他的小品文理论也可能较多受到小泉八云的影响，但周作人的敏锐之处，在于“发现了西方——特别是英国的 Essay 与中国和日本所设想的小品文的平行不悖”[2]，因此他在后来逐渐转向晚明小品，即本土散文传统中与现代思潮较为接近的部分，就是极为自然的事了。照朱自清的看法，“中国文学向来大抵以散文学为正宗；散文的发达，正是顺势”，但现代散文与传统散文的“精神面目，颇不相同”，所以它也可以认为是对新文学早期“诗，短篇小说和戏剧盛行”的“一种反动”。[3]《中国新文学的源流》的特别之处，就是一方面确立了散文的正统谱系，而另一方面却单独抽出晚明小品，从理论角度奠定了小品文在现代的文坛地位，又与时势相因应。

大体说来，在经过十余年的自由发展之后，大约在 1930 年前后，小品文在散文文类中取得了相当独立的地位，成为其中的一个重要分支，且有附庸蔚为大国之势。需要注意的是，今天同样称作小品，郁达夫与郭沫若颇为不同，丰子恺也与沈从文截然有别，而这种差别虽与作者的气质、个性、文风不可或分，但更与他们各自潜在的身份认同和定位紧密相连。简而言之，郭沫若、沈从文等人的写作较少传统韵味，而郁达夫、丰子恺等人较多保留了传统的文人风情。因此，从现代小品文流脉之中，还可以析出一支文人小品。

---

1 胡适：《五十年来中国之文学》，载《胡适全集》第 2 卷，安徽教育出版社 2002 年版，第 343 页。
2 ［英］D. E. 波拉德：《周作人散文理论与东西方小品文》，赵京华译，《中国现代文学研究丛刊》1988 年第 2 期。
3 朱自清：《背影・序》，载《朱自清全集》第 1 卷，江苏教育出版社 1988 年版，第 30、32 页。

现代文人小品，是“现代”“文人”和“小品”三个词语的有序组合，前二者叠加修饰后者，形成一个统一的概念。不过，小品这一概念本身的内涵和外延就是极为模糊的，何况“现代文人小品”。事实上，如果将“现代文人小品”作为一个专有名词或概念，其内涵可以包括由这三个词语任意随机搭配而产生的丰富意蕴，现代文人、现代小品、文人小品这三重意思都在其中。为了充分说明“现代文人小品”的内涵和外延，绪论就从现代、文人、小品这三个概念入手加以辨析，以对“现代文人小品”作出一个相对妥帖的概括。

一、“现代”与“文人”的现代转型

“现代”首先就是一个众说纷纭的概念，但相较于现代性，它无疑又是一个较为明确的概念。一般说来，现代指的是与中世纪相对乃至相反的一种人和社会的状况。在中世纪，人们依附于大大小小的封建领主，人身权利受到程度不一的限制，而在现代，资本要素的渐次流动，推动民族国家的形成并逐步趋向全球化，所以个人解放思潮开始流行，个人主义思想也发达起来了。就此而言，现代性乃人类社会进入工商文明时代之后，有别于农耕文明的诸种特性。

最近一两百年的历史表明，在科技革命的推动下，生产、分配、消费等多项资本要素在某一地区、某一国家、全球范围等渐次拓展的范围内有序流动，人类社会由此实现了更大范围、更深层次的有效交流，不同的种族、文化、文明之间的碰撞、交汇、融合虽然也带来了许多新的问题，但物质和精神财富愈益由更广泛的人群分享，这是确凿无疑的发展趋势。可以这样说，科技革命带来经济飞跃，经济革命又造成了人的生存状态的改变，这一变化的后果就是人类从此进入现代状态，所以“现代”不仅包括经济生活的变迁，更涵盖政治、文化、伦理、道德等诸多方面的变迁。更值得瞩目的是，人类目前仍然处于不断深化的现代化过程之中，而这就造就了卡林内斯库所谓的“求新意志”：“‘现代’主要指的是‘新’，更重要的是，它指的是‘求新意志’——基于对传统的彻底批判来进行革新和提高的计划，以及以一种较过去更有效的方式来满足审美需求的雄心。”卡林内斯库意图辨析的是审美现代性与社会现代性之间的悖论关系，但当他说“进步的事实没有被否认，但越来越多的人怀着一种痛苦的失落和异化感来经验进步的后果”的时候[1]，无疑在提示我们，“求新意志”的持续不断乃至进入加速状态和在这一求“新”过程中产生的厌倦和怀疑之间的矛盾，正是两种现代性之间的缠斗，而“新”或曰现代作为人的一种状态，本身是客观存在的事实。

现代、现代性在中国语境中具有相当的特殊性。20 世纪的中国出于种种原因和目的而努力摆脱传统，力图融入现代的世界谱系之中，这一努力在实际的发展过程中形成了两种“偏至”倾向：一种是对物质的过度追求，世俗欲望泛滥成灾，一种是对“新”的永无餍足的追求。现代化和革命，是 20 世纪中国社会众多关键词中最为核心的两个，但二者之间的关系，不管是民国时期的“分”还是后来的“合”，从总体上看，是因为国人对物质化、世俗化持肯定和欢迎态度，都是社会现代性占据绝对主导地位，而审美现代性居于从属和被支配地位的结果。改革开放以来，社会现代性呈摧枯拉朽之势，中国社会发展的这一畸形的“偏至”状况更是达到了无以复加的程度。职是之故，“如何在追求‘现代’和克服‘现代’的难局中完成本土文化主体性的建构”[2]，就成为一个极为重要和关键的文化命题。

需要说明的是，这不是说中国完全缺乏对现代的反思，而是强调 20 世纪的中国缺乏能够对社会现代性的畸形突进构成制衡的文化力量，缺乏能够平衡世俗现代性使之不至于“偏至”的审美现代性。在这样的条件

---

1 ［美］马泰·卡林内斯库：《现代性的五副面孔》，顾爱彬、李瑞华译，商务印书馆 2002 年版，第 6、167 页。

2 高远东：《“现代”如何“拿来”——以中国文学现代性的确立途径为讨论中心》，《鲁迅研究月刊》2000 年第 7 期。

下，从持续式微状态的传统文化中汲取养分并使之转化为中国社会所亟须的审美现代性的建构要素，就是一种不可或缺的工作。然而，这并不可能一蹴而就，而是一个长期的过程。在这个过程中，“文人”这一群体无疑也需自我调适，以适应现代社会。

文人，字面意思就是读书能文之人，依照目前最广为接受的一个解释——《现代汉语词典》的说法——就是指“读书人，多指会做诗文的读书人”。那么，上至达官贵人，下至三家村学究，只要能读书、会作文，则无论优劣，大概都可以称作文人。新文学兴起以后，所谓诗文较之于传统时代发生了很大变化，此时能做诗文的人被称为“作家”，但因为去古未远，其中的许多人却也保留了较多的传统气息。在整个民国年间，相当一部分文人表现出传统与现代杂糅的精神气质、性情品格和言语行事风格。他们有士子精神，但明显区别于士大夫；他们有现代理念，但身上总有抹不去的旧时气象。因此，这里所说的文人，是指民国时期带有传统时代读书人风范、风采、风情的作家。

传统时代的文人，大抵分在朝、在野两类，但不管怎么说，他们作为一个阶层或人群，都是历代王朝统治的法理源泉和社会运行的伦理基础，所以处于社会结构的中心位置。当然，他们也须时时面对道统与政统的分裂，当此之际，从道还是从君，就不仅是个人选择，而且更关乎气节及士林、社会风气，所以其中的若干人常以道统的柔韧对抗政统的暴戾，出现了很多立足本心而气节凛然、操守高洁的文士。不过，由于道与君之间的绝对不对等关系，加之政治权力本身就握有相当的伦理或曰道统的阐释权并垄断了解释渠道，他们别无逃脱之路，于是转向有别于正统儒家的他种思想资源，寻求精神上的解脱，因而又催生了遗世独立的隐逸之风。

入世、避世、逃世，大体反映了儒、道、释三大思想流派对文人具体言行的影响结果，但一般而言，提及文人其实较多指涉的是后二者，即他们对现实的规避和逃匿——事实上，这反映了皇权对知识阶层的压抑。据费孝通所言，中国社会权力结构的一个重要特点在于“政治权力与伦理权力的分离”，而前者是积极的，后者是消极的，不过文人虽然“被排除于政局之外，但还拥有社会威望”[1]，他们的不合作，其实在一定意义上构成了对专制权力的弱反抗。因此，在进取的士大夫、士子精神之外，另外还存在一个相对消极的文人传统。

需要注意的是，所谓消极，是指文人面对事功的心态。文人因不能在政治方面有所作为，故转向文艺领域，逐渐形成了纤细、柔弱乃至不无病态的文人审美。这在专制皇权趋于极端的明清两代达到极致，不过，明代多抒情小品，在精细隐微的生活细节中发掘人性之真，清代多叙事笔记，则向怪力乱神之中寻觅人情之常，要而言之，都是规避主流的选择。由于这种文人审美并不全是传统内部自然生成的结果，而在相当程度上是专制权力挤压的产物，所以全盘肯定显然不妥，而应批判地继承。

中国国门被列强的炮火轰开以后，知识界在西潮的强势压迫下逐渐感到“中学不能为体”，所以“回向传统看到的更多是问题和毛病”[2]，文人的立命之本逐渐瓦解，而科举废除之后，安身的去处也成为问题，可谓内外交困。当然，也有较多继承传统士子精神而在现代颇为活跃的文人，如南社中人，但他们之受到一定重视，实在政治和人事，而作为一个阶层，文人命运的式微则不可避免。其中的佼佼者，如严复、王国维、周氏兄弟等人，尚能在中西之间进出而保持一种平衡，其下者，大抵飘零于大小水陆码头讨生活，从此消逝于文化史、文学史的纵深地带。

许纪霖曾将20世纪中国知识分子分作六代，1949年之前的前三代，分别是晚清一代、五四一代和后五四一代，而这三代知识分子之间的差别，在于前二者“在知识结构上都是通人”，“主要靠社会影响出名”，而后者“则是知识分工相当明确的专家”，所以“声望主要局限在知识圈内”。[3] 据此可知，晚清、五四两代知识分子身上仍保留、残留或掺杂有

---

1 费孝通：《中国绅士》，惠海鸣译，中国社会科学出版社2006年版，第18、21、16页。
2 罗志田：《权势转移：近代中国的思想与社会》，北京师范大学出版社2014年版，第28页。
3 许纪霖：《知识分子十论》，复旦大学出版社2004年版，第82—83页。

较多的传统文人色彩，而此后这种痕迹逐渐褪去，他们也就多数成为学院内的专家了（如果另有社会关怀，就是当下所谓知识分子）。正因为这样，小品在五四和 20 世纪 30 年代中前期颇为发达，而到了 20 世纪 40 年代，除少数自有渊源的作家外，整体处于衰变期。这一状况当然受到战争的强力影响，也与人事代谢相关。

概而言之，民国时期的文人多少都受到新思想的影响，不可能完全是传统文人的嫡裔，但传统文人风情能够在一定范围内产生影响毕竟也是事实，小品文也曾一度引起广泛关注。这足以说明，传统与现代之间并非黑白分明，而是存在大量的灰色过渡地带。

二、 小品文与本土文化传统

在中国社会转型期，文人传统由“大”而“小”，即从精英阶层散入民间社会，植根于文人传统的小品却在民国时期蔚然成风，这是极有意味的一种文学现象。一般而言，作为一种文体，小品或小品文成型于晚明，它们其实都是带有抒情风味的短篇散文。任访秋认为小品文“乃散文进展至极高度时之产物”，是作者“以诗歌之内容而披以散文之形式”的产物：

> 此种文字，乃作者一时之兴会，随意所之，而出之于自然笔致。既非殚精竭虑，欲借此一鸣而惊人，又非庄重慎审，欲以之以表现某种思想，实乃灵机偶至，信腕直寄，故无连篇累牍、令人不能卒读之作。[1]

这是从传统文体流变的角度作出的分析，所以强调小品文形式是散文，其实也不乏诗的况味。

---

1 任访秋：《中国小品文发展史》，《汉语言文学研究》2011 年第 2 期。

由于小品是随心随性的零散文字，故好的小品文字取决于作者能否处于一种相对自由、轻松的状态，而这在历史上并不多见。大体说来，战国、魏晋、晚唐、晚明这几个时期由于战争或大一统政权控制力的削弱，文人才有一定活动空间，文学艺术也相对发达，小品在晚明发达，也就是这一缘由。周作人认为“中国要在晋文里才能看出小品文的色彩”，而且特别强调“小品文是文学发达的极致，它的兴盛必须在王纲解纽的时代”，也突出了小品文与政治宽松之间的联系，而更重要的则在于思想自由与个性抒写之间的关系：“小品文则在个人的文学之尖端，是言志的散文，它集合叙事说理抒情的分子，都浸在自己的性情里，用了适宜的手法调理起来，所以是近代文学的一个潮头。”[1] 可以这样说，思想自由是小品文出现乃至兴盛的先决条件，在此基础上产生的千姿百态的个性是这一文体的内核。这是小品文的第一特征。

然而，这为数甚少的几个时期在中国历史上委实短暂，在多数时间内，“最是文人不自由”才是常态，但中国文人的特别之处在于，他们的写作许多时候并没有表现出这种张力，而是小心翼翼地回避了这一问题，久而久之，这个问题也就被悬置了。王尧在题为《文人的乡村生活》的一则随笔中提及“中国文人对待厄运对待专制的一种传统”，就是“它从精神上避开险境，以守护自己的性情来表达生存的信念”[2]，正此之谓。也正因为这样，专制愈是趋于极端，文人就愈是被挤向个人的、私人的天地，愈是表现某种闲情逸致，即使在所谓王纲解纽的时代也不出此范围。这固然不能美化，但也并非全无意义，它不仅消解了文人的精神紧张感，而且形成了一种以表现逸致为主的审美传统。这一审美习性虽然不无病态，但不管怎么说，闲情逸致本身不乏绵邈的人文风情。因此，逸致审美化可以认为是小品文的第二个重要特征。

---

1 周作人：《近代散文抄序》，载《苦雨斋序跋文》，止庵校订，河北教育出版社 2002 年版，第 126—127 页。

2 王尧：《文人的乡村生活》，载《脱去文化的外套》，花城出版社 2007 年版，第 7 页。

古云“修辞立其诚”，就此而言，小品文已占先机。小品文之美，主要在于真性情，因为是明心见性之作，过多的章法只能带来拘束感，所以不太追求谋篇布局，此外，又因为其所表现的文人雅致是一种“兴会”，即某段时间内萦绕于胸中脑海的感兴，或者就是刹那之间的体悟，所以大都体制短小，势必不能够技巧太过。不过，言之无文则行之不远，小品文其实特重修辞，颇为讲求文字修饰，追求所谓笔墨情趣和文采。这当然和文人的生活状态、审美倾向密切相关，但在某种意义上也自成体系。

在中国传统的文学观念里，文辞一直是一个重要的衡量尺度。从现实看，主流风气历来如此，战国策士的游说之辞、汉代辞赋、齐梁宫体诗、唐宋科举行卷和明清八股文，无不讲究文采。这一特点，与统治阶层雍容典雅的审美偏好相关，特别是当它可以决定一个人的命运的时候，自然从者甚众并形成文坛风气。如唐传奇，文体特色在于“史才、诗笔、议论”兼备[1]，诗笔虽不是全部但也在相当程度上约略等同于文采，这从后人观点中可以得到印证——鲁迅就曾引胡应麟之语强调传奇“不离于搜奇记逸，然叙述宛转，文辞华艳”，而他自己的结论则是“大归则究在文采与意想”[2]，文采始终是传奇的文体特质之一。小品文是随心见性的短章，袁中郎所谓“信腕信口，皆成律度”，是天才妙手偶得的文采风流，而对于绝大多数人来说，文章乃内心修为的外显，修辞正不可少。是故，修辞或文采，适可作为小品文的第三个特征。

总之，独抒性灵的立意、淡泊闲适的审美和典雅蕴藉的文采，差可视作古典小品的三大特征。它们与文人所处的具体时代相关，更与文人在整个传统时代的处境密不可分，足以构成一个体系自足的本土文学传统。

1 ［宋］赵彦卫：《云麓漫钞》，中华书局1996年版，第195页。
2 鲁迅：《中国小说史略》，载《鲁迅全集》第9卷，人民文学出版社1981年版，第70页。

三、现代文人小品及其源流

以上大致辨析了现代、文人、小品等几个概念，现在可以回到正题，谈谈“现代文人小品”这一概念。

作为散文和小品文的一种亚类，现代文人小品乃“讲小道理，或没道理，而又不是长篇的”[1] 短文。它以日常生活中的所见所闻所思所感为题材，任意而谈，无所顾忌，均以表现作者的性情、个性、见解、趣味、态度等较为细腻的人性内容为上，但因为题材、写法并不固定，所以风格并不统一。大体可以这样讲，如果较为偏重阐发有关社会的诸种见解，则格调近于现代的杂文；而如果较为偏重个人意趣，则格调近于传统的文章。高明者或能融会贯通并形成一种个人笔调。这种驳杂不一的文学风情，显然体现了传统与现代两种文明、文化观念汇聚在现代作家这一主体之中对抗而又兼容的情形，职是故，现代文人小品就成为一种最富有张力的散文文体。整体而言，现代文人小品或如林语堂所言，是“有相当的人生观，参透道理，说话近情”[2] 的随笔，故其特质，在现代思想、文人情趣和笔墨韵致三者。

不管其具体见解如何，现代文人小品总以现代思想为根柢，反是则为无价值，这是可以肯定的。小品文固然讲的是“小道理”乃至“没道理”，但它是中国进入现代阶段以后的产物，必有新思想的因子，在现代文人小品的作者当中，具有新文学背景的作家自然不会例外，即使在晚清民初文人气扑鼻的游戏文章之中，现代价值观也是极为鲜明的，纵使如郑逸梅笔记这样思想几乎完全隐退而仅表现出趣味的作品，也可以隐约见出贴近现代的立场。多年以后，当《负暄琐话》结集出版，张中行自认这些文章“琐屑”，但也强调“就主观愿望说却是当作诗和史写的”，虽然“因为时

1　鲁迅：《杂谈小品文》，载《鲁迅全集》第 6 卷，人民文学出版社 1981 年版，第 417 页。
2　林语堂：《论幽默》，载《我的话・行素集》，上海时代书局 1948 年版，第 17 页。

间空间都隔得远，他们会感到，作为诗，味道太薄，作为史，分量太轻”[1]，这样的态度无疑是对学界普遍认为小品文缺乏思想风骨的一种回应。

小品文如果以思想为骨干，就容易向杂文的方向发展，现代文人小品在或显或隐的价值理念之外，其实更重文人情趣。传统文人抚琴赏菊，现代文人同样不乏风雅之事：鲁迅联合郑振铎刻印《北平笺谱》，俞平伯模仿明清文人而作古色古香的《梦游》，郁达夫在游记中穿插旧诗，诸如此类，虽然各人或是雅正，或是谐谑，但都是现代作家往往而有的文人趣味的表现。这些言行自然都属于风雅之列，在一段时间内受到比较严苛的审视，以今视之，可谓过犹不及，当然应该还给它们一个公平的评价。

与文人情趣相联系，现代文人小品较重笔墨韵致。词采素为中国文章所重，在现代，当欧化语言成为文学语言的主流时，小品文较多采纳中国传统文章的笔法，逆流而动恰恰造就了其文笔的独特性。当然，文笔无新旧，俞平伯的深奥或是废名的简约，都是现代小品的笔墨风致，总之如林语堂所言，“盖现代散文之技巧，专在冶议论情感于一炉，而成个人的笔调”。[2] 另外，传统文章的章法也在小品文中多有体现，这也是它区别于抒情散文的一个重要特征。

由上可知，现代文人小品与传统文人小品既有传承关系也有区别。简言之，现代文人小品可以继承古典小品的个性色彩和锋芒，可以一如既往地讲求修辞和文采，然而，时代变了，文人的闲愁也随时代远去，此时新潮滚滚，中西反差巨大，因这反差而形成的情绪成为主要表现对象，这就为小品文在现代的新变提供了动力。这里且以鲁迅对小品文的观点为例，简要说明小品文在现代所面临的传承和创造等相关问题。

总体说来，鲁迅并不喜欢小品文。鲁迅认为，小品文应是匕首和投枪，虽然他也承认“因为常常取法于英国的随笔（Essay），所以也带一点

---

1 张中行：《小引》，载《负暄琐话》，黑龙江人民出版社 1986 年版，第 4 页。
2 林语堂：《论文》，载《我的话·披荆集》，上海时代书局 1948 年版，第 10 页。

幽默和雍容；写法也有漂亮和缜密的，这是为了对于旧文学的示威，在表示旧文学之自以为特长者，白话文学也并非做不到”，但他特别不满的是“现在的趋势，却在特别提倡那和旧文章相合之点，雍容，漂亮，缜密，就是要它成为‘小摆设’，供雅人的摩挲，并且想青年摩挲了这‘小摆设’，由粗暴而变为风雅了”。[1] 应该注意的是，这是鲁迅从价值理念和文学观念出发而有的结论，若论其本人，则如同前文所提及的那样，其实也不乏文人情趣。这种观念与实际的悖反情状，乃过渡时期不可避免的矛盾，以今观之，鲁迅的意见自然有其针对性，但也不无偏颇。小品文在他那里可以是匕首、投枪，在另外一些人那里作为小摆设也并无多少不妥，然而在现代，小品文浓郁的传统文人风情因为国族危亡的背景而不断遭受批评，因此，小品文发展的一面虽也得到一定程度的承认，但在此后相当长的一段时期内几乎整体被全盘否定，这就令人感到极为遗憾了。

真正应该重视的是鲁迅提及的“特别提倡那和旧文章相合之点”的现象之反题。这里暂时不准备进入文学现场分析当年小品文兴盛的现象及缘由，而是借此提出，现代的小品文固然有相当一部分如鲁迅所言，在“雍容，漂亮，缜密”等方面与“旧文章”有“相合之点”，然而，它与旧文章不相合的地方呢？如果说现代的诸多小品文因为有与旧文章相合的地方在一段时期内成为鲁迅和其他人的批判对象，也成为当下诸多文学史教材中的失踪者，那么沿着这一思路，现代文人小品理应因为那不相合之点即西方文学的影响而受到重视。王了一指出：“现代小品文受西洋 essay（随笔）的影响很深，往往令人有幽默感。一方面强调要写出作者的个性，另一方面又强调要描写社会生活的各个方面。宇宙之大，苍蝇之微，无一不可以写。要用平易的语言，讲出高深的哲理。这就和晚明公安、竟陵的小品太不相同了。”[2] 这就涉及小品文文体之变的问题，而这需要对现代小品文的源流加以清理。因此，有必要梳理一下现代文人小品的发展过程，

---

1 鲁迅：《小品文的危机》，载《鲁迅全集》第 4 卷，人民文学出版社 1981 年版，第 576 页。
2 王了一：《谈谈小品文》，载《文艺研究》1982 年第 1 期。

为其勾勒出一个较为完整的谱系。

大体说来，现代文人小品经历了晚清民初的缓冲期、从 20 世纪 20 年代初中期到 20 世纪 30 年代初中期的鼎盛期和 20 世纪 40 年代的衰变期三个阶段。

第一个时期是初生的新文学吸纳西洋文学要素而草创规模的时代，小品文作为本土文学传统的组成部分处于其对立面，复又因被通俗作家惯常采用而遭到新文学阵营的批驳，故小品文及其背后的文人传统在这一时期开始自我调适，以适应现代社会。此时，就现代文人小品来说，在文体方面较有创新意义的，乃通俗作家的游戏文章。通俗作家大都是此时社会结构变动的利益受损者，他们因边缘化的处境而颇有牢骚，于是嬉笑怒骂化作文章游戏，而这些游戏文章大都是以模式化的传统文章体制书写纷纭复杂的现实之变，以其不伦不类之故，造就了滑稽中不乏讽刺的审美风格。滑稽作为笑这一审美类型之一种，其实“并不属于纯粹美学的范畴，它追求改善关系这样一个功利的目的（在许多特定的情况下，这种追求是无意识，甚至是不道德的）”，故而“摇摆于生活和艺术之间”，其性质是“僵”，对立面是“雅”[1]，所以才成为吴稚晖、刘半农、钱玄同乃至早期的林语堂攻击旧传统的利器。游戏文章反而对旧文人据以为立身之本的雅文学传统构成侵害，这是他们始料不及的，但文人情趣也因此侵入新文学，这也是新文学不曾预料之事。

第二个时期是现代文人小品的鼎盛期，大体可分周氏兄弟两座高峰以及其他或从中分化或自有渊源的几支流脉。

总体而言，周作人以为现代的本土文章“还是上有六朝下有明朝”[2]的观察是准确的。虽然周氏兄弟同宗六朝文章，但因为性情等方面的差异而在后来分途，这是众所周知的事实。鲁迅文章一直以魏晋风骨为根柢，

---

1 ［法］柏格森：《笑》，徐继曾译，北京十月文艺出版社 2005 年版，第 14、15、19 页。

2 周作人：《近代散文抄新序》，载《苦雨斋序跋文》，止庵校订，河北教育出版社 2002 年版，第 129 页。

词华理趣兼善而风格多变，谐谑之中也不无反抗的意味，故其文通脱、清峻之处不让六朝名士而兼有现代文人哀怒的性情之美，堪称独步。然而，后来学习鲁迅文章的人则大概都没有如此根基，所以不免流于表面，徒有“辣”而缺乏“辛”，韵味自然不如。不过，从这个角度来看，郁达夫看似飘逸而实则沉痛的名士风度，在某种意义上与鲁迅趋同。

周作人自是一代文宗。他早期的美文影响深远，此时复以提倡晚明小品造就一新局面。周氏本人此时的作品，则为“文抄公”体，其文朴实无华，以简约而含蓄的涩味取胜，若论本质，则是“疾虚妄”而“爱真理”的现代文章。周氏的两位弟子，俞平伯以古雅文笔阐述生活意趣，可称古奥，废名以简淡文笔书写生平意念，却是新意满篇，二者虽在风格上有新旧之分而殊途同归，同有以简省致丰富之文章趣味。

林语堂提倡幽默闲适小品，一般认为是受到以周作人为中介的晚明小品的影响。林氏文笔是“以意役法”，既是五四时代宁野不文作风的延续，也是晚明小品“语出性灵”的激发[1]，故其小品文的特质，既不在幽默，也不在闲适，而是自如书写、任情挥洒的潇洒和惬意。当然，这也可以反过来说，正是因为书写自由，不受拘束，所以可以幽默，可以闲适。在这个意义上，丰子恺小品品味人生的随心见性就与林语堂可以归为一类。

在周氏兄弟和林语堂之外，尚有以郑逸梅为代表的笔记体小品和以叶绍钧为代表的文学习作小品，二者仍是一新一旧，郑氏小品所记，大都文苑轶事，点滴之间可见老派文人雅趣；叶氏小品所写均为日常生活所感，清新朴茂，多富当日生活气息。从兹二者始，现代文人小品开始分化，“文人”与“现代”从此各有擅场，小品文逐渐呈现新面貌。

第三个时期是现代文人小品的衰变期。因为战争的影响，大部分现代作家丧失了安定的生活环境，所以也就失去了写作小品文的余裕，而学者散文则因学院派得天独厚的条件于此时兴起。学者散文以学理勘破世相，

---

1 林语堂：《论文》，载《我的话·披荆集》，上海时代书局 1948 年版，第 2 页。

故就文学意蕴而言，是一种理趣，朱自清仍保持着一贯的朴素，其余几人，如睿智的钱锺书、隽逸的梁实秋、典雅的王了一，都是其中的佼佼者。此后，因为政治文化语境的变迁，小品文又是另一番情形了。

综上而言，现代文人小品的三个阶段，晚清民初是文人情趣的现代转型时期，所以隐而不彰；20 世纪 30 年代前后，散文创作产生一种反动，开始回归或较多接纳以晚明小品为代表的本土传统，造就了它的巅峰时代；继而形势突变，学院派融汇中西古今的学者散文，成为绝响。有意味的是，现代文人小品的最初审美形态，是游戏文章“诉之于纯粹的智力活动”[1] 的滑稽，而其收束形态，也是诉诸理智的学者散文，它在三十年间的发展轨迹形成了一个讲求理趣的散文创作闭环。作为区别于现今文学史主流的抒情散文流脉的另一支散文创作支系，现代文人小品理应得到正视并加以总结。

---

1 ［法］柏格森：《笑》，徐继曾译，北京十月文艺出版社 2005 年版，第 86 页。

第一

吴稚晖与游戏文章

晚清民初是一个极具张力的时代，“新”与“旧”杂糅，“常”与“变”错综，就文化来说，传统文人色彩与现代文人意识的混杂不可避免。可以看到的是，不管是上层的士大夫还是底层的士子，他们都处于这个历史的夹缝之中，自觉不自觉地流露出思想趋新而情趣依旧的文化审美惯性，创作中雅俗歧出并行的趋势尤为明显（这里所谓雅俗当然是就中国本土审美传统而言的）：一方面，知识名流和通俗作者群中的无名小子，他们的教养、学殖、文章，都植根于传统文化；另一方面，他们零零散散、断断续续地接触西潮，在其时并无可能形成一个完整的体系。这一反一正两方面的情形决定了晚清民初的文人整体上处于一种守旧而不甘、出新而又乏力的状态，这一特点在文学创作方面也多有流露或曰表现。

应该承认，在晚清时期乃至民国成立之后相当长的一段时间内，传统散文的诸多文类和源自民间的各种散文文体，都是实用价值要超过审美价值，但二者之间的情形却颇有分别。传统散文文类的实用价值，非指可以准确反映社会人心的动态，而是指它们在相当程度上成为当时占据主流的上层文人之间的交往方式，所以在当时被认为是雅的，也就是美的；而民间散文文类虽然不登大雅之堂，但却可以准确、生动地表现人心流变，在当时被认为是俗的，不美。然而，公共媒介的出现改变了二者各自为政的情形。为扩大影响并拓展市场，文学期刊天然具有糅合雅俗的冲动，而读者趣味的形成本身就是自然趋于平均的过程，正因为这样，雅俗杂糅也就是传统和民间两种散文文类渐渐产生合流的趋势。

散文的士子传统和民间风格在新条件下产生互融的倾向，导致了一个最自然不过的结果，那就是相关作品当中所表现出来的“旧”形式与

"新"内容之间的龃龉几乎都带有一种滑稽意味，进而形成了一种独特的游戏文章。游戏文章大都是所谓文生情，其所表现出来的文人情趣在稍后遭到新文化人的批判并被湮没在历史的角落，但时至今日应该承认，文人趣味也是趣味之一种，只要不流于恶俗恶趣，无疑也值得认真对待。在晚清民初作家当中，李伯元、李涵秋、姚鹓雏实为其中翘楚，而吴稚晖则是这一文风的殿军。

李伯元（1867—1906，江苏武进人），报人、小说家。字宝嘉，别号南亭亭长。曾先后创办和主编《指南报》《游戏报》《世界繁华报》，辟有市井新闻、野史、诗词、楹联、灯谜、酒令、谭丛等栏目，基本是文人谐趣性质的。1903年应商务印书馆之邀主编《绣像小说》，小说而外，多登载讽刺文章。除《官场现形记》《文明小史》等谴责小说、黑幕小说之外，著有杂著多种，其中就有不少随笔或杂记，最知名的为《南亭笔记》。

《南亭笔记》与《官场现形记》等小说一样，也是对晚清官场人情的讽刺，唯后者是热讽，具反讽格调，前者则多为冷嘲，有幽默之效。姑以两个例子为证。《南亭笔记》卷二载刚毅事数条。此人不学无术而又喜附庸风雅，遂闹出许多笑话，成为晚清官场上的笑柄。其中一条是：

> 刚毅初任山西巡抚，某太守上禀，条陈兴利除弊事宜。刚动笔加批，大为奖励，末句曰："此可以为民公祖矣。"盖由民之父母脱胎而出也。

又记满洲某宗室事，曰：

> 某宗室素喜鼻烟，壶盖或珊瑚，或翡翠，灿然大备。宗室摩挲爱惜，较胜诸珍。宗室生四子，长子曰奕鼻，其二曰奕烟，其三曰奕壶，其四曰奕盖，合之则鼻烟壶盖也。

李伯元在记叙此类事迹时，不避粗笨，不嫌啰唆，只是一板一眼地把事情原原本本地讲出来，平静超脱，一般在末尾稍稍加以点拨，文风可以当得冷幽默的评价。当然，李伯元许多时候并没有如此平静，所以火气经常迸作锋芒，故若隐若现的隐忧与不乏锋芒的愤懑共存，所以讽刺风格也往往是冷嘲与热讽的杂糅了。不过，相较于小说的文字枝蔓过甚和“太着痕迹”[1] 的讽刺，他的随笔可以说是婉而多讽了。

李伯元是由传统士子蜕变为新型文人的典型，因之而成为一个矛盾综合体：既有疏离于传统政治的快意，又有投身现代传媒的些许不甘；既有沉迷于文人谐趣的自我陶醉，又有适应世俗爱憎的机敏。吴趼人认为李伯元是“以痛哭流涕之笔，写喜笑怒骂之文”[2]，其实道出了他身当乱世的精神苦恼。以此观之，李伯元那些寄情于文字的游戏作品中也不乏讽刺的机锋，而背后则是其喻世劝人的苦心。

如果说李伯元较多借鉴明清笔记，那么李涵秋则较多引入民间文体。李涵秋（1873—1923，江苏扬州人），小说家。名应漳，字涵秋，号韵花，别署沁香阁主。20 岁中秀才，中年在多地为家庭教师，曾在扬州江苏省立第五师范学校任国文教师。1921 年赴上海主编《小时报》，并为《时报》《晶报》《小说月报》《快活林》等报刊撰写小说，次年秋返回扬州，未几病逝。著有长短篇小说多种，最知名者为《广陵潮》（初名《过渡镜》），另有诗集、杂著多种。

李涵秋的散文代表作为随笔集《沁香阁游戏文章》，系其弟李镜安在其亡故之后撮录而成，由李警众校订之后出版。这些文字，包括散佚的其他随笔作品，大都是李涵秋在《大共和日报》《时报》《晶报》等报刊担任撰述时所作，主要分为对政府黑暗、官僚腐败、国民愚昧等的讽刺和对民生疾苦的同情、关心等两类，要之，不出传统士大夫的道德范畴，而就文体来说，则是“嬉笑怒骂，妙绪环生”的“以冷隽之笔墨”而制成的“讽

1　任访秋：《李伯元论》，《河南师大学报》1980 年第 5 期。
2　吴趼人：《李伯元传》，载魏绍昌编《李伯元研究资料》，上海古籍出版社 1982 年版，第 10 页。

刺之寓言”[1]。

寓言者，以物理隐喻人类社会之情状也。李涵秋的寓言故事，物理、事理皆浅近易懂，文字又通俗晓畅，在通俗作者的类似创作中也是第一流的作品。《病狮说》将中国喻为“性喜睡”且法螺“呜呜然吹于耳畔，彼亦不醒”的睡狮，以致为“向之畏彼者”所戏弄，“或履其尾，或捋其须，或摇其头，或牵其足”；《番菜致鱼翅书》叙述番菜（代指西洋新事物）和鱼翅（自是本土传统的借代）在晚清和民国年间交替受到“大人先生”欢迎的荣辱升降，以“昔之趋奉足下者，转而趋奉于仆，虽顽固之徒，一复假托时髦，与仆接吻，以为光发，如石吸铁”之语讽刺唯新是从的时代风气。从上面的例子可以看出，李涵秋笑骂的口吻活灵活现，足以当得“冷隽”之“隽”，即轻快伶俐，至于“冷”则稍有未逮。例如，《代小民送贪官去任序文》写道：“吾邑地皮素苦太厚，高低凸凹，随在皆是，土著之民，行走均觉不便，凡宰斯邑者，不过略徇民意，代为刮削一二……我公莅任以来，首命包打听千里眼辈，遇有地皮，竭力争刮，并嘱将所刮之土，纳于箱笼，不可堆积道旁，以病吾民，是以高低一致，凸凹悉平，吾邑之人，咸谓公之德政，此居第一。”整体说来，《沁香阁游戏文章》的讽刺寓言与柳宗元的文章较为接近，而淘去了后者的愤懑，所以沉郁之气消解，嬉笑怒骂则有之，讽刺的锋芒自然也便弱化了，而之所以如此，实与作者本人的性格有关。依李镜安之言，李涵秋“性情恬淡，无意进取”，曾经说过“以为一入政界，有如素质之衣，便染成皂色，虽再掬水洗濯，恐不能还我本来面目矣”这类的话[2]，所以是一位带有名士风采的底层文士。

在《沁香阁游戏文章》中，《滑头传》《代全国穷鬼讨财神檄》《拟腐儒哭八股文》《拟织女寄牛郎书》《烟室铭》等篇，从篇名即可看出作者戏仿各种文章体裁的游戏心态和讽刺基调，而李涵秋的另外一种倾向，即借

1　李警众：《沁香阁游戏文章序》，载《沁香阁游戏文章》，震亚图书局 1927 年版，第 1 页。
2　李镜安：《先兄涵秋事略》，《半月》第 2 卷第 20 号，1923 年 6 月。

用民间曲艺讽世，也值得关注。《选举之时各处忙》写道：

客寓忙，以选举时，各省初选人纷纷来省故；

刷印店忙，以选举时，各人欲印名片散人故；

纸店忙，以选举时，各人争买请帖故；

酒馆忙，以选举时，各人飞笺请人吃酒故；

戏馆忙，以选举时，各人请人看戏故；

马车忙，以选举时，各人来往拜客故；

娼家忙，以选举时，请客必须带局故；

银行忙，以选举时，各人预备运动之费故；

火车忙，以选举时，各人纷纷登车赴投票所故；

监督忙，以选举时，纠察各人纷纷投票故。

作者以一博多，只是写出，各行各业因为选举而呈“欣欣向荣”之势，则主旨无须多言，已由带有歌谣性质的文字尽然表达了。遗憾的是，除收录于《沁香阁游戏文章》的《舅舅理》《新诗经》等少数篇章，作者的其他文章都散佚了。

总之，李涵秋的随笔“或化用古代文体，或活用俚曲小调”的创作倾向，引出了其“寓庄于谐”但又“谑而不虐”的文字风格[1]，这是应该重视的变化。晚清民初通俗作家的游戏心态和笔墨都很普遍，但其中的佼佼者往往都曾明确表明“改良社会，唤醒人民”[2] 的文学启蒙主张，所以各体文章都不乏社会关怀，李伯元如此，李涵秋同样如此，不过，各人的具体路径选择可能存在差别。就这批通俗作家来说，他们出身平民阶层，所以自然对民间流行的各体通俗文艺并不陌生，许多人更是浸润其间，非常熟悉，而绝大多数人一般也都曾自小接受较为正统的儒家思想熏陶和文章

1　黄诚：《新发现的李涵秋时评杂感》，《新文学史料》2015 年第 3 期。
2　李镜安：《先兄涵秋事略》，《半月》第 2 卷第 20 号，1923 年 6 月。

训练，当他们面对民众发声时，除报纸发行量等较为实际的考虑，为了实现唤醒人民的目标，往往将读者的文化程度纳入考量范围，因之比较注重化用、活用乃至改造习得的文章体裁和各式民间文艺形式。其实，这种创作倾向和特点是晚清民初通俗作家的共同趋向，李涵秋乃其中一员，而《沁香阁游戏文章》所谓游戏，也正是笔墨方面破坏既存文章规矩的放纵和开拓，实是可以归入晚清民初文体解放的整体潮流之中的。

就个性气质来说，姚鹓雏独与李涵秋较为接近，而与其他通俗作家差距较大。姚、李二人正统儒家的色彩较为浓厚，虽然同样活跃于上海的小报界，大抵谑而不虐，所以思想境界无疑高于王钝根、平襟亚之流，不过，即使加入过表现出强烈的传统士大夫气节的南社，姚氏却总与革命若即若离，而表现出更多文人本色。总体而言，姚鹓雏在相当程度上是士大夫精神与文人风流的杂糅，故他的“杂著”也委实当得上一个“杂”字。可以这样说，一方面，因为承接了士大夫的精神谱系，所以他有许多政论；又因为才气纵横，兼擅诸种传统文体，所以游戏文章也是题中应有之义。

姚鹓雏（1892—1954，江苏松江人），原名锡钧，字雄伯，文学家、学者。幼时驽钝，少年时聪慧，好学博闻，得知府戚扬赏识并受其资助至京师大学堂学习。师事林纾，擅诗词，与林庚白齐名。辛亥革命后南归，加入南社，先后任《太平洋报》《民国日报》《申报》等报纸及《江东》《春声》等杂志编辑，作有大量诗、词、小说和随笔。后入政界，同时在高校兼职，主讲国文。随笔作品包括政论、笔记、序跋、书信、游戏文章及论文谈艺的学术著述等多种体式，有《榆眉室文存》五卷、《鹓雏杂著》《桐花萝月馆随笔》《檐曝余闻录》等，后世汇编为《姚鹓雏文集·杂著卷》。除数量庞杂的政论和杂论之外，能够见出其本人特色和时代痕迹的篇目，当属笔记和游戏文章。

他的笔记，多是晚清朝野掌故、名人轶事之类，许多颇能见出人物精神。《光宣京尘杂缀》一条记林纾云：

林畏庐居京师大学讲席，能以至性感动学子。其讲人伦道德，庄谐间出，声泪俱下。某日讲至采烈时，前席某生失声叫好。畏庐微笑，徐曰："某非伶角，此非剧场，子宜慎之。"终弗怒也。又讲历史，太学学士务半通书史，相率视讲义为陈编，无足观览。畏庐一日笑曰："诸君姑舍此片晷，作大鼓书听之如何?"一时满堂嗢噱不自禁。

这种小品性质的笔记，常是以清丽之笔书写日常琐屑，收风流蕴藉之效。《京尘忆语》《宣南感旧录》《大丈夫事》《怀沧楼随笔》《嚼梅簃剧话》《江头秋拍》等辑均是此类文字。

至于游戏文章，可以算得通俗作家的当行本色，当然也是这一批作者所共有的文体特色。姚鹓雏熟悉诗文各类体式，将之稍加改造而为讽刺利器，指向现实政治，心到手到，写下来和读起来均是痛快淋漓。《本大总统说》《拟洪熙皇帝袁世凯遗诏》《五等爵留别民国书》《诸葛孔明颂烟片烟文》《代拟不党党宣言》《参众议院招牌演说辞》等对古之"说""书""呈文"和当时之"宣言""演说辞"等各类文体的戏仿，《红墨水笔之研究》《胡须冤辞》《耳光赞》等的反讽格调，《新华宫门神辞职呈文》《拟纸笔致银元书》《南海龙王辞别水族文》《瓮鳖供词》等的寓言性质，端的是脍炙人口。这些篇章，是以冷静的文字写火辣的感情，以"冷"驭"热"，而后者常常从文字的缝隙之中溜出来，所以就形成了幽默与热讽混杂而以后者为突出的审美效果。这一点是化用传统文章的通俗作家所共有的随笔特征，但因为姚鹓雏正统观念较浓且信念更为坚定，所以其特色最为鲜明，也最有代表性。

李伯元、李涵秋、姚鹓雏等人的笔记作品或如前述，基本都是清人笔记的风格，即使融入新思想，也多以游戏文章的笔法写下，新思想与旧文体之间的界限清晰可辨。到章太炎、章士钊、吴稚晖等人那里，"文"与"学"之间分离的状况得到有效改善，他们都擅长用传统之"文"阐释现代之“学”，如吴氏之“支词”“弋古学”“鳞鳞爪爪”之类，只不过以今视之，乃是旧瓶装新酒而已。但仍应强调，与李伯元等人相比，吴稚晖毕竟是革命者，而且是一个“怪人”，许多时候不乏江湖气乃至流氓气，以至民间流传着他的很多轶事，所以他的滑稽文风是晚清游戏文章风格加入生活历练的变体。

吴稚晖（1865—1953，江苏武进人），名敬恒，字稚晖，思想家、政治家、教育家、文章家、书法家，“中央研究院”第一届院士。1890 年入江阴南菁书院，山长黄以周书斋墙上之“实事求是，莫做调人”对其影响很大，所以此后对人对事均有主见，绝少庸言庸行。1894 年中举，次年赴京会试未中，曾参与“公车上书”。后因与江阴知县发生冲突，转学到苏州紫阳书院。1898 年到上海南洋公学任教，后赴日留学，1902 年与蔡元培等人发起成立爱国学社。“《苏报》案”发生后，转道香港赴英，与孙中山会面，逐步接受三民主义思想并加入同盟会。1906 年与张静江、李石曾在巴黎共同组织“世界社”，创立《新世纪》周刊，鼓吹无政府主义。1911 年底回国，奔走提倡教育、科学，推动注音字母运动，曾与蔡元培共同创建北京世界语专门学校，又与李石曾发起留法勤工俭学会，创办里昂中法大学，推动知识青年出国留学。1924 年起任国民党中央监察委员等职。1949 年赴台，几年后病逝。

吴稚晖的文学语言、创作实践对旧文学的破坏性和之于新文学的建设性，分别在于滑稽文风和嘲讽文体。不过，他的着眼点并不全在文学，这也是他多次表示不愿做一个“文学家”的缘由，不是谦虚，而是委实有一些不屑。他“婉告太戈尔”的正是“诗人不屑谈天下事，也是别有一种真正相对可允许的高尚”。[1] 吴稚晖的追求是在变动的世界格局中找到中国的位置，为中国下一步的发展进行谋划，所以他有很多有关党务和国是的大文章，确有理论家的气概。因此，吴稚晖杂文的第一个特点是思想性。

1　吴稚晖：《婉告太戈尔》，载《吴稚晖全集》第 14 卷，九州出版社 2013 年版，第 471 页。

吴稚晖的思想虽然与原创及深刻或许相距较远，但他能够将其所接触、了解、理解的各种思想融为一体并建立体系，造就他个人独特的人生观，就此而言，他无疑具有思想家的特质，也在相当程度上具有这一能力。1923 年至 1924 年间发表于《太平洋杂志》的《一个新信仰的宇宙观及人生观》是他的一篇长文，为“科玄论战”中的名篇，在当时及之后的一段时间内影响很大。

这篇文章在“小引”开宗明义表示：“我固然不配讲什么哲理，我老实也很谬妄地看不起那配式子，搬字眼，弄得自己也头昏脑胀的哲学。”半是谦虚，半是实情：一方面，他本不擅长从学理角度立论，而在另一方面，他的确素来对明于礼仪而陋于知人心的学究看不上眼。在三言两语辨明宗教、信仰的关系之后，吴稚晖申明他所谓的新信仰是普通人对世界和人生的看法，然后及于宇宙观，将其本源概括为“一个”，它幻化为“上帝”“我”“茅厕里的石头”等具体实在，它们之间是“状况的异同”而非“程度的高下”，是“差等”而非“同等”，因为所有“活物”都是这“一个”的一分子，并无高低贵贱之分，它们的共同目的就是真、美、善；再论人生观，东拉西扯一番之后，提出个人看法：“（甲）清风明月的吃饭人生观，（乙）神工鬼斧的生小孩人生观，（丙）覆天载地的招呼朋友人生观。”这些上天下地、古今中西的闲话归结到一点，就是讲求实际，这体现出他早年所受到的实学思想的影响。因此，吴稚晖的思想极其朴素，只不过时人过于注重外在的文饰，反而忘却了其中的真意。可以这样说，因为他的思想是成体系的，所以他的文章自然能够想说什么就说什么，又因为受过文章的训练，所以自然又是想怎么说就怎么说。纵横捭阖而法度不乱，实是因为有思想。

吴稚晖杂文的第二个特点，是生命力的强悍所带来的文气的充沛。强大的生命意志在人生中有重大的塑形功能，如果一个人的生命意志足够强悍，不管出于什么动机、因为什么缘由、经由何种路径，它所过之处都可留下足以在一段时间内影响人们的思想、情感、行为的烙印。吴氏精力旺盛，在成为所谓“党国元老”之前，政治、教育、文化、文学等诸多领域均有涉猎，而且都能够以个人独特的风格引领一时风气。这种生命意志造就了带有卡里斯玛（charisma）魅力的人格，也造就了吴稚晖杂文酣畅淋漓的文风。

以上所引之《一个新信仰的宇宙观及人生观》已经颇能说明吴稚晖的为文风格，为清楚阐释这一问题，不妨多引几句。该文如是批判经院哲学：“他的结局，只把那麻醉性的呓语，你骗我，我骗你，又加上好名词，叫他是超理智的玄谈；你敬我，我敬你，叫做什么佛理，什么老学，什么孔学、道学，什么希腊派，什么经院派，什么经验派、理性派、批判派等等，串多少把戏，掉多少枪花。他的起初，想也不过求个满意的信仰；跟着，变成了‘学’。一变成了学，便必定容易忘了本旨；只在断烂朝报中，将自己的式子同别人的式子斗宝，将自己的字眼同别人的字眼炫博。学固然是学了，学者固然是学者了；问他为什么串那许多把戏，掉那许多枪花？也就不如靠在‘柴积’上的‘日黄’中，无责任地闲空白嚼了出来，倒干脆一点了。”其实，吴氏本人的杂文几乎都可以归为论说文之列，因为他有定见，故凡有所记叙，都以议论加以组织或穿插，所以文气连贯，气势逼人。

有论者指出“吴稚晖的作文法就是由他的说话法而来”[1]，自是的论，他所说与所写风格高度一致，像1930年的一篇演讲《我的人生观》居然比正经写出来的文章还要整饬（演讲稿当然也经过了整理）。吴稚晖从自己的“漆黑一团”的哲学观谈起，认为宇宙和人都是“造物”，而“造物”之“造”，就是“不怕麻烦”，亦是乡下人所说的“勤”。他举例发挥道：

再说我们的祖宗都是猴子，后来渐渐进化到现在的状况。其实它们栽着金丝毛，何尝不舒服？睡在山洞里也很好。但他们却

1　余斌：《“白话邪宗”》，载《当年文事》，南京大学出版社2009年版，第58页。

> 把这毛脱掉了，而拿树叶来蔽身。这种努力的结果使后来的人连狐皮、马褂都可以穿了，这就是不惮烦……有人说：人之所以能异于禽兽，是因为他能爱己及人。我可不相信这句话。譬如牛羊不会打仗，不像人类常常自相残杀，要比人好得多。我以为人和禽兽分别之处就在这里：禽兽造得少而人造得多……所以上帝是大造物，人是二造物。

任意发挥，“野”得枝蔓有趣；汇溪成流，则又“邪”得深入专门。

吴稚晖的“野”与“邪”也造就了他的杂文的第三个特点，那就是带着滑稽、诙谐味道的嘲讽格调。前文提及，吴氏眼光极高且多有定见，本有睥睨一切的雄心和实力，但即使他极度不满，却总是能够控制住情感，将身段放到极低，把辩论对手拉到普通人基本常识的水平上加以讨论，而他的姿态越低，则对手就显得越高，一经对比则构成一种反差，那么嘲讽的味道就出来了。至于附加于其上的滑稽或诙谐，则是因为吴氏通常采用归谬法一一暴露对方的谬误，似正经好像又不太正经，加之烟幕弹打得多而能咬定目标不放松，若无力又似有力，以其均在两可之间，故而令人发噱。

吴稚晖惯常采用以退为进的策略，把论辩对手、批驳对象纳入自己的逻辑，一边“示弱”，一边反击，这种姿态本身就是可笑的，而他在文中刻意制造出来的表面的强弱与实际的强弱之间的反差情形愈是鲜明，就愈是可笑。而且，吴氏洞悉人情，也知道读者对这一点心知肚明，不免多处故意卖弄，所以也就赢得诙谐的名号了。需要强调的是，嘲讽是低度的讽刺，而吴稚晖狎邪姿态的嘲讽其实多有控制，因而极有分寸，当然就不尽源于带有狂欢性质的民间讽喻，可能另有源泉。众所周知，专制时代的士大夫受政治权力约束，难以正面陈述观点，所以常常采取一种委婉曲折的方式加以传达，庙堂之上的美人之喻和江湖深处的俳优之口，似乎一雅致一村俗，而其实并没有多少差别，都是非常态的表达方式。吴稚晖拒绝前者而亲近后者，在于他洞悉人性而能够以中正的态度待之，从而消解了士大夫俳优传统的奴性并将之改造为一种宣传的手段。

第四，不避村俗的语言风格。有论者将吴稚晖的写作语言概括为“万花筒式的语言形态”[1]，其实何止于此，吴稚晖在作品中不仅杂入方言土语，而且各种不登大雅之堂的脏话都照用不误，如“茅厕里的石头”乃至“狗屁倒灶”之类，这就很难用地域文化多加解释了。且看刘半农购得《何典》之后，“读完了将书中的笔墨与吴老丈的笔墨相比，是真一丝不差，驴头恰对马嘴”，也将善用俚言土语、擅写三家村风物等与“能将两个或多个色彩绝不相同的词，紧接在一起，开滑稽文中从来未有的新鲜局面”联系起来。[2] 这一点未必值得提倡，但仍须指出，它不是简单附着在吴稚晖杂文的思想、文体、审美之上的东西，而就是吴稚晖杂文的形式本身，如果将这种风格的语言加以置换，那么吴稚晖的杂文的内涵也就变了。

有意思的是，吴稚晖因为语言风格的原因经常被外界与新文学作者并提。他经常连用“呸呸呸”，而郁达夫用“啊啊”、郭沫若则用“呦”，所以有人作打油诗嘲讽道：“各有新腔惊俗众，郁啊郭呦稚晖呸。”不过，吴稚晖的文学语言源于民间，这与新文学主要师法外国语文的取径大为不同，因此，他只是无意中参与到了“国语的文学”之中去，虽也参与制订注音字母、推进国语运动，为的是普及教育，却对造就“文学的国语”了无兴趣，因而在目的方面也与新文学相距甚远，所以后来两者之间愈行愈远，也就很自然了。

总体说来，吴稚晖在晚清民初乃至整个民国年间都是一个独特的存在。“怪”是表面，是有意的离经叛道，是故作惊人之语，底子里则是通达，是对人生的了悟和对世界大势的洞察。吴稚晖由此出发，故虽江湖习气深而能够不做调人，嬉笑怒骂皆成文章。他的杂文在当时得到很多人的

1　文贵良：《“自成为一种白话”：吴稚晖与五四新文学》，《文艺争鸣》2014 年第 6 期。
2　刘半农：《重印〈何典〉序》，载《半农杂文》，河北教育出版社 1994 年版，第 260—261 页。

推崇，但在后世并没有得到应有的评价。其实，就文章论文章，理论家的眼光和思想家的底子、强悍的生命力和充沛的文气、宁野不文的滑稽文风和村俗的语言，其实已经造就了吴稚晖杂文的独特性；而就近现代以来的影响来说，他的文章也是非常重要的一环。鲁迅曾经说过："吴稚老的笔和舌，是尽过很大的任务的，清末的时候，五四的时候，北伐的时候，清党的时候，清党以后的还是闹不明白的时候。"[1] 可以看出，鲁迅对吴稚晖在"清党"中的作用颇有微词，但若泛泛而论，这些话就不是讽刺，而是实情。

吴氏在现代思想、文化、学术等方面的作用和成就，后世的评价存在不小的分歧，有时甚至截然相反。罗家伦曾敏锐观察到《现代评论》上"几篇文章的style很好"，包括吴稚晖在内，共同构成了"一种重要的趋势，就是有一种'射他耳'（satire译音，意译暂作'嘲讽'）的文体倾向"[2]，而吴稚晖"确有一种'射他耳家'的天才"，能够"铸造新词，凡是老生常谈、村妇嚼咀的话，经他一用，便别有风趣"[3]，自成一格。而现有研究也表明，周作人在20世纪30年代虽然将吴稚晖的写作手法归纳为"文学革命以前"出现的"特别的说话法与作文法"，不过认为"至今竟无传人"的说法[4]则未必全是事实。在某种意义上，《现代评论》和《语丝》的滑稽讽刺文风应是受到了吴稚晖的较多影响而产生的[5]，钱玄同、刘半农、陈源等人都在这一辐射范围之内，但他们较多吸纳了时代新因素，已经很难说是传统文章或民间文体的游戏化变体了。

以今观之，吴稚晖杂文有经天纬地的大气魄，与小品文之"小"自是扞格不入，但吴氏多以个人体会阐释哲理的经验倾向，好以村俗之语

1　鲁迅：《新药》，载《鲁迅全集》第5卷，人民文学出版社1981年版，第124页。
2　罗家伦：《批评与文学批评》，《现代评论》第1卷第19期，1925年4月18日。
3　罗家伦：《吴稚晖与王尔德》，《现代评论》第1卷第20期，1925年4月25日。
4　周作人：《〈中国新文学大系·散文一集〉导言》，载《中国新文学大系·散文一集》，上海文艺出版社2003年影印版，第12页。
5　参见冯仰操：《吴稚晖对新文学家的影响》，《海南师范大学学报（社会科学版）》2013年第3期。

入文的江湖文人积习，以及宁野不文的文风，都使得他的文章具有一种特别的风趣。这种嘲人而兼自嘲的作风，造就了讽刺与诙谐并存的风格，可谓杂文风采与小品风情共生，以此，吴稚晖成为“小品”从“文人”风情转向“现代”特征的一个枢纽人物。

第二

刘半农的『浅』与陈源的『清』

如果说吴稚晖是旧文人向新文人过渡的一个代表，其文风在芜杂混沌之中已经透露出现代的消息，那么五四一代学人则更是表露无遗，无论是陈独秀的斩截还是胡适的清浅，都属现代散文无疑。然而，这一代知识分子深受传统文化熏陶，在适当的条件下，这些影响自然会有所流露，像在相当长的时期内为人所津津乐道的钱玄同、刘半农二人制造的《新青年》“双簧信”事件，就可以视为一种表征，而他们（或许还可以加上林语堂）之间公开发表的往还笔墨，也无不带有游戏文章的色彩。相较于钱玄同的遒劲凌厉，刘半农则是清澈浅近。

刘半农（1891—1934，江苏江阴人），文学家、语言学家、教育家，原名寿彭，后名复，初字半侬，后改半农，晚号曲庵。出身读书人家庭，幼聪慧。1907 年考入常州府中学堂，1911 年回母校翰墨林小学任教，与吴研因等编辑《江阴杂志》，在辛亥革命中参加革命军，任文牍。1912 年初与弟天华赴上海谋生，先在开明剧社任编辑，次年春转入中华书局任编译员，开始翻译和写作。1917 年夏受聘为北京大学预科教授，次年参与《新青年》编辑工作，成为新文化运动和文学革命的活跃分子和中坚力量之一。1920 年春赴欧洲留学，1925 年归来，任北大国文系教授，建语音乐律实验室，成为中国实验语音学奠基人。1934 年赴绥远考察方言，不幸染上回归热逝世。在学术著作之外，主要有诗集《瓦釜集》《扬鞭集》，散文集《半农杂文》《半农杂文二集》，另有发表在《论语》等刊物上的多篇文白夹杂的小品文。

在《半农杂文》的序言中，刘半农如是描述该书：“今称之为‘杂文’者，谓其杂而不专，无所不有也：有论记，有小说，有戏曲；有做的，有翻译的；有庄语，有谐语；有骂人语，有还骂语；甚至于有牌示，有供状；称之为‘杂’，可谓名实相符。”[1] 因此，该书名曰“杂文”，其实不全是散文这一种体裁、文体，而其中的若干游戏文章，也很难算作现代散文意义上的杂文，而带有小品属性。

刘半农的游戏文章，不消说乃才子积习，而在上海滩谋生时，厕身小报的经历无疑也将这一番“才能”激发了出来。刘半农的游戏文章就是一种本来意义上的文人的文字游戏。他的格局没有那么大，江湖道行也浅，只是在文字的海洋中游来游去，泳姿比较漂亮而已。如果仅止于此，问题还不大，刘半农的问题在于不自知，反而经常卖弄，《新青年》时期尚有一股勇敢反抗的意味在，而到《语丝》时期，他主动挑头，引出了和钱玄同、林语堂几人之间你来我往的插科打诨文字，其实许多都没有多少价值，《徐志摩先生的耳朵》等引起无谓纠葛的文字也在此列。

当然，每个人都有局限性。刘半农“确是浅”，而依曾经的朋友鲁迅的看法，是这样的：

> 但他的浅，却如一条清溪，澄澈见底，纵有多少沉渣和腐草，也不掩其大体的清。倘使装的是烂泥，一时就看不出它的深浅来了；如果是烂泥的深渊呢，那就更不如浅一点的好。[2]

鲁迅的意见，确可作为认识刘半农之“浅”及其他缺点的一种方法。

刘半农在《新青年》时期、五四时代的文章，即使不乏游戏笔墨，也多是应和着时代脉搏，促进新文化运动的启蒙事业不断前进的努力。《寄〈瓦釜集〉稿与周启明》提及，他以江阴方言、依民歌“四句头山歌”声调作诗，是“要试验一下，能不能尽我的力，把数千年来受尽侮辱与蔑视，打在地狱底里而没有呻吟的机会的瓦釜的声音，表现出一部分来”；

---

1 刘复：《自序》，载《半农杂文》，河北教育出版社 1994 年版，第 6 页。
2 鲁迅：《忆刘半农君》，载《鲁迅全集》第 6 卷，人民文学出版社 1981 年版，第 72 页。

《寄周启明》说及“外国火腿”，充满愤激，“但就我原始基本的感觉说，只须问是不是火腿，更不必问什么。我用‘原始基本’这四个字，乃是把我自己譬作一个狗，无论是中国人英国人俄国人，他若踏我一脚，我就还他一口”；《神州国光录》对“小胡同里一簇一簇的小屎堆，大街上一摆一摆的大屎车”发出感叹，进而谈及“粪土臣”一词的慷慨：“呜呼！生乎古之世，吾其为粪土臣乎？生乎今之世，吾其免于为粪土臣乎？或曰：你休想！你是什么东西！你既不是国丈，又不是刺史二千石，离粪土臣还有一万年！”应该说，他对新文化运动所提倡的诸多现代观念都是拥护且积极维护的，对现实当中若干非人的现象也都是持批判立场的，加之比较活跃，所以在推进文化启蒙事业方面，他的贡献委实不小。

不过，刘半农毕竟是旧文人出身，鲁迅也曾特别指出“半农的士大夫气似乎还太多”[1]，在新学理方面存在短板，所以他就有意识地扬长避短，往往以旧文章笔法敷衍成文，寓庄于谐，以其人之道还治其人之身，在嬉笑怒骂之中加以阐释。《奉答王敬轩先生》一文是现代文学史上著名的公案，在刘半农和钱玄同的“双簧戏”中，刘对来信一一批驳，第一点便是从“名不正则言不顺”入手：“然而《新青年》杂志社，并非督抚衙门，先生把这项履历背了出来，还是在从前听鼓省垣，听候差遣时在手版上写惯了，流露于不知不觉呢？还是要拿出老前辈的官威来恐吓记者等呢？”刘半农暗示与《新青年》辩论须有相应资格，然后以归谬法直指对手的旧官僚习性和作风，实则是强调对方根本没有对等看待《新青年》，而官威在现代社会中也起不了恐吓作用。短短一小段话，并没有高谈学理，却把什么是现代意义上的平等说得清楚明白，这就是一种高明的文章功夫。

《“作揖主义”》可以视为刘半农最优秀的一篇杂文。该文从沈尹默“无论什么事，都听其自然”的“《红》《老》之学”入手，认为近于托尔斯泰的不抵抗主义，虽是赞成，但一直觉得“有些偏于消极，不敢实行”，

1　鲁迅：《〈何典〉题记》，载《鲁迅全集》第 7 卷，人民文学出版社 1981 年版，第 296 页。

“现在一想，这个见解实在是大谬”。为什么呢？作者作一番简单解释，并且“用些游戏笔墨，造出一个‘作揖主义’的新名词来”，然后举例从反面加以论证，于是前清遗老、孔教会会长、京官老爷、北京和上海各一位评剧家、玄之又玄的鬼学家和王敬轩先生一一登场，轮番陈词。应对之策安在？道不同不相为谋，不过“东也一个揖，西也一个揖，把这一班老伯，大叔，仁兄大人之类送完了，我仍旧做我的我：要办事，还是办我的事；要有主张，还仍旧是我的主张”。如此一番戏剧场景过后，刘半农开始正经起来，解释自己何以如此态度。设若稍稍留心，这篇文章的结构与“赋”这一文体非常接近：沈尹默之语可为“序”，中间部分的七位来客构成主客难对，最后的议论相当于“乱”或“讯”。刘半农未必有心这么写，但自来的文章训练使得他往往在不经意间沿用，所以涉笔成趣，而就其自造新词“作揖主义”及其所阐释的内涵来说，也是历久弥新的现代思想，不无消极自由的意思。

五四一代文人一般都接受过较为系统的文章训练，看似信口道来，但仔细考究都有来历。然而，需要警惕的是，以文字为议论，极容易滋生“文生情”的弊病，而刘半农的杂文，恰与钱玄同某些文章一样，都具有“文生情”的倾向，即本来对某一话题并无确实的意见，但在文章推进的过程中，陆续从文字当中获得灵感和情绪，并以后者支撑完篇。一旦此种写作方法成为习惯性的依赖路径，给人的感觉就是文字芜杂枝蔓，文风油滑，态度和情感不真诚。刘半农曾说“每有所写述，或由于一时意兴之所至，或由于出版人的逼索，或由于急着要卖几个钱，此外更没有什么目的”[1]，这固是自谦，但从另一方面讲，在一定程度上讲也是实情。因此，刘半农也有不少打油品质的杂文，而就是在一篇之内，也有不少油腔滑调的文字。《与疑古玄同抬杠》等文章，若说无趣，读来也有点文字趣味，若说有趣，那么这种趣味也太无聊了点。

1 刘复：《自序》，载《半农杂文》，河北教育出版社 1994 年版，第 1 页。

当然，五四时代是新文学的发轫期，刘半农等人都是创制规范之人，所以他们的写作具有相当的自由度。就当时的散文来说，古文在新文学的对立面，所谓美文并未成型，所以大都倾向于“随感录”式的随感，文风则宁野不文。这种创作情形，或如周作人看待自己的《小河》一诗，“或者算不得诗，也未可知；但这是没有什么关系”[1]，是自谦，但也是自负。刘半农在《也算发刊词》中也曾如是夫子自道：

> 我与几位同事先生，教书读书当然是正事，而没事时大家聚在一起乱谈天，也就几乎变成了正事一样。有时谈得不投机，大家抬起杠来，也就可以闹得像煞有价（介）事，而实际所争者，也不过是“天地间先有鸡或先有鸡蛋？”一类的问题而已！因此，有人称我们那休息室为“群言堂”，取“群居终日，言不及义”之意。这大概是不错的。但我觉得便是这样，也总还比“饱食终日，无所用心”好一些。

总要“好一些”，就是吴稚晖所说的“造”。考虑到这样的时代背景，那么对刘半农的油滑或许可以多一点同情的理解。

前文曾有提及，吴稚晖的游戏文章是做戏，刘半农却是假戏真做，而就从油滑中有的嘲讽气息看，似乎也存在这种差别。刘半农的嘲讽总是能够让人看出他是真的动了气，比如《骂瞎了眼的文学史家》中对陈源的冷嘲热讽，是不是有失厚道且不说，就作者这一面说，实是反应过当。但不管怎么说，刘半农的杂文总带有一丝嘲讽的味道是可以肯定的，但只是有些味道而已，所以“嘲”的意味也很含蓄，故而“讽”的强度不够，“刺”的力度则更弱。《她字问题》提及“《新青年》也有两期不曾收到，大约是为了‘新’字的缘故，被什么人检查去了”，表明对书报检查的不满；《北

1　周作人：《小河》，《新青年》第6卷第2号，1919年2月15日。

旧》叙述“自从去年六月北伐完成，青天白日旗的光辉照耀到了此土以后，北京已变做了北平，‘京’的资格已变做了‘旧京’了”，影射换汤不换药的现实。诸如此类，都是文人出声的腹诽而已。

刘半农讽刺无力当然算不得一个缺点，而带有文人气的嘲讽却足以成为他的杂文的特质。在五四时代，具有传统读书人气质的散文作者很多，一般都不擅长讽刺。比如名士气度的郁达夫，一旦讽刺起来似乎也只是逞才使气，只见轻狂，不见锋芒。相较之下，刘半农的嘲讽起码有讽刺的影子在，虽然文人的回旋较多，但其实不乏现代知识分子的品格，自然也是难能可贵了。

总体说来，刘半农是五四时代的新文学的一个吹鼓手和践行者，他的杂文充满时代气息，所以时代性可以算作第一个特色；其次，在从洋场才子转换为现代知识分子的过程中，传统文章趣味和现代思想品格的杂糅，构成了他的杂文的混沌之处，但绝不是其本人摇摆；再次，带有传统文士风情的嘲讽格调为现代散文创作增添了别样的风情。值得一提的是，刘半农到后来成为鲁迅所不满的“因为爬了上去，就不但不再为白话战斗，并且将它踏在脚下”的“有些战士”[1] 之一，有《双凤凰砖斋小品文》，变得不再油滑、不再嘲讽，也就与时代脱节，成了真正的以文字自娱了。

与刘半农的浅近相比，陈源则是清浅，有时或可臻于流丽之境。陈源（1896—1970，江苏无锡人），文学评论家、翻译家、作家，字通伯，笔名陈西滢。书香世家出身，1908 年入南洋公学，1912 年赴英留学，先后在爱丁堡大学、伦敦大学攻读。1922 年回国后任北京大学英国文学系教授。1924 年与王世杰、周甦生、陶孟和等人创办《现代评论》周刊，主撰“闲话”一栏，对当时的思想、学术、文化、社会多有批评，在读者中产生了重要影响，被视为“现代评论派”的代表作家。1929 年秋起任武汉大学文学院院长，长达十年，提倡通才教育，造就不少人才。抗战全面爆发后任中华全国文艺界抗敌协会理事，1943 年赴伦敦任中英文化协会会

1　鲁迅：《“感旧”以后（下）》，载《鲁迅全集》第 5 卷，人民文学出版社 1981 年版，第 334 页。

长，为中国的抗战争取国际同情。1945 年任中国驻联合国教科文组织首任常驻代表，致力于国际文化交流工作。1966 年退休，定居伦敦，1970 年病逝。创作主要有杂文集《西滢闲话》，另有若干集外佚文。

陈源在中国大陆之所以知名，是因为与鲁迅、周作人为首的“语丝派”交恶。概而言之，双方之所以交恶，一是因为“女师大事件”，一是因为鲁迅《中国小说史略》的私事。关于这两段公案，文学研究界多有阐发，总体态度是抑陈扬鲁，此处无法一一引证，相较而言，历史学界的观点可能更为客观一些：

> 新文化运动的核心主要是北京大学的一批学者，其内部大致可分两派，一是民初尤其是蔡元培长校以来逐渐取代桐城派而兴的太炎门生，一是陈独秀、李大钊、胡适等新进。后来陈、李二人脱离北大，胡适无形中成为后一派的代表。双方对于学术和政治的看法互有异同，在面对校内外反对势力时还能一致对外，但在许多问题上不仅存在分歧，而且时有冲突，甚至各派内部（尤其是后者）意见也不统一。由此演变而来的北京大学内部的党派纠葛，如法日派与英美派、语丝派与现代评论派、浙籍与他省等，相互缠绕，异常复杂，令不少学人将任教北大视为畏途。在籍在系的鲁迅，只是北大的讲师，严格说来，并非北大派的正牌。不过他与陈源的冲突，确实反映了北大派内部的进一步分裂。

陈源与鲁迅、现代评论派与语丝派的论争，双方都有意气，而将之置于中国现代学术思想的脉络中观察，则是中国之学是“发现”还是“发明”的问题。[1] 从这一问题出发，遂有秩序与重构、保守与激进、改良与革命等

1　桑兵：《厦门大学国学院风波》，《近代史研究》2000 年第 5 期。

延伸命题。不难发现，陈源基本是站在前者的立场上的，因为共同的留学英美的教育经历而在政治思想立场方面趋近，所以自然亲近现代评论派、新月派的“绅士”，也正因为如此，他在相当长的一段时期内就难以得到公平对待，相应地也就不会有关于他的持平之论。

《西滢闲话》的“性质属于批评文学，时事较多，文学艺术亦曾涉及”，基本特色在于“每篇文章都有坚实的学问做底子，评论各种事理都有真知灼见”。[1] 需要指出的是，这里所谓真知灼见并不是说陈源的“闲话”以思想性见长，而是指他总能够表现出一定的思辨性，有属于个人的独立见解。这种谈话风的随笔或杂文，当然可以而且必然会涉及许多重要的现实问题，不过，因其表现方法的随意与亲切而并不显得严肃，是故“大问题”往往转换为“小体会”，故就文体而言，可以认为是带有英式随笔特色的现代小品。陈源应该可以算是稍早于梁遇春的一位较为西化的小品文作家，但与后者过于西式的花团锦簇的文风不同，他大抵以清明的理性见长，故清澈的理性算得上是陈源“闲话”的首要特质。

思辨在陈源杂文中触目皆是。《开铺子主义》以徐志摩和萧伯纳关于英国人有无主义的说法为正反两方，层层推进，说明英国其实奉行的是“开铺子主义”，即商人的实用主义，也因为如此，他们的庚款委员会人事有变迁，不过是为了维护英国的利益；《东西文化及其冲突》看题目似乎讨论的是大问题，其实就是工作和娱乐之间的关系，顺带批评了中国人不懂休息而各趋两极的不良风气；《争点》以字句难易与文章内涵好不好懂的一般关系入手谈古文与白话，经过一番辨析，得出“白话文重自我的表现，文言文却重模仿”的结论。这些简单、简洁的辩驳，文字浅显、思路清晰、论述流畅，虽然并没有多少哲理的深度可言，却体现出相当的思辨性。

这种文风，其实用于思想启蒙再好不过，因为它鼓励独立思考。一般

1　苏雪林：《陈源教授逸事》，载方仁念选编《新月派评论资料选》，华东师范大学出版社 1993 年版，第 275 页。

而言，陈源是一个英式古典自由主义者，基本立场或如他在《中山先生大殡给我的感想》一文中所说，“也许我受了英国思想自由的毒，我总觉得一个信仰必须有理智做根基，才算得是彻底的信仰，要不然只好算迷信”。他在《新文学运动以来的十部著作》（上、下）中特意标举鲁迅的《呐喊》，不无向世人昭示自己决不因私人恩怨而有所偏私之意，但却并不因此而放弃个人见解，只肯承认阿 Q 的文学价值而对《呐喊》中的其他小说不肯赞一词。当然，这里不是认为陈源的说法就是对的，而是强调，他基于个人的文学观而作出的独立判断值得尊重。正如陈源在文中所说：“我不能因为我不尊敬鲁迅先生的人格，就不说他的小说好，我也不能因为佩服他的小说，就称赞他其余的文章。我觉得他的杂感，除了《热风》中二三篇外，实在没有一读的价值。”今天看来，陈源关于鲁迅杂感的判断也是大谬不然，但他对于鲁迅的态度，无疑仍有可取之处，即始终保持一个现代知识分子的独立性。

陈源杂文的第二种特质，是讥诮性。上引几篇杂文大概也可以看出他的这一风格：先通过讨论得出关于某事的一般性看法，然后以此为标准度量现实，又只是将现实往标尺上一靠，并不多言，则现实之悖谬不言自明。职是之故，徐志摩也认为陈源“妄想在不经心的闲话里主持事理的公道，人情的准则。他想用讥讽的冰屑刺灭时代的狂热”，可惜因为“武器的分量太小”而“火烧的力量太大”，所以是“不可能的”[1]，只不过将徐志摩所谓“讥讽”改作“讥诮”可能更为合适，因为“讽”是需要一定情感强度的，而讥诮是比嘲讽力量还要弱一些的讽刺，是情绪经过理性过滤的讽刺。

讥诮的特征是冷言冷语，且看《“有奶便是娘”与“无奶不是娘”》一文。该文以彭允彝任总长时北大脱离教育部之“有奶不是娘”的“光荣”出发，批评现在的北大欲与时任总长为章士钊的教育部脱离，而又担

1　徐志摩：《“闲话”引出来的闲话》，《晨报副刊》第 1423 号，1926 年 1 月 13 日。

心经费不济，所以暗中先与财政部接洽的行为，并指明其难逃“有奶便是娘”或“无奶不是娘”两种选择。陈源此文附带还有其他论题，姑置不论，但看这里不动声色地摆出几种情形，则讥诮之状溢于言表。用通俗一点的话来讲，这就是站在一旁说风凉话。

这是陈源模仿、学习他所心仪的法郎士而形成的风格。徐志摩带着知己的口气评论道：

> 他学的是法郎士对人生的态度，在讥讽中有容忍，在容忍中有讥讽；学的是法郎士的“不下海主义”，任凭当前有多少引诱，多少压迫，多少威吓，他还是他的冷静，搅不浑的清澈，推不动的稳固，他唯一的标准是理性，唯一的动机是怜悯；学的是法郎士行文的姿态：“法郎士的散文像水晶似的透明，像荷叶上露珠的皎洁”，西滢说着这话，我们想见他唾液都吊出来了！[1]

从理性生发出来的冷静、清澈、稳固以及因此而有的文风的干净、纯粹、清晰，也是陈源杂文的明显特征，这可算是其第三种特质。

《文艺出版物》一文极为快捷爽朗。作者先说明英国某报统计出来的一个季度的出版物中“有趣味的书”已有 585 种之多，然后又举出商务印书馆某一刊物所统计的数据，却是从新文学运动起到 1923 年底为止，五六年中却只出版有约 159 种，简要对比之后，以这样一段话冷静收束：“然而中国人还总是这样的自豪：‘西洋人崇尚的是物质文明，中国人崇尚的是精神文明！’大约精神文明完全是文明在脑筋里，用不着看书的。”当然，陈源杂文也有像《清宫》那样缠绕的作品，不过少之又少，即使文意稍有曲折，也多是三言两语带过，很快切入正题，所以就一般风格而论，都是《文艺出版物》这样畅达的文字，包括《西滢闲话》未收的集外稍长

1　徐志摩：《“闲话”引出来的闲话》，《晨报副刊》第 1423 号，1926 年 1 月 13 日。

的文章，也从来是清清爽爽、俊秀可人。

思辨的内容、讥诮的讽刺和清通的文风，是《西滢闲话》最显著的三个特征。相较于吴稚晖的“野”和刘半农的“浅”，陈源杂文如果用一个词来概括，大概当得一个“清”字。他甚少采用修辞，但也不是平铺直叙，而是以思辨的曲折代替文字本身的起伏；他很少流露激烈的情感，但也不是无动于衷，而是用婉而多讽的隽永中和了讽刺的火气。总之，陈源杂文清秀明朗，虽然没有法郎士意义上的怜悯，却也学得了俊逸，在“谈话风”散文中可谓自成一家。

需要强调的是，陈源的闲话风格固然较为西化，但那种意态从容、纵横随心的潇洒，却也与本土的文人清谈传统颇为相近。职是之故，陈源于是成为中国现代小品文发展过程中出现的融合中西风情的写作路径之一环——在相当意义上可以这样讲，他是梁实秋、钱锺书的先声。

第三 鲁迅的魏晋文章

鲁迅的旧学修养是中国现代文化史、文学史上一个聚讼不休的话题。周作人晚年作《鲁迅读古书》，开篇即提及这一公案，“关于鲁迅与古书的问题，普通有两种绝不相同的说法。甲说是主张用古文的一派：你们佩服鲁迅，他的新文学固然好，但那正是从旧文学出来的，因为他读的古书多，文学有根柢。乙说根据鲁迅自己的说法，在《晨报副刊》征求‘青年必读书’的时候，他竭力劝青年不要读中国古书，免得意气销沉下去”，他的看法是，两派的意见都是片面的，但也坦陈“鲁迅多读古书，得到好处，乃是事实”。[1] 当然，无论从哪一种意义上看，鲁迅都是一位典型的现代作家，“表现的深切和格式的特别”[2]，即思想的新颖与形式的别致在他那里不可或分，共同体现了鲁迅眼中现代中国的内在理路和外在样貌。不过，人们在对鲁迅的现代思想者、知识分子、文学家身份保持长期关注的同时，往往在有意无意之间轻视乃至忽略了他的另外一面：文士品格、文人本色和文章修养。

总体说来，鲁迅于现代知识分子风范中可见传统士子的风骨，在现代作家风采的另外一面其实可见传统文人风情，故其开创并奠定中国现代多种文类（小说、散文、散文诗、杂文等）的范式实以文章修养为根基。正因为这样，虽然鲁迅所关切的文学命题都是较为严肃的，对小品文这一文体及其现实创作潮流也表现出明显的不满，如他曾径直指斥“论语派”幽

1　周作人：《鲁迅读古书》，载《鲁迅的青年时代》，止庵校订，河北教育出版社 2002 年版，第 59—60 页。

2　鲁迅：《〈中国新文学大系・小说二集〉序》，载《鲁迅全集》第 1 卷，人民文学出版社 1981 年版，第 238 页。

默小品“是将屠户的凶残，使大家化为一笑，收场大吉”[1]，但细读这类文章可以发现，鲁迅反对的多是丢掉了“讽刺”“攻击”“破坏”品格而沦为“文学上的‘小摆设’”的晚明小品[2]。他关于晚明小品的意见主要见于《杂谈小品文》一文，该文也对当时何以趋近“‘天马行空’似的超然的性灵”文学有所分析：

> 这经过清朝检选的“性灵”，到得现在，却刚刚相宜，有明末的洒脱，无清初的所谓“悖谬”，有国时是高人，没国时还不失为逸士。逸士也得有资格，首先即在“超然”，“士”所以超庸奴，“逸”所以超责任：现在的特重明清小品，其实是大有理由，毫不足怪的。

鲁迅自然透彻，以今观之，虽然提倡晚明小品并无太多不妥，但其流弊亦无需讳言。相较而言，鲁迅对魏晋文章的喜爱众所周知，而且几乎都是正面评价，《魏晋风度及文章与药及酒之关系》这篇名文提纲挈领，大体代表了他对六朝文章的观点。

鲁迅看重六朝的文章并将佛教译本当作六朝文来看[3]，当然不仅仅是看重文章，而如余英时所论，这一时期“名教危机下的魏晋士风是最近于个人主义的一种类型，这在中国社会史上是仅见的例外”[4]，因之更多思想方面的原因，但也有学术传承的关系在内。王元化指出：

> 不论自觉或不自觉，鲁迅受章太炎影响处甚多。如太炎继顾炎武、钱大昕、朱彝尊等之余绪，破千年之偏见，著《五朝学》，

1　鲁迅：《“论语一年”——借此又谈萧伯纳》，载《鲁迅全集》第4卷，人民文学出版社1981年版，第567页。

2　鲁迅：《小品文的危机》，载《鲁迅全集》第4卷，人民文学出版社1981年版，第575页。

3　《鲁迅的青年时代》一书多篇文章指出鲁迅“旧文艺”嗜好在此两点。参见周作人：《鲁迅的青年时代》，止庵校订，河北教育出版社2002年版，第44、51、55、63页。

4　余英时：《士与中国文化》，上海人民出版社2003年版，第385页。

> 恢复魏晋玄学的历史地位，鲁迅则撰《魏晋风度及文学与药和酒之关系》。他喜爱玄学家嵇康，并校勘《嵇康集》。章太炎严格区分汉宋与今古，告诫弟子不可自乱家法，对以今文学治经，称鲧是鱼，禹是虫，加以嘲笑；鲁迅同样不喜宋学，讥嘲顾颉刚疑古，把禹当作一条虫。[1]

这里不去辨析学术渊源问题，且看鲁迅怎么看待六朝文章。

汉魏之际的文章“清峻，通脱”，即思想开通兼文风简约，这是鲁迅颇为欣赏的文章风情。鲁迅对阮籍、嵇康二人一“使气”一“师心”的“慷慨激昂”品格，更是赞赏有加，而对于何晏以下“不做文章而流为清谈”的风气则稍有微词，所以对于“和平的田园诗人”陶渊明，也要强调他并非“遗忘和冷淡”世事，只是时代变迁的缘故而“态度比嵇康阮籍自然得多”罢了。[2] 这就与鲁迅本人的性情有关。许寿裳曾提及鲁迅“对于魏晋文章，素所爱诵，尤其称许孔融和嵇康的文章”，实是因为“鲁迅的性质，严气正性，宁愿覆折，憎恶权势，视若蔑如，皜皜焉坚贞如白玉，懔懔焉劲烈如秋霜，很有一部分和孔嵇二人相类似的缘故”。[3] 许氏乃鲁迅旧友，自然对其多有称誉，但总体而言，并无过当之处。应该说，周氏兄弟同重六朝文章，不过，二人性情不同，一峻切一沉静，故周作人取清谈的平和，鲁迅则择清峻通脱的大文章，但仍有相通之处，待前者愈到后来愈亲近晚明小品，则两人之分途已有背道而驰之概了。有意味的是，如果说魏晋文章和晚明小品可以代表传统文章在现代中国的两种发展路径，那么周作人颇多传人，而且至今也影响颇大，而鲁迅差不多可以说是及身而绝了，后世之“鲁迅风”杂文乃至更远的流脉，已与魏晋文章毫无关

1 王元化：《对于五四的再认识答客问》，载祝勇《国学与五四》，东方出版社 2016 年版，第 284 页。按：鲁迅文章题名当系误记，应为《魏晋风度及文章与药及酒之关系》。
2 因引用较多，不一一注明，可参鲁迅：《魏晋风度及文章与药及酒之关系》，载《鲁迅全集》第 3 卷，人民文学出版社 1981 年版。
3 许寿裳：《亡友鲁迅印象记》，人民文学出版社 1959 年版，第 41 页。

系了。

废名以为“中国文章，以六朝人文章最不可及”，且认为晚唐诗、南宋词都是其流脉，而“在我们现代的新散文里，还有‘六朝文’”，例证则是梁遇春。[1] 废名自然有他的道理，但这一论断未必能够使人心服，即使是他本人的作品，固然不是明清小品的闲散，而也去六朝的风流蕴藉颇有距离。在这个意义上讲，鲁迅是独一无二的，他是以现代知识分子理念熔铸魏晋士人风骨而成的现代文章。

平心而论，鲁迅本人自是文章高手，涉笔成趣之处所在多多，故散文、杂文虽命意广大，其实颇有小品风趣。《野草》中的《立论》可作如是观，《朝花夕拾》中的《父亲的病》《琐记》《范爱农》等篇，亦不乏精彩片段。且看《琐记》中记沈四太太的一节：

> 举一个例说罢，冬天，水缸里结了薄冰的时候，我们大清早起一看见，便吃冰。有一回给沈四太太看到了，大声说道：“莫吃呀，要肚子疼的呢！”这声音又给我母亲听到了，跑出来我们都挨了一顿骂，并且有大半天不准玩。我们推论祸首，认定是沈四太太，于是提起她就不用尊称了，给她另外起了一个绰号，叫作“肚子疼”。

《琐记》一文的整体立意姑且不论，单论此节，当然看似充满童趣而其实乃品咂人生深沉滋味的小品，不过，它所蕴含的情绪，不是一般所看到的事过境迁之后的释然，而是有理解，但在理解之中仍然有不以为然的地方。这表明鲁迅闲笔不闲的文章作风，虽然性质仍属小品文。

鲁迅这些今日被目为所谓现代散文（含杂文）的作品，最具有小品风情的，首先便是记人记事之作。《为了忘却的记念》当然是一篇严肃文章，

---

1 废名：《三竿两竿》，载王风编《废名集》第3卷，北京大学出版社2009年版，第1354页。

但鲁迅记人却不乏趣味，关于柔石，他是这样写的：

> 他的迂渐渐的改变起来，终于也敢和女性的同乡或朋友一同去走路了，但那距离，却至少总有三四尺的。这方法很不好，有时我在路上遇见他，只要在相距三四尺前后或左右有一个年青漂亮的女人，我便会疑心就是他的朋友。但他和我一同走路的时候，可就走得近了，简直是扶住我，因为怕我被汽车或电车撞死；我这面也为他近视而又要照顾别人担心，大家都仓皇失措的愁一路，所以倘不是万不得已，我是不大和他一同出去的，我实在看得他吃力，因而自己也吃力。

鲁迅以长辈的宠爱目光打量青年柔石，居然也有些调皮，“或左右”缀于“相距三四尺前后”的后面，补充得极好；而他叙述与柔石同行的为难情形，更是曲尽其妙。需要强调的是，鲁迅以事后的轻松反衬当日的悲痛自是无疑，此文记人之沉痛如此，从文章角度观察，自然轻浮，但细枝末节部分在不经意中仍能显出文章功夫，这就是他的文章修养了。

《忆刘半农君》叙写《新青年》时期的几位著名人物，极为传神，能够见出当时的人物风流：

> 《新青年》每出一期，就开一次编辑会，商定下一期的稿件。其时最惹我注意的是陈独秀和胡适之。假如将韬略比作一间仓库罢，独秀先生的是外面竖一面大旗，大书道：“内皆武器，来者小心！”但那门却开着的，里面有几枝枪，几把刀，一目了然，用不着提防。适之先生的是紧紧的关着门，门上粘一条小纸条道：“内无武器，请勿疑虑。”这自然可以是真的，但有些人——至少是我这样的人——有时总不免要侧着头想一想。半农却是令人不觉其有“武库”的一个人，所以我佩服陈胡，却亲近半农。

再看记事。早期的文章《记“发薪”》叙述“亲领”三成薪水的情形，述及进门时的巡警敬礼、会计科的点头和“不满百元”的贴纸，还属小道，愈到后来，鲁迅这样的笔墨愈多，也愈加自如。《看萧和“看萧的人们”记》记与萧伯纳会面及萧伯纳在笔会接受访谈的情形。鲁迅因为萧伯纳为中国“模仿西洋绅士的人物”“不喜欢”，而“被我自己所讨厌的人们所讨厌的人，我有时会觉得他就是好人物”，所以去见面，一见之下，这位世界名人“其实是什么标记也没有”，只是觉得“雪白的须发，健康的血色，和气的面貌”很适合“作为肖像画的模范”而已。鲁迅的“看萧”，仅到这里，自然平平无奇，但下面记萧伯纳用筷子的情形就很有意思了：

> 到中途，他用起筷子来了，很不顺手，总是夹不住。然而令人佩服的是他竟逐渐巧妙，终于紧紧的夹住了一块什么东西，于是得意的遍看着大家的脸，可是谁也没有看见这成功。

萧伯纳之儿童游戏般的喜悦、鲁迅之笑而不语的情形，宛然可见。至于萧伯纳与众人会见的情形，多是鲁迅借题发挥的话题，而其中仍有深趣在焉。例如：

> 据张若谷君后来发表出来的文章，则萧还问了几句话，张君也刺了他一下，可惜萧不听见云。但是，我实在也没有听见。

鲁迅笔下的这一个“但是”，就调皮了，再加上一个“实在”，不能说不照拂张若谷的面子和情绪了。

其次，鲁迅各种文集的序跋以及他为他人文集所作的序跋都较多小品的文采和神采。现代以来，论序跋文章，无有过于周氏兄弟者，但二者之间的分野甚是显著：周作人常说自己的序跋说的都是所谓“题外话”，后来更径直宣称“我写序跋是以不切题为宗旨的”[1]，大抵都是借题发挥自己关于文学的见解；鲁迅则无论为人还是为己作序跋，大概总是忠实履行职责，虽然言简意赅，但事无巨细，从无遗漏。不过，这不是说鲁迅没有变化。应该这样讲，鲁迅具有明确的文类、文体的界限意识，一如他所谓“凡有文章，倘若分类，都有类可归”[2]，但在实际的写作中则从不受教条约束，而能变化自如，思绪井然且文采斐然，闪烁着不可掩抑的神采。

《朝花夕拾》的《小引》，如是描述“旧事重提”如何改作“朝花夕拾”：

> 带露折花，色香自然要好得多，但是我不能够。便是现在心目中的离奇和芜杂，我也还不能使他即刻幻化，转成离奇和芜杂的文章。或者，他日仰看流云时，会在我的眼前一闪烁罢。

这原是美文风格，但清峻之气不可掩，总能见出魏晋士子风情。其实，鲁迅的新诗也是如此。如废名所激赏的《他》，因为“峻绝”，不仅是废名本人，还有几位朋友，都认为“这首诗好像是新诗里的魏晋古风”。[3] 以此，《野草》的“题辞”也不妨从这个角度加以认知。

《白莽作〈孩儿塔〉序》也正是这样的文章。鲁迅以诗人的幽情写下了这一段激愤之辞：

> 这是东方的微光，是林中的响箭，是冬末的萌芽，是进军的第一步，是对于前驱者的爱的大纛，也是对于摧残者的憎的丰碑。一切所谓圆熟简练，静穆幽远之作，都无须来作比方，因为这诗属于别一世界。

1　周作人：《长之文学论文集跋》，载《苦茶随笔》，止庵校订，河北教育出版社 2002 年版，第 70 页。
2　鲁迅：《〈且介亭杂文〉序言》，载《鲁迅全集》第 6 卷，人民文学出版社 1981 年版，第 3 页。
3　废名：《谈新诗・鲁迅的新诗》，载王风编《废名集》第 4 卷，北京大学出版社 2009 年版，第 1685 页。

文章技法和修辞在这里已经微不足道了，单看其文字之简练、文气之峻切、文风之老练，便可深切感知其融现代知识分子之独立自由精神与传统文人之慷慨激昂气质为一体的气魄和情思，实是现代文学中的第一流文章。此外，如《叶永蓁作〈小小十年〉小引》《柔石作〈二月〉小引》《叶紫作〈丰收〉序》《田军作〈八月的乡村〉序》《徐懋庸作〈打杂集〉序》《萧红作〈生死场〉序》等，也是各篇有各篇的精彩。

鲁迅乃文章作手，他的杂文当中，文章笔法更是所在多多，不过，如果仅限于此，那么他的意义也就缩小了很多。从上面对鲁迅文章的魏晋风情、风骨的爬梳中可知，鲁迅之所以是鲁迅，是因为他在魏晋风度的骨力基础之上融入现代知识分子风骨，因此他的小品文章较之传统文章有变化、有发展、有创造。大致可以总结如下：第一，就思想体系而论，鲁迅以现代的乃至超越现代的带有人类共性特征的关于存在的认知改造了传统文人风骨，使之适应现代语境；第二，就文化品格来说，独立自由的现代知识分子精神矫正了儒释两家的流弊，使得文化创新具有了相当的现实根基；第三，就文学谱系而言，鲁迅融汇中西的创造，使得中国本土文学传统获得了现代生命。具体到鲁迅的文章，溯源追流，可以这么讲，他对魏晋文章风情进行了吸纳和改造，使之成为一种全新的文体。

需要强调的是，当下学界论及鲁迅散文，基本都是就《朝花夕拾》为代表的现代散文和杂文两方面立论，对于其传统文章风情的另一面，则很少涉及，即使涉及，不是前二者的迁延，致其特质难以显现，就是表现为名不正则言不顺的心虚，不敢放胆直言。事实上，鲁迅的写作“既源于文类，而又超越文类”，职是之故，“读鲁迅的作品，则必须不断变换视点，否则，用读杂文的眼光和趣味来读论文，或者反之，都可能不得要领”[1]，故用现代散文的观念统摄鲁迅具有文章风情的作品，显然并不妥当。其实，这不过是常识，时至今日，更应该正视这个问题。

---

1 陈平原：《现代中国的述学文体》，北京大学出版社 2020 年版，第 250 页。

鲁迅文章的魏晋风情在他的那些现代散文文类中有所表露或如上述，就他本人的言论来说，也可看出端倪。他认为，小品文之“小”，不在篇幅，而“该像佛经的小乘似的，先看内容”，凡“讲小道理，或没道理，而又不是长篇的，才可谓之小品”，然而，“至于有骨力的文章，恐不如谓之‘短文’，短当然不及长，寥寥几句，也说不尽森罗万象，然而它并不‘小’”。[1]“小道理”者，个人生活经验中之令人感到惊喜者；“没道理”者，乃个人有所体会而又不足为外人道的生活情趣也。总之，都是个人趣味则属无疑。然而，以鲁迅的性情，自然不屑，即使涉及，也是“寥寥几句”而“森罗万象”。

先看鲁迅所拟的一则小广告。他曾在《京报副刊》为译著《苦闷的象征》撰广告文曰：

> 这其实是一部文艺论，共分四章。现经我以照例拙涩的文章译出。并无删节，也不至于很有误译的地方。印成一本，插图五幅，实价五角。鲁迅告白。

有论者评曰：“这里毫无渲染，且特别声明书的性质，‘其实’二字下得尤妙，犹云：‘书中并无“性苦闷”之类，对某类书有特别兴趣之读者诸君幸勿误会。’”[2] 较之周作人的书话，也许不好说高下，那么深浅如何呢？可以再看一则。《三闲书屋印行文艺书籍》为单张广告，系推介《毁灭》《铁流》《士敏土之图》三本译书。鲁迅写道：

> 敝书屋因为对于现在出版界的堕落和滑头，有些不满足，所以仗了三个有闲，一千资本，来认真绍介诚实的译作，有益的画本，货真价实，童叟无欺。

1　鲁迅：《杂谈小品文》，载《鲁迅全集》第6卷，人民文学出版社1981年版，第417页。
2　余斌：《鲁迅与广告》，载《当年文事》，南京大学出版社2009年版，第1—2页。

“三个有闲”显系自嘲，属虚写，但“一千资本”却是落在了最实际的地方，二者之间的反差本已造成不协调而有谐趣，而最末的“货真价实，童叟无欺”则更是以一句通行的广告语将这谐趣推广开去，使之不流于尖刻，而更容易为普通顾客所接纳。两则广告合而观之，已可见到鲁迅的变化，而他不管大小文章，大概都是这样的经心制作，不过大文章中容易淹没，小文章当中才更见精彩罢了。

鲁迅短文风格或如上两则广告所示，都是若有心若无意地写来，随手点染而均见风采，虽未必关乎世道人心，而的确森罗万象，自然与惯常所理解的闲适小品不同。然而，小品即使不是闲适小品，但只要表现出作者的性情、兴会，乃至文字有趣味，称为小品固无不当。鲁迅的这类文字，照他本人的意思，固宜称为“短文”，在这里，姑且按照本书的脉络，将其文人的笔墨情趣与魏晋的文章风骨两相结合的短文称为“魏晋文章”，以之代表现代小品文的一种发展路径。

笔墨与风骨结合，可以作出极有神采的文章，这是没有问题的；鲁迅的特别，在于看似稀松平常的笔墨，也都有风骨的刚性。例如，作于1930年的《鲁迅自传》是一篇扼要畅达的短文，但事实上内里的筋骨颇有力量。开篇是这样写的：

> 听人说，在我幼小的时候，家里还有四五十亩水田，并不很愁生计。但到我十三岁时，我家忽而遭了一场很大的变故，几乎什么也没有了；我寄住在一个亲戚家里，有时还被称为乞食者。

这里的两句实际可以看作三句，记叙部分交待事实，是清通的写法，每一句的最后部分都是一个总结短句，“并不很愁生计”“几乎什么也没有了”和“有时还被称为乞食者”，都是很斩截的语气。这种刚柔相济的文风，鲁迅在文章中是一以贯之的，而具体形式则千变万化。

应该承认，鲁迅的传统文化修养其来有自，且在后来有相当发展。他出身士大夫家庭，本有旧学的童子功，而家道中落之后入新式学堂，声光化电搭配子曰诗云，中途还曾遵照家族的安排应试，旧学历练并未中断；留学东京，曾从章太炎受业，在文章之学及魏晋文学方面受惠颇多，职是之故，回国之后才颇有兴味地校勘嵇康、辑录古小说和绍兴地方文献——甚至客居北京时期在绍兴会馆中埋头抄录古碑，这也可以看作这一阶段文学或曰文章趣味的延续和深化；而在投身新文学之后，在诸如翻刻佛经、戏作旧诗等方面，几乎仍然是早年养成的兴味的延续。

鲁迅当然也有一些个人的乃至私人的兴趣偏好，如《俟堂专文杂集》收集的古砖拓本就带有文人雅玩性质，不过这是早年的消遣，此后他并没有就此作过文章，自然也就没有那种文人气息浓郁的小品，然而，他在不经意间仍有流露，仍能表明他身上其实也有文人习气。他早岁所作之《戛剑生杂记》是笔记，第二、三、四则乃孔子所谓“多识于鸟兽草木之名”意思的引申，是文人雅玩清赏性质的。第二则云：

> 生鲈鱼与新粳米炊熟，鱼须砍小方块，去骨，加秋油，谓之鲈鱼饭。味甚鲜美，名极雅饬，可入林洪《山家清供》。

周作人从自己的旧日记中摘出鲁迅的这几条笔记，意在说明“这些事情都很琐屑，可是影响却颇不小，它就‘奠定’了半生学问事业的倾向，在趣味上到了晚年也还留下了好些明了的痕迹”。[1] 这当然有迹可循，像鲁迅为《北平笺谱》作序，虽力言“此虽短书，所识者小，而一时一地，绘画刻镂盛衰之事，颇寓于中”，其实不过“聊图娱目”而已。[2] 因此，鲁迅在《呐喊·自序》中所说的“用了种种法，来麻醉自己的灵魂，使我沉入于国民中，使我回到古代去”[3] 虽然也是实情，但毫无疑问，这一说法构

1　周作人：《关于鲁迅》，载《瓜豆集》，止庵校订，河北教育出版社 2002 年版，第 153 页。
2　鲁迅：《〈北平笺谱〉序》，载《鲁迅全集》第 7 卷，人民文学出版社 1981 年版，第 405—406 页。
3　鲁迅：《呐喊·自序》，载《鲁迅全集》第 1 卷，人民文学出版社 1981 年版，第 418 页。

成了对其私人情趣的遮蔽。

这里还可以另外举出一个著名的例子，那就是鲁迅对毛边本的热爱。

鲁迅的译文序跋中，最为人熟知的一篇当属《域外小说集》的《序言》。正文仅一段，点出“词致朴讷”的译笔后，强调“文情”与“神思”二者[1]，这是一篇规矩的序文。其实，可以当成文章来读的，是略例。略例凡五则，其一交待“采译自有偏至”的具体情形，其三解释人名音译办法，其四说明标点用法，其五同四，言典故标注法。其二介绍书刊版式，却多少体现了鲁迅本人作为读书人的某种趣味：

> 装订均从新式，三面任其本然，不施切削；故虽翻阅数次绝无污染。前后篇首尾，各不相衔，他日能视其邦国古今之别，类聚成书。且纸之四周，皆极广博，故订定时亦不病隘陋。

“类聚成书”以“视其邦国古今之别”，自是用意深远，余二者，装订样式和书页留白，大概都是读书人深有体会而不足为外人道的习惯，说大一点，就是涉及审美问题，而且还可以更加深远广大。

鲁迅所采取的装订方式，就是所谓“毛边本”样式。毛边本本是舶来品，《域外小说集》差不多率先采用，所以鲁迅说自己在中国算得上是“作俑者之一”，后来虽然不得已而“有条件的降伏”，但也曾与北新书局约定，他的“译著，必须坚持毛边到底”，只是书局采取了两面派手段：单独给他送了毛边本的样书，而市场上流通的则是“毫无‘毛’气，四面光滑”的版本。[2] 即使到了1935年，鲁迅仍自称“毛边党”，但考虑到实际情形，更为“降伏”了，只要求《集外集》出版时给他“留十本不切边的”。[3] 毛边本的确是鲁迅的个人偏好，而且愈到后来愈成为私人爱好，

1　鲁迅：《〈域外小说集〉序言》，载《鲁迅全集》第10卷，人民文学出版社1981年版，第155页。
2　鲁迅：《扣丝杂感》，载《鲁迅全集》第3卷，人民文学出版社1981年版，第484—485页。
3　鲁迅：《致曹聚仁》，载《鲁迅全集》第13卷，人民文学出版社1981年版，第108页。

他的选择，是顺应时代而又保持一己情趣，足称明智。

至于书页留白，鲁迅则由此想到了很多。他曾要求书刊印行时“每篇的第一行之前，留下几行空白”[1]，就是所谓“天头”，但这也往往不可得，所以在此之前写成的文章《忽然想到》之二中，鲁迅就提到了这个问题并有所发挥：

> 而近来中国的排印的新书则大抵没有副页，天地头又都很短，想要写上一点意见或别的什么，也无地可容，翻开书来，满本是密密层层的黑字；加以油臭扑鼻，使人发生一种压迫和窘促之感，不特很少“读书之乐”，且觉得仿佛人生已没有“余裕”，“不留余地”了。

鲁迅在下一段更加上这样一句：“在这样‘不留余地’空气的围绕里，人们的精神大抵要被挤小的。”[2] 小问题也能讲出大道理，鲁迅毕竟是鲁迅，他的作品被称为文章而不是小品，不亦宜乎？

古籍序跋同样如此。鲁迅辑录古籍，多系其参与新文化运动相关活动之前所为。《古小说钩沉》《唐宋传奇集》《小说旧闻钞》而外，大多是六朝时期浙东地方名彦著述，用心之处，近于他对相关文献之“叙述名德，著其贤能，记注陵泉，传其典实，使后人穆然有思古之情”的意见。[3] 所作序跋，大抵都是忠实交待版本源流等信息，偶有发挥，均为华美文章。《〈古小说钩沉〉序》中的几句骈文，如“大共琐语支言，史官末学，神鬼精物，数术波流；真人福地，神仙之中驷，幽验冥征，释氏之下乘”，又如“况乃录自里巷，为国人所白心；出于造作，则思士之结想。心行曼衍，自生此品，其在文林，有如舜华，足以丽尔文明，点缀幽烛，盖不第

1　鲁迅：《扣丝杂感》，载《鲁迅全集》第 3 卷，人民文学出版社 1981 年版，第 484 页。
2　鲁迅：《忽然想到》，载《鲁迅全集》第 3 卷，人民文学出版社 1981 年版，第 15 页。
3　鲁迅：《〈会稽郡故书杂集〉序》，载《鲁迅全集》第 10 卷，人民文学出版社 1981 年版，第 32 页。

为广视听之具而止”，文章朴素美丽，都是极其潇洒的文句。到 20 世纪 20 年代中期以后，《小说旧闻钞》《唐宋传奇集》等出版，鲁迅的序跋颇多个人态度，风格也就由华丽转为佻达，另有风情和风趣。《〈俟堂专文杂集〉题记》中所谓“迁徙以后，忽遭寇劫，孑身逭遁，止携大同十一年者一枚出，余悉委盗窟中”之寇盗，《〈小说旧闻钞〉序言》中所谓“今年之春，有所枨触，更发旧稿，杂陈案头”之枨触，《〈小说旧闻钞〉再版序言》中所谓“海上妄子，遂腾簧舌，以此为有闲之证，亦即为有钱之证也”之有闲有钱，都是意有所指而皆引而不发的婉讽文章。

较之古文序跋，译文序跋及相关按语、引言之类更有神采。这些涉笔成趣的地方，颇可见出鲁迅以旧学为底蕴的文章修养。《〈穷人〉小引》开篇就很奇特：

> 千八百八十年，是陀思妥夫斯基完成了他的巨制之一《卡拉玛卓夫兄弟》这一年；他在手记上说：“以完全的写实主义在人中间发见人。这是彻头彻尾俄国底特质。在这意义上，我自然是民族底的。……人称我为心理学家（Psychologist）。这不得当。我但是在高的意义上的写实主义者，即我是将人的灵魂的深，显示于人的。”第二年，他就死了。

前两句都是中规中矩的写法，第三句“第二年，他就死了”实在是没有道理的一句，但加上了之后，就使得三种事实之间形成了独特的章法结构：既可以理解为陀思妥耶夫斯基完成了《卡拉马佐夫兄弟》之后就死了，也可以理解为他说了“在人中间发见人”这句话之后死了。细读之后可以发现，前者虽然可以理解成陀氏为巨制耗尽心血，但也只是平常的表达，过于平顺，不能为逗起后文蓄势，而后者则不同，当鲁迅摘出陀氏笔记中的这句话插在其余两个事实之间的时候，事实上就突出了这句话的重要性，不仅为后文沿着这句话作阐释和发挥提供了语势，而且以一句简洁的“第二年，他就死了”稳稳托住，喻示此后所论为其身后之事，更为后文的展开凭空辟出了一番天地。寥寥几笔尽显文章章法，这在鲁迅，还是小道，事实上，他如此写来，乃直截了当地表明自己的态度：有这样一本巨作，能够讲出这番话，可以死而无憾了。故文句虽然简练，但其热情实不可掩抑。这一外在清峻而其实内里波澜起伏的文风，正与魏晋士风不可或分。

与古文序跋的简约清明风格相比，译文序跋更能见出鲁迅的文章风情。这里另外选录一段，是他谈论比亚兹莱的：

> 比亚兹莱是个讽刺家，他只能如 Baudelaire 描写地狱，没有指出一点现代的天堂底反映。这是因为他爱美而美的堕落才困制他；这是因为他如此极端地自觉美德而败德才有取得之理由。有时他的作品达到纯粹的美，但这是恶魔的美，而常有罪恶底自觉，罪恶首受美而变形又复被美所暴露。

妙语谈玄而使之带有抽象的冷隽之美，可谓兼有“疑义相与析”与“奇文共欣赏”两种特色。鲁迅文章，郁达夫称其“文体简练得像一把匕首，能以寸铁杀人，一刀见血”[1]，亦是周作人所谓“老吏断狱，下笔辛辣”的“犀利”，不过，鲁迅的词华实与“着眼的洞彻与措语的犀利”同样出色，也有带有“名士清谈”意味的“飘逸”[2]，虽然这飘逸仍然透露出犀利。

不论古籍还是译著，相关的题记、按语、引言、说明等，大都可以称为书话。鲁迅书话变化多端，虽然命意之处不乏严肃乃至情怀深邈，但就整体格调而言，的确有不少与 20 世纪 30 年代中前期的幽默闲适小品较为接近。《文摊秘诀十条》讽刺海上文坛“怪现状”，随手胪列十条，如第二条之“须多谈胡适之之流，但上面应加上‘我的朋友’四字，但仍须讥笑

1 郁达夫：《〈中国新文学大系·散文二集〉导言》，载《中国新文学大系·散文二集》，上海文艺出版社 2003 年影印版，第 14 页。
2 周作人：《地方与文艺》，载《谈龙集》，止庵校订，河北教育出版社 2002 年版，第 11 页。

他几句”和第四条“须设法将自己的照片登载杂志上，但片上须看见玻璃书箱一排，里面都是洋装书，而自己则作伏案看书，或默想之状”，不可谓不辛辣，而与辛辣伴生的情绪，则是滑稽。

鲁迅本就诙谐成性，所以他的这类文字有不少富有谐趣的片段。例如，《破〈唐人说荟〉》如是勘定《太平广记》的价值：

> 我以为《太平广记》的好处有二，一是从六朝到宋初的小说几乎全收在内，倘若大略的研究，即可以不必别买许多书。二是精怪，鬼神，和尚，道士，一类一类的分得很清楚，聚得很多，可以使我们看到厌而又厌，对于现在谈狐鬼的《太平广记》的子孙，再没有拜读的勇气。

这里提及的两点，不宜并列而居然并列，可以见出滑稽，以及鲁迅写出这番话时的狡黠神态。

当然，不管罗列出多少类似条目，大概都不能将鲁迅称为小品文作家。从根本上讲，鲁迅不屑于此道，在相当程度上，他的短文也是大块文章。不过，鲁迅因性情、教养等方面的原因而时而表现出某种文人情调，也是客观事实，职是之故，他的大小文章中存在富有小品格调的文字就是自然之事了。鲁迅的小品文字，当然有一定的文人情调，就其所涉及的诸种文体而论，古籍序跋之类较多在内容方面表现出鲁迅所受地方文化的影响，这是一种带有历史传承意味的文人趣味，而译文序跋则较多发挥，反映的是鲁迅对于特定时期社会、思想、文化等诸多方面现象的思考，诉诸文字，往往有令人叫绝的精彩，表现为幽默、谐谑、滑稽等多种风情。鲁迅的伟大，在于他既是本土文化文学传统的一个产儿，更是一位“不肖子孙”，故在现代知识分子身份之中隐匿且散发着文人气息，这就使得他不只是一位坚忍的“战士”，同时也是一位富有生活情趣的人。

第四

周作人的『文抄公』体随笔

周氏兄弟二人在中国现代文学史上之重要地位，可能怎么说都不为过。且不论周作人五四时期诸多理论文章的影响力，单以创作而论，则鲁迅的小说、散文、散文诗、杂文及其影响下形成的乡土小说流派、“鲁迅风”杂文创作思潮，周作人的闲适小品、读书札记及其影响下形成的美文、小品文两大散文创作路径，就足以支撑起现代文学的整体骨架，更不用提其流风余韵了。与鲁迅相比，周作人本人之理论与创作乃至文坛地位及影响，亦不遑多让。

周作人（1885—1967，浙江绍兴人），原名周櫆寿，字星杓，后改名周作人，又名启明、启孟、起孟，笔名遐寿、仲密、岂明等，号知堂、药堂等。现代著名思想家、文学理论家、评论家、散文家、翻译家、诗人。幼年在家乡私塾接受传统教育，1901 年入南京江南水师学堂。1906 年赴日留学，先入日本法政大学预科，后入东京立教大学。留日期间涉猎广泛，涉及人类学、宗教学、民俗学及多国文艺；与鲁迅共同翻译出版《域外小说集》。1911 年回国，1917 年至北京大学附属国史编纂处任编纂，半年后任文科教授，创立东方语言文学系并担任首任系主任。在这一时期，积极参加新文化运动，成为中坚人物之一。国民革命以后，思想渐趋保守，但仍勉力著述，成为北方文坛核心人物之一。

周作人自称人们心头都有“两个鬼”，即“绅士鬼”和“流氓鬼”，坦陈自己偏爱“绅士的态度与流氓的精神”[1]，亦即兼具“叛徒”与“隐士”双重性格，所以早期散文也有“浮躁凌厉”与“冲淡平和”两种风格：前

1　周作人：《两个鬼》，载《谈虎集》，止庵校订，河北教育出版社 2002 年版，第 252—253 页。

者多收入《谈龙集》《谈虎集》等集子，大抵为应和五四狂飙突进的时代精神所作的谈文艺、时事的杂文，现在一般称为“随笔”；后者今多称散文或抒情散文，陆续结集为《自己的园地》《雨天的书》《泽泻集》等，属于他着力提倡、实践的“美文”。当然，不管是随笔还是美文，多是富有知识性、趣味性，更具艺术意味的闲谈，所以泛泛说来，他的随笔或散文大概都可以被称为小品，因其情调，大都出自个人化的乃至私人化的趣味——即使那些产生重要影响的文章，就周氏个人来说，也不过是自然写出个人心境而已。

然而，这里面仍需辨析。当周作人“想要做点正经的工作，心思散漫，好像是出了气的烧酒，一点味道也没有”，不免向往“在江村小屋里，靠玻璃窗，烘着白炭火钵，喝清茶，同友人谈闲话”之境，此时“随便写一两行”的文字[1]，单论心境，即从作意角度立论，这里所描述的情境当然就是小品格调，不过，若论其意义，可能未必可以作如是观。鲁迅指出，“讲小道理，或没道理，而又不是长篇的，才可谓之小品”，而那些“有骨力的文章”，短则短矣，“然而它并不‘小’”。[2] 周作人早期娓娓而谈的闲话风文章，其实内在颇有“骨力”，退一步说，里面仍有经络，亦即他所谓“我的浙东人的气质终于没有脱去”[3]，故许多篇章尽管短、尽管充满趣味性，而难以称为小品。这里的基本观点是，周作人在早期尽管多有小品格调的创作，但基本仍以今日所谓随笔或杂文和美文为主。周作人曾将自己“写文章”的历史分作三个阶段：“其一是乙巳至民国十年顷，多翻译外国作品，其二是民国十一年以后，写批评文章，其三是民国廿一年以后，只写随笔，或称读书录，我则云看书偶记，似更简明的当。”[4] 翻译可不论，而所谓 1922 年之后的“批评文章”，即他提倡“人生的文学”之后的第一个集子《自己的园地》，因为“梦想家与传道者的气味渐

1　周作人:《自序一》，载《自己的园地》，止庵校订，河北教育出版社 2002 年版，第 1 页。
2　鲁迅:《杂谈小品文》，载《鲁迅全集》第 6 卷，人民文学出版社 1981 年版，第 417 页。
3　周作人:《自序二》，载《自己的园地》，止庵校订，河北教育出版社 2002 年版，第 3 页。
4　周作人:《书房一角・原序》，载《书房一角》，北京新民印书馆 1944 年版。

渐地有点淡薄下去了”[1]，已经开始展现出淡泊明志的闲话况味，以至于有论者将《自己的园地》称为“一个文化自由主义者的意象”[2]。该集分三辑，其中，“绿洲”可以视作周作人的读书随感和笔记，往往选取零碎琐屑但又不无趣味在内的某个细节，摘抄关键部分加以引申发挥，以凸出个人见解。这种方法在他此后的随笔中多有沿袭，钱玄同戏称之为“文抄”体散文，即为此种路数持续深化的产物，而它们都是正宗的小品文。

所谓“文抄公体”的随笔，据前引述，他本人也称作“随笔”“读书录”“看书偶记”等，朱自清则称为“读书记”。他在1935年写作的《什么是散文?》一文中指出，小品文分“幽默”和“游记、自传、读书记”两种路径，并且强调，“若只走向幽默去”则“散文的路确乎更狭更小”，不过“幸而有第二条路”，而“读书记需要博学，现在几乎还只有周启明先生一个人动手”。[3] 在朱自清眼中，周作人其时的读书记正是典型的小品文。不过，对于周作人自己划定的分期，也有人认为二、三两阶段的分期，或许应该定在《夜读抄》出版的1934年，因为周作人“一九三二年全年和一九三三年上半年（此集中所收该年作品皆为下半年所作）写作很少”，而自《夜读抄》出版后，他“开启了其写作生涯的中期”并“由此建立了自己成熟定型的风格”。[4] 当然，这一看法或许可以商榷，平心而论，小品文成为周作人1932年之后的主要文体形式，可谓不争的事实。

事实上，当周作人1932年上半年在辅仁大学演讲“中国新文学的源流”并于下半年出版同名著作之后，他关于小品文的意见就得到了系统的清理和总结。虽然他对晚明小品几乎作出了全面的肯定并将之定性为新文学的源头之一，不过，这并不代表他的小品文就是晚明小品格调的复制，更不意味着他完全赞同公安派、竟陵派的小品文理念。他1935年在《中国新文学大系·散文一集》的序言中如是说道：

1　周作人：《艺术与生活·自序》，载《艺术与生活》，止庵校订，河北教育出版社2002年版，第2页。
2　止庵：《自己的园地》，载《六丑笔记》，百花文艺出版社2016年版，第13页。
3　朱自清：《什么是散文?》，载《朱自清全集》第4卷，江苏教育出版社1996年版，第364页。
4　止庵：《关于〈夜读抄〉》，载周作人《夜读抄》，止庵校订，河北教育出版社2002年版，第2页。

> 新散文里的基调虽然仍是儒道二家的，这却经过西洋现代思想的陶熔浸润，自有一种新的色味，与以前的显有不同，即使在文章的外观上有相似的地方……外来的思想也曾来注灌过，如佛教是也，这原是伟大的思想，很可以佩服的，可是他自成一统系，他的倾向又比道家更往左走，他的影响好容易钻到文学里去之后，结果只有两样，这如不是属于宗教类的佛教文学，那就是近似道家思想的一种空灵作品而已。公安派的文学大约只做到这里，现在的要算是进一程了。为什么呢？这便因为现在所受的外来影响是唯物的科学思想，他能够使中国固有的儒道思想切实地淘炼一番，如上文说过，以科学常识为本，加上明净的情感与清澈的理智，调合成功一种人生观，"以此为志，言志固佳，以此为道，载道亦复何碍。"[1]

正如此处所言，"以科学常识为本，加上明净的情感与清澈的理智，调合成功一种人生观"成为周作人对"新散文"之期许，而这也是其本人读书随笔的特色。这种小品文，有论者称为"智者的散文""中年人的散文"[2]，就前者来说，周作人学识的渊博自不待言，虽然他也说过"仿佛可以称作爱智者"一类的话[3]，但能否称为"智者"则不无疑问，与之相近的一个说法是"知性小品"，但所谓"知性"又很难说是他所追求的目标，故这里较为倾向后一说法：中年人的散文。

所谓"中年人的散文"之"中年"，当然不仅指年龄上的中年，而主要就性情而言。周作人的性情，显然近于散文而远于诗，他为废名《桃园》作跋时对此也有直截了当的表述："废名君是诗人，虽然是做着小说；

1　周作人：《〈中国新文学大系・散文一集〉导言》，载周作人编选《中国新文学大系・散文一集》，上海文艺出版社 2003 年影印版，第 11—12 页。
2　钱理群：《周作人研究二十一讲》，中华书局 2004 年版，第 94—95 页。
3　周作人：《夜读抄・后记》，载《夜读抄》，止庵校订，河北教育出版社 2002 年版，第 202 页。

我的头脑是散文的，唯物的。”[1] 废名尊其为师，也认为“知堂先生的文章同公安诸人不是一个笔调，知堂先生没有那些文采，兴酣笔落的情形我想是没有的，而此却是公安及其他古今才士的特色”。[2] 这种性情，正如尼采笔下的“日神”形象，“适度的克制，免受强烈的刺激，造型之神的大智大慧的静穆。他的眼睛按照其来源必须是‘炯如太阳’；即使当它愤激和怒视时，仍然保持着美丽光辉的尊严”[3]，而它一般导向一种“平静、单纯、简洁和凝练”的“古典风格”[4]。不仅天性如此，周作人基于朴素的进化思想，更有一重自觉。他在进入“爱简炼”的“中年”[5] 前后，曾就中年有过如下期许：

> 我想最好还是顺其自然，六十过后虽不必急做寿衣，唯一只脚确已踏在坟里，亦无庸再去请斯坦那赫博士结扎生殖腺了，至于恋爱则在中年以前应该毕业，以后便可应用经验与理性去观察人情与物理，即使在市街战斗或示威运动的队伍里少了一个人，实在也有益无损，因为后起的青年自然会去补充。[6]

世界如其所是，以经验与理性体察人情与物理，可以做到俯仰随性而又不随波逐流，倒真如废名、俞平伯两位弟子所谓“知堂先生的心情与行事都有一个中庸之妙”，故而有叹曰：“我们常不免是抒情的，知堂先生总是合礼。”[7] 或如前引周作人为《中国新文学大系·散文一集》所作《导言》所论，中国文化思想的基调在儒道二家，他本人则近于儒家，只是废名所

1　周作人：《桃园跋》，载《知堂序跋文》，止庵校订，河北教育出版社 2002 年版，第 193 页。
2　废名：《关于派别》，载王风编《废名集》第 3 卷，北京大学出版社 2009 年版，第 1305—1306 页。
3　［德］尼采：《悲剧的诞生》，载《悲剧的诞生：尼采美学文选》，周国平译，北京三联书店 1986 年版，第 4—5 页。
4　［德］尼采：《作为艺术的强力意志》，载《悲剧的诞生：尼采美学文选》，周国平译，北京三联书店 1986 年版，第 349 页。
5　此为叶松石《煮药漫抄》书中语。参见周作人：《柿子的种子》，载《苦竹杂记》，止庵校订，河北教育出版社 2002 年版，第 39 页。
6　周作人：《中年》，载《看云集》，止庵校订，河北教育出版社 2002 年版，第 52 页。
7　废名：《知堂先生》，载王风编《废名集》第 3 卷，北京大学出版社 2009 年版，第 1298—1299 页。

论之“知堂先生总是合礼”之“礼”，却不是传统礼教之“礼”，而是“顺其自然”之自然，或曰存在。周作人的应对之道，经历了一个发展过程，终于到了以不变应万变阶段。

继“总还是不出文学和时事这两个题目”[1] 的《永日集》之后，《看云集》虽然在序言中讲到“可是说也奇怪，近来老是写不出文章，也并不想写，而其原因则都在于没有什么意思要说”[2] 的中年状态，但实有变化。有论者指出，集中的“《草木虫鱼》似乎可以视为典型的闲适小品，与从前的《故乡的野菜》《苍蝇》等相比，大约其一偏于‘情思’，其一偏于‘知识’罢”[3]，而在此前一两年，《知堂文集》《周作人书信》《知堂序跋文》各种汇聚此前不同时期不同类型文章的集子陆续刊印，不无总结、收束的意思，这些现象自然意味着周氏文风的转变。两年后《夜读抄》出版，“文抄公”体小品文体自此成形。

“文抄公”体小品文大抵与古之笔记较为相近，不过，后者的主要特色在于搜奇猎异，而前者的主要特色则是文章主体是作者于读书最有体会处精心挑选出的古文，或出自同一本书，或出自几本风格驳杂不一的书而“连带牵涉”[4]，全凭间杂的少量按语将之有机串联，但这些按语其实就是周氏的评点，一篇之内串联下来，自有统一的主题与思想，故其价值，首先在于知性，即经过理性淘融的博学。

《夜读抄》之后，周作人在1949年前陆续有《苦茶随笔》《苦竹杂记》《风雨谈》《瓜豆集》《秉烛谈》等十二个集子出版，从各集所收作品来看，涉及中国文史哲古籍、外国思想文化学术图书、民俗风物小品等诸多方面，宇宙之大，苍蝇之微，可谓无所不包，职是之故，时人提及周作人小品，往往言及其“博识”的一面，即使在今天，也有许多人将这一读书笔

---

1 周作人：《永日集·序》，载《看云集》，止庵校订，河北教育出版社2002年版，第1页。
2 周作人：《看云集·自序》，载《看云集》，止庵校订，河北教育出版社2002年版，第2页。
3 止庵：《关于〈看云集〉》，载周作人《看云集》，止庵校订，河北教育出版社2002年版，第2—3页。
4 止庵：《关于〈苦雨斋序跋文〉》，载周作人《苦雨斋序跋文》，止庵校订，河北教育出版社2002年版，第3页。

记式的小品之优点归结为学识，如“书中叙述了哪些我们想要知道的或者感到兴趣的事物，传达了哪些对人生和社会、对历史和文化的见解”[1] 之类，又在知识的基础上增添了见解。

周作人说：“夫天下之书多矣，不能一一抄之，则自然只能选取其一二，又从而录取其一二而已。”[2] “文抄公”体小品在广博之外，更要紧的是从中展示出的周氏的眼光。这里选取《苦茶随笔》中周作人谈论自己如何读《论语》的一篇，加以简略说明。

《论语小记》从“南方读经之喊声甚高”之舆论切入正题，表示“现今来清算一下”，只是个人的偏见，但也预先声明“恐怕要使得热诚的儒教徒听了失望”。作者在正文部分开宗明义，上来就说出自己重读《论语》的印象“只是平淡无奇四字”，而平淡无奇“一面凸的是切实，一面凹的是空虚”：

> 我觉得在《论语》里孔子压根儿只是个哲人，不是全知全能的教主，虽然后世的儒教徒要奉他做祖师，我总以为他不是耶稣而是梭格拉底之流亚。

这一论调，似是针对现实读经热潮而发，而其实不然，从周作人的立场看，这实在是他当时读《论语》时的真切感受——至于发表这一感受有何影响，那就不由自己决定了。意见如此，但又不是说并不喜欢《论语》，于是下文举出《为政第二》《阳货第十七》等十多条例子，大抵都是能够见出性情的段落，而对于《微子第十八》所云之“大师挚适齐，亚饭干适楚，三饭缭适蔡，四饭缺适秦，鼓方叔入于河，播鼗武入于汉，少师阳击磬襄入于海”等句，则有一番特别的感受：

1　钟叔河：《〈知堂书话〉序》，载钟叔河编《知堂书话》，岳麓书社 1986 年版，第 1 页。
2　周作人：《苦竹杂记 · 后记》，载《苦竹杂记》，止庵校订，河北教育出版社 2002 年版，第 220 页。

> 不晓得为什么缘故，我在小时候读《论语》读到这一章，很感到一种悲凉之气，仿佛是大观园末期，贾母死后，一班女人都风流云散了的样子。这回重读，仍旧有那么样的一种印象，我前后读《论语》相去将有四十年之谱，当初的印象保存到现在的大约就只这一点了罢。

这里重要的当然也不是去探寻原因，而是作者既有理又无理地突然插入了这么一段话：说有理，因为谈的是个人阅读感受，所以只要是本人真实感受，自然可以写出来；说无理，在于它夹杂在文中确是没头没脑的感觉。然而，是不是每一位读者都有与之类似的体验呢？这自然是有的，所以无理还是有理。周作人读《论语》，比较喜欢的人物都是“隐者”，是不是他本人此时心态的投射姑且不论，他的见解却是不错：

> 我对于这些隐者向来觉得喜欢，现在也仍是这样，他们所说的话大抵都不错。桀溺曰，滔滔者天下皆是也，而谁以易之，最能说出自家的态度。晨门曰，是知其不可而为之者，最能说出孔子的态度。说到底，二者还是一个源流，因为都知道不可，不过一个还要为，一个不想再为罢了。

这看法是何等的清楚透彻。而且，周作人在后面更有发挥，继指出“中国的隐逸都是社会或政治的”而“外国的隐逸是宗教的”之后，如是说自己的意见：

> 二者相比，似积极与消极大有高下，我却并不一定这样想，对于自救灵魂我不敢赞一辞，若是不惜用强硬手段要去救人家的灵魂，那大可不必，反不如去荷蒉植杖之无害于人了。

文末则又回到起点，带点讪笑口吻说：“我从小读《论语》，现在得到的结果除中庸思想外乃是一点对于隐者的同情，这恐怕也是出于读经救国论者‘意表之外’的罢?”当然，也就是口气如此罢了，就其本意而言，周作人不赞同，但未必一定要嘲讽的。

《论语小记》一文正是典型的读书记。周作人式的读书随笔，有缘起固然好，没有也无关紧要，总之就是切题的凭借而已；起头之后就一路下来，似乎是文生情的路子，然而并不是，看似东拉西扯写来，最后总能将胸中已有的一点意思写出。这点意思似乎与现实不无相关，又好像无关，要而言之，确在两可之间。这种写法及相应的风格，誉之者赞为出神入化，毁之者则不无拖泥带水之讥。其实，或如这里评述《论语小记》时所暗示的那样，这两种意见大概都可以认为是对周作人的误读。平心说来，知识渊博与否、见解高明与否都只是外人的观感，都是周作人的一种外在，更为要紧的在于其内在的通达和透彻。郁达夫说得好：

> 周作人的理智既经发达，又时时加以灌溉，所以便造成了他的博识；但他的态度却不是卖智与炫学的，谦虚和真诚的二重内美，终于使他的理智放了光，博识致了用。他口口声声在说自己是一个中庸的人，若把中庸当作智慧感情的平衡，立身处世的不苟来解，那或者还可以说得过去；若把中庸当作了普通的说法，以为他是一个善于迎合、庸庸碌碌的人，那我们可就受了他的骗了。[1]

如果说郁达夫的评价稍嫌过于推崇，那么更为平实的评价也有。曹聚仁谈《夜读抄》，指出：“周先生读书，没有半点冬烘气，懂得体会得，如故交

1　郁达夫：《〈中国新文学大系·散文二集〉导言》，载郁达夫编选《中国新文学大系·散文二集》，上海文艺出版社 2003 年影印版，第 15 页。

相叙，一句是一句，两句是两句，切切实实地说一番。”[1] 总之，如徐志摩所言：“他是个博学的人；他随手引证，左右逢源；但见解意境都是他自己的，和他的文章一样。”[2]

需要注意的是，郁达夫所谓“智慧感情的平衡”，大抵是强调周作人性情的中和，非指无动于衷。赵景深认为周作人“究竟是情胜于理的人”，虽是就其早期散文立论，若推而广之，却也正深得其要。盖周作人的理性，不是纯粹的智慧之光，而是充满人性的宽厚和人情的温润，所以他本人也说，“这些文章从表面看来或者与十年前的略有不同，但实在我的态度还与《自己的园地》时差不多是一样”[3]。以“有情”观“无情”，大概很难恰得其正，所以周作人退而求其次，乃欲得其中，然而这也颇有难度。前引周作人之语云“夫天下之书多矣，不能一一抄之，则自然只能选取其一二，又从而录取其一二而已”，“天下之书”者，言其题材之广，“选取其一二”者，言其选择之严，博是隐匿的背景，而约是走向读者视线的驳杂不一的文字，故博观约取事实上存在一种张力，而这张力由博与约之间的不对等造就，并于字里行间有所体现。温源宁为周作人作出的素描是这样的，“周先生总是温文尔雅，静若处子，说话有如窃窃私语，走路几乎像老太太；然而，他有那么一种超脱之态，（是不够亲切呢，还是暗中藐视呢，很难说。）人们在他面前，便难以无拘无束，他冷眼旁观，也许不免窃笑。他清谈对客，文质彬彬，正是这种文质彬彬，叫人无法对他亲亲热热”，并借此打趣说，“却说在周先生眼里，世界显得多么富有人情味又多么渺小啊”。[4] 简而言之，即有距离的温情。

周作人本人曾有“常常坐首席，渐渐进祠堂”的玩笑话，不过，他与世界之间的距离感，非由客观情势造成，而确由其主观心态所决定。《自己的园地旧序》有语曰，“我因寂寞，在文学上寻求慰安；夹杂读书，胡

---

1 曹聚仁：《夜读抄》，载刘如溪编《周作人印象》，学林出版社 1997 年版，第 46 页。
2 转引自康嗣群：《周作人先生》，载刘如溪编《周作人印象》，学林出版社 1997 年版，第 30 页。
3 周作人：《夜读抄・后记》，载《夜读抄》，止庵校订，河北教育出版社 2002 年版，第 201 页。
4 温源宁：《周作人先生》，载刘如溪编《周作人印象》，学林出版社 1997 年版，第 39—40 页。

乱作文，不值学人一笑，但在自己总得了相当的效果了”[1]，排遣寂寞云云固是自谦，而也是实情，但“凡过火的事物我都不以为好”[2] 则更是真实性情，因此，不掩饰也不矫饰，即始终在收与放之间任意而动，庶几可收渐近自然之效。

《笠翁与随园》一文辨析“没趣味”和“无趣味”之间的差异，颇有意味：

> 没趣味并不就是无趣味，除非这人真是救死唯恐不赡，平常没有人对于生活不取有一种特殊的态度，或淡泊若不经意，或琐琐多所取舍，虽其趋向不同，却各自成为一种趣味，犹如人各异面，只要保存其本来眉目，不问妍媸如何，总都自有其生气也。[3]

“保存其本来眉目”而“自有其生气”，就是自然，就会形成某种可能的趣味，这重意蕴于此处昭然若揭。就周作人来说，他的文章的趣味乃野趣与雅趣混融而产生的雅致。这种雅致，既不新也不旧，但也可以说是既新又旧，借用周作人评述俞平伯之语，乃“那样地旧而又这样地新”[4]，这是“文抄公”体小品的第二种特色。

周作人文章素重趣味。他曾借评论《燕知草》之机，提倡建立在新鲜口语基础之上，而调之以“涩味和简单味”，因之“有知识与趣味的两重的统制，才可以造出有雅致的俗语文来”的风格[5]；又在评《春在堂杂文》时，指出在“喜谈义理者”和“好讲音律者”之外，“还可以有一种看法，即是不把文章当作符咒或是皮黄看，却只算做写在纸上的说话，话

1　周作人：《自己的园地旧序》，载《苦雨斋序跋文》，止庵校订，河北教育出版社 2002 年版，第 22 页。
2　周作人：《谈虎集・后记》，载《谈虎集》，止庵校订，河北教育出版社 2002 年版，第 393 页。
3　周作人：《笠翁与随园》，载《苦竹杂记》，止庵校订，河北教育出版社 2002 年版，第 60 页。
4　周作人：《杂拌儿跋》，载《知堂序跋文》，止庵校订，河北教育出版社 2002 年版，第 116 页。
5　周作人：《燕知草跋》，载《苦雨斋序跋文》，止庵校订，河北教育出版社 2002 年版，第 122 页。

里头有意思，而语句又传达得出来，这是普通说话的条件，也正可以拿来论文章”，俞曲园的文章，正像他从前在《燕知草跋》一文所提出的那样，是“有见识与趣味这两种成分，我理想中好文章无非如此而已”[1]。周作人在许多文章中都有类似的观点，可谓前后一贯。由此可见，周作人追求的是一种自然的趣味，或者，用废名的话来讲，他追求的是一种与其说是“伦理的”不如说是“生物的”[2] 的天然之美，从这一面看，周作人的小品其实充满野趣。

《论语·雍也》有云：“质胜文则野，文胜质则史。”在追求“解放”，即《笠翁与随园》一文所谓“放”的五四时代，众人均主张宁野不史，周作人也颇有浮躁凌厉的文章发表，但这些都是文化要求及氛围所致，原与个人心性没有太大关系，或者毋宁说是个人性情受到了时代的压抑。周作人转变风格后，每于读书会心之处有所感触时发而为文，无论其与时势之关系如何，都能见出其性情，进而窥见其性格之中既与“自然”或曰世界同调但又不是完全协调的成分，这是真正可以谓之“野”的。

《北京的茶食》尝有云：“我们于日用必需的东西以外，必须还有一点无用的游戏与享乐，生活才觉得有意思。”这里涉及的情趣，其实就是小品的正宗格调，但似乎只是平和，并无旁逸斜出的野趣。这里且以《风雨谈》中《游山日记》为例，看看周作人如何品鉴舒白香的《游山日记》。该文首先交待自己与《游山日记》的因缘，然后介绍是书内容，点出其“文章清丽，思想通达”的特色，接下去自然是摘抄，述其“叙事之妙”。风景如天籁、密云，皆静中寓动的写法；饮食如南瓜叶、乌豆、荞麦叶，更添一层谐趣。舒白香叹曰：“苟非入山既深，又断蔬经旬，岂能识此种风味。”周作人点评道：

1 周作人：《春在堂杂文》，载《药味集》，止庵校订，河北教育出版社 2002 年版，第 55 页。
2 废名：《知堂先生》，载王风编《废名集》第 3 卷，北京大学出版社 2009 年版，第 1299 页。

> 此种种菜食，如查《野菜博录》等书本是寻常，现在妙在从经验得来，所以亲切有味。

下面关于游记写法的发挥，基本都还是《故乡的野菜》所谓“钓于斯，游于斯”的亲切感之意，但继而对乐君之语的评论，却正见出周作人倾心之所在：

> “然雄心远慨，不屑不恭，时复一露，不异畴昔挑灯对榻时语，虽无损于性情，犹未平于嬉笑。”这里本是规箴之词，却能说出日记的一种特色，虽然在乐君看去似乎是缺点。

周作人反转乐君之语，盛赞白香对于“奴俗者流”“不肯少予宽假”之态度与“极嬉笑怒骂之能事”之文风，并且有所申说：

> 此种写法，尝见王谑庵陶石梁张宗子文中有之，其源盖出于周秦诸子，而有一种新方术，化臭腐为神奇，这有如妖女美德亚(Medeia)的锅，能够把老羊煮成乳羔，在拙手却也会煮死老头儿完事，此所以大难也。

在周作人看来，舒白香之可取，在于其通达，故可以化臭腐为神奇，而通达之要，在于摒弃“逞私智以溪刻论人”习气之后的“平正”，在平正的土壤中长出什么便是什么。这是一种既在“自然”之中又可能突破其限制的力量，所谓野，当作如是观。

“文抄公”体小品文字里行间多有诙谐的味道，遂由野趣走向俗趣。这既与前述之晚清民初游戏文章的滑稽风格颇有渊源，也和“歌谣运动”不无关联。不过，周作人其实甚少受这些外在思潮影响，他的文章有其内在理路。在留学日本期间，他就对人类学、民俗学充满兴趣，此后一直保持，所以对民间社会种种礼仪习俗从来都有一种亲近的感情，可以为证的是，在反传统礼教的新文化运动时期，他很少像其他人一样从抽象的思想体系出发立论，而一般都从违背人性、违反人情的角度加以讨论。《江阴船歌序》指出，民歌“从文艺或道德说，便不免有可以非难的地方”，然而它们固然在“词意上很有高下”，但“对于民俗学的研究”则“一样有用”。[1] 这一特色也就决定了他的俗趣止于欣赏心态和研究态度，因为有距离，所以俗也就变成了雅。

《药味集》中有一篇《缘日》，记叙日本的“缘日”。此系依托神佛诞日举行仪式从而形成的集会，所以“颇似北京的庙会”，差别在于，“缘日则晚间更为繁盛，又还算是宗教的行事，根本上就有点不同了”。周作人接着引用《东京年中行事》《江户繁昌记》两书，极言缘日之盛况，然后又兜回来，抄录《燕京岁时记》一书，记北京的庙会，并且大发感触地说：

> 这种事情在有些人看来觉得没有意思，或者还是玩物丧志，要为道学家所呵斥，这个我也知道，向来没有人肯下笔记录，岂不就是为此么，但是我仍是相信，这都值得用心，而且还很有用处。

他从民俗学的角度出发而认为的“很有用处”可不论，“值得用心”的说法却正表明，他对民间礼俗的兴趣不是纯粹的情感，而经过理性的筛选。这正如钱理群所说的那样，“当周作人将‘雅’具体化时，就必然归结为‘明净的感情与清澈的智理’的‘调合’，这也就是体现了‘中和之美’的‘乐而不淫，哀而不伤’的中国文化传统。周作人的‘雅趣’是打上了浓重的士大夫文人印记的”。[2] 这其实无足怪，例如周氏兄弟都景仰

1 周作人：《江阴船歌序》，载《谈龙集》，止庵校订，河北教育出版社 2002 年版，第 48 页。
2 钱理群：《周作人研究二十一讲》，中华书局 2004 年版，第 101 页。

六朝人物，而两人所关注的实际大相径庭，就周二先生来说，可以想见的情形是，周作人“苦雨斋的座上客，却不是愤世嫉俗的阮籍、嵇康，而是态度蔼然、中和的陶渊明、颜之推”。[1] 需要辨明的一点是，雅趣或许是周作人后来落水成为汉奸的一个背景，不过这也不是周作人应受责难的地方，而置于文学语境之中，它也是一种审美类型并自有其格调。周作人的“雅”，不彻底；这不彻底就昭示着他是一个带有文人意趣的现代知识分子，立身乃在新旧之间。

《骨董小记》记述家中陈列的二十四件“小小的玩具”，除明器和薛晋侯镜可称古玩之外，大都是当时出产的小玩意儿。于是，作者开始思考什么是古玩，陆续给出“古”“稀”“贵”三种描述，到最末，忽然提出一个问题，“玩骨董者应具何种条件”，因而有答曰：

> 或曰，其人应极旧。如是则表里统一，可以养性。或曰，其人须极新。如是则世间谅解，可以免骂。此二说恐怕都有道理，不佞不能速断。但是，如果二说成立其一，于不佞皆大不利，无此资格而玩骨董，不佞亦自知其不可矣。

周作人对于新旧问题自有见解，但他似乎与新与旧都有一定距离，故而于二者无所偏私——在雅俗问题上，可以认为他大致也持相近的立场。这一态度使得他的小品超越了普通所谓雅俗的观念，而经过其性情的熔铸，从而笼统地表现为一种雅致。

这种雅致当然是现代知识分子的品质，却也不乏文人情趣，两者浑融一气，造就周作人独有的雅致。他评《如梦录》，指出王阮亭关于此书的看法是“不知其可贵重即在不雅驯处”，因为“民间生活本来不会如文人学士所期望的那么风雅”，然而“如实的记叙下来，却又可以别有雅

1　钱理群：《周作人传》，北京十月文艺出版社 2001 年版，第 416 页。

趣”。[1] 它的内涵，可以认为是思想与文词的混合所造就的一种独特的“气味”：“气味这个字仿佛有点暧昧而且神秘，其实不然。气味是很实在的东西，譬如一个人身上有羊膻气，大蒜气，或者说是有点油滑气，也都是大家所能辨别出来的。”[2] 这就有点可意会不可言传的意思，但若论周氏小品雅致的来源，则在于其独有的闲谈形式。所以，最后涉及“文抄公”体小品的第三种特色，即闲话风情。

先看《秉烛谈》中的《读书随笔》一文。周作人偶然读到沈赤然的文章，如“妇人及五十无车者皆不越疆吊人，今时皆然。非守礼也，盖无车者则懒于行路，妇人则惜舟车费耳”之类，觉得“很有点意思”，所以就找他的书来看。沈赤然的《答吴穀人论文书》所谓“有所不为者三”，“一曰，故为艰涩以托于古奥。二曰，摭拾浮艳以破坏法度。三曰，刻意规模以失吾本真”，都是切实的意见，所谓“仆之为文词达而已矣，不鄙俚，不失体裁，即已矣”，更与周氏本人品味相近。至沈赤然的《读书随笔》，“皆读经史的札记，多有好意思”，周作人称之为“杰作”，且多有称引。其中一条云：“到溉冠履十年一易，朝服或至穿补。尝疑一冠十年事或有之，履不应耐久若是，至朝服穿补尤非致美黻冕之道。凡若此者，未可信也。”周作人在后评曰：

> 所说皆有理，而又富于情趣，故不易企及。

是书又有论韩愈、苏轼的小文章，指出前者“唯生死看得太重，不觉措词过于乞怜”，周作人于此更是击节赞赏，称“说穿韩退之的毛病，大是痛快”。沈氏之通达如上引所示，此外，周作人一方面对其“语言文字之狱见闻必多亲切”而“想见著者意识下很有不平的块垒”有所同情，另一方面，也对其若干论断并不赞同，但又并不苛求前人。例如，关于《论语》

---

1 周作人：《如梦录》，载《药堂语录》，止庵校订，河北教育出版社 2002 年版，第 21—22 页。
2 周作人：《杂拌儿之二序》，载《苦雨斋序跋文》，止庵校订，河北教育出版社 2002 年版，第 120 页。

中子路曰“不仕无义”之理解，周作人有这样的意见：

这里说子路在丈人家里大发牢骚为未必，固然不错，照朱注这样一改，就讲得过去了，可是这回未免有点使得孔子为难，因为孔子对了子路大发牢骚也可笑，而且情形也不像，孔子平时对于这些隐逸不大这样的发脾气，如长沮桀溺楚狂接舆可以为证。我引《三笔》的这一则，只为他说得有意思，若论解释则未能恰好，本来丈人一章的文章很不好讲也。

老实说来，能够将人情看穿已属不易，而说破之后仍能持一种宽容的、理解的态度，则尤为不易。沈赤然“常有新的气味，不像是百年前人所说的话，有时实在比今人还要明白有理解也”，已属高明，但境界仍似可再进一层。

周作人所谈，大抵是他的读书所得，委婉曲折，带有“情生文，文生情”的随机生发的随心见性品格。这正如他评废名《莫须有先生传》所云：“这好像是一道流水，大约总是向东去朝宗于海，他流过的地方，凡有什么汊港湾曲，总得灌注潆洄一番，有什么岩石水草，总要披拂抚弄一下子才再往前去，这都不是他的行程的主脑，但除去了这些也就别无行程了。”[1] 这不啻夫子自道了。当然，这里也可以顺便提及，周作人、废名师徒都是“情生文，文生情”的作手，相较而言，废名虽然不乏“情生文”的胸臆，却是将“文生情”发挥到了极致，而周氏本人虽然也多“文生情”的经络，主体却仍是“情生文”的筋骨。

这说明周作人的小品闲谈固是闲谈，但是不仅仅是“闲”，关键还能够“谈”，即有意蕴和韵味。作于 1942 年的《药味集》序文，颇能说明“文抄公”这一小品文体选择背后的用心：

1　周作人：《莫须有先生传序》，载《苦雨斋序跋文》，止庵校订，河北教育出版社 2002 年版，第 111 页。

鄙人学写为文章，四十余年于兹矣。所写的文字，有应试之作，可不具论，有论文批评，有随笔，皆是写意之作，有部分的可取，近来觉得较有兴味者，乃是近于前人所作的笔记而已……未能求得一家之学，多务杂览，遂成为学艺界中打杂的人，亦不得已也。若言思想，确信是儒家的正宗。昔孔子诲子路，知之为知之，不知为不知，是知也。鄙人向来服膺此训，以是于汉以后最佩服疾虚妄之王充，其次则明李贽，清俞正燮，于二千年中得三人焉。疾虚妄的对面是爱真实，鄙人窃愿致力于此，凡有所记述，必须为自己所深知确信者，才敢着笔，才立言诚慎的态度，自信亦为儒家所必有者也。因此如说此文章思想皆是国粹，或云现代化的中国固有精神，殆无不可。[1]

这里面自然有他对个人投敌的某种辩解，但对其文词、思想的说明，无疑是准确的。“爱真实”（或与之相对的“疾虚妄”）和“修辞立其诚”，的确是周氏小品两个突出的特点。

“文抄公”体小品，大都是这样的闲话风格。周作人娓娓道来，着眼点通常在于两点，一是“新”，即“有理”或曰有见解，二是“富于情趣”，即有意思。不过，有意思不等于内容有趣味，而在于讲出来的形式有味道。这也是周作人小品闲谈风格之精髓。职是之故，周作人本人有许多看似不讲道理而又不无道理的文字，也就显得颇有风情了。例如，《看云集·自序》有一段这样的话：

书上面一定要有序的么？这似乎可以不必，但又觉得似乎也是要的，假如是可以有，虽然不一定是非有不可。我向来总是自己作序的，我不曾请人家去做过，除非是他们写了序文来给我，

1　周作人：《药味集·序》，载《药味集》，止庵校订，河北教育出版社 2002 年版，第 1 页。

那我自然也是领情的，因为我知道序是怎样的不好做，而且也总不能说的对或不错，即使用尽了九牛二虎之力去写一篇小小的小序。自己写呢，第一层麻烦着自己比较不要紧，第二层则写了不好不能怪别人，什么事都可简单的了结。唠叨的讲了一大套，其实我只想说明序虽做不出而还是要做的理由罢了。

这种单调而拖沓甚至不无颠倒的缠绕文字，在口语中也不免絮叨之感，但周作人居然从从容容地写下来，似乎是淡定地表明这样一种姿态：我能够说得出来的意思已经说出来了，也许最要紧的一句话还没有讲出来，然而，话也就是这么多了，我们不妨换个话题接着谈下去。所以，温源宁对周作人谈话风情的描述是极为传神的，他说："对话是低调的，没有争论，所以没有雄辩。清谈似小溪，弯弯曲曲，说东道西，刚有几句谈得亲切，又转到别处去了；什么话题也不让你聚精会神，以至于热烈讨论起来。激情是谈不到的，只剩下对那些言而未尽的话题的不胜向往之情。"[1]

或许，这一说话、作文风格会让健谈雄辩的人认为周作人不善言辞，温源宁还只是暗示，多年之后，梁实秋就很直白了："一个人只要有真实学问，不善言辞也不妨事，依然受人尊敬，岂明先生便是一个实例。"[2]不过，这倒也未必尽然，所谓天下事了犹未了，周作人正是用不了了之的方法加以应对，或者可以算是他为俞平伯《燕知草》作跋时提及的"简单味"。这里也可以插入一句，他的这种看待世事的办法和相应的语言习惯，有时会让人想到鲁迅的"由他去罢"。《我的失恋》最末句"由她去罢"最广为人知，其实，鲁迅在多篇文章结束或段意收束时使用过这一句式或者采用过类似的表述，但周氏兄弟二人同样的意蕴在表达上却一隐一显，也颇能说明差异：大先生是明显不赞同，却也认可它有存在的理由，但背后的潜台词则是"凡是合理的都是存在的"；二先生多少承认"凡是存在的

1　温源宁：《周作人先生》，载刘如溪编《周作人印象》，学林出版社 1997 年版，第 40 页。
2　梁实秋：《怀岂明老人》，载刘如溪编《周作人印象》，学林出版社 1997 年版，第 63 页。

都是合理的”的观念，所以往往不置可否。

然而，周作人毕竟不能完全没有表示，所以“简单味”之外，还有“涩味”。周作人小品的涩味，就表现为面对世俗之虚妄，虽力图平心对待，但在言语斟酌、语气拿捏等方面不能不表现出“疾”的隐隐约约的意蕴。需要强调的是，“涩味”较之“野趣”，或许其气韵更为深邈，但其热力明显不及，也是显而易见的事实。不过，关键的问题不在这些地方，而在于如何评价周作人从“野趣”走向了“涩味”。

这一问题在现实中表现为他的隐逸姿态。林语堂称周作人的散文“闲逸清顺，是散文应有的正宗”，但也认为“专抄古书，越抄越冷，不表意见”为歧路[1]，虽也准确，但其实带有对周氏沦为汉奸之不齿的政治立场在内。曹聚仁也曾将周作人前后期的转变，概括为“从孔融到陶渊明的路”[2]，意思也不错。然而，周作人本人对此则有不同阐释。他为袁中郎集重刊作序，特别指出一点，从中可以看出他的基本观念：“外国的隐逸多是宗教的，在大漠或深山里积极的修他的胜业，中国的隐逸却是政治的，他们在山林或在城市一样的消极的度世。”[3] 此文与前引之《论语小记》同作于1934年，对于隐逸的态度是一致的，都着重强调了中国的隐逸之性质是“社会的”和“政治的”，即隐逸不是回归纯粹的私人生活，而有其社会意义乃至政治功能。

应该承认，周作人不无道理，而就中国的历史及现实情形看，隐逸无疑表示一种不合作的姿态，从而也就兼有抗议——假如难以称为“抗争”——的精神。不过，周作人之趋向隐逸虽说是基于性情和学识的自主选择，但并未做到超然，反在许多小事体上不无计较，这就招人非议了。鲁迅曾有《隐士》一文，嘲讽了现代隐士“泰山崩，黄河溢，隐士们目无见，耳无闻”，但“苟有议及自己们或他的一伙的，则虽千里之外，半句

1 林语堂：《记周氏弟兄》，载刘如溪编《周作人印象》，学林出版社1997年版，第6页。
2 曹聚仁：《从孔融到陶渊明的路》，《申报·自由谈》1934年4月24日。
3 周作人：《重刊袁中郎集序》，载《苦茶随笔》，止庵校订，河北教育出版社2002年版，第60页。

之微，他便耳聪目明，奋袂而追”的丑态[1]，而就周作人的现实言行而言，唐弢以为该文“不完全针对周作人，却可以有周作人在内”[2]，无疑也是准确的。不过，此犹小者，更为重要的一点，在于他在后来沦为汉奸，更是说明隐逸的政治属性颇为可疑。当然，这里不是苛责周作人及中国历史上作出类似抉择的隐士，借用阿伦特的话来讲，那就是“历史中有许多黑暗时代，在其中公共领域被遮蔽，而世界变得如此不确定以至于人们不再过问政治，而只关心对他们的生命利益和私人自由来说值得考虑的问题”[3]，当此之际，人们应该何去何从是一个需要严肃对待的命题。作为中国政治文化痼疾的一个表征，隐逸之风的盛行之所以值得关心，缘由在此。

有意味的是，较之于周作人，废名多有魏晋名士风采，身上的隐逸气息无疑更浓，而且，二人之间至关重要的差异在于，他一般把隐逸看作一种文化身份，而甚少将之视作一种现实的政治姿态。两人在现实中的不同抉择，与他们对隐逸的不同认知是否有关联呢？这就不得而知了。

1　鲁迅：《隐士》，载《鲁迅全集》第6卷，人民文学出版社1981年版，第224页。

2　唐弢：《关于周作人》，载刘如溪编《周作人印象》，学林出版社1997年版，第69页。

3　［美］汉娜·阿伦特：《论黑暗时代的人性：思考莱辛》，载《黑暗时代的人们》，王凌云译，江苏教育出版社2006年版，第9页。

第五

俞平伯典雅小品

在周作人的入室弟子之中，俞平伯和废名二人的为人为文均与周氏趋同而又别有风情和另有建树。不过，俞、冯二人皆心知他们与周氏之异，但因为人格修养、人生阅历等方面的差距而不可及，故多有望洋兴叹之感。有意味的是，虽然同宗周作人，二人之间的差异其实远较他们与周作人之间的差别为大：如果说俞平伯专门讲“小道理”，那么废名却是“无道理”；如果说俞平伯的风格是绵密繁复之极，那么废名则是空疏简约之极。二人在某种程度上仿佛周作人之两翼，合而观之，颇有相反相成之趣。

俞平伯（1900—1990，浙江德清人），朴学大师俞樾曾孙，原名铭衡，字平伯，现代著名作家、学者。生于苏州，曾在平江中学就读。进入北京大学后，与同学共同发起成立新潮社，在此前后，开始写作新诗，后与朱自清等人创办《诗》月刊，陆续有《冬夜》《西还》《忆》等诗集出版。北大毕业后，开始《红楼梦》及中国古典文学研究，出版有《红楼梦辨》等学术著作。作散文，陆续结集为《杂拌儿》《燕知草》《杂拌儿之二》《燕郊集》，另有集外散文多篇。爱好昆曲，书房“秋荔亭”成为20世纪30年代清华大学昆曲爱好者的聚集之所，曾成立“谷音社”。俞平伯是一位兴趣广博的雅士，在诗文创作、“红学”与中国古典文学及昆曲等方面造诣颇深，建树颇高。

俞平伯所有的散文集都是考据、议论、抒情等各种散文的混编，特色在于“杂”。他的考据文章，一方面因受到胡适的不小影响，清楚明白，流利晓畅，另外的原因则在于他的确对此有一种自觉。《修正〈红楼梦辨〉的一个楔子》有云：“明白和干脆是考证文字的两种美德。明白是能清，干脆是能断。这两种德性在文章上的具备绝非容易——或亦可说十分容易。”照此看来，俞平伯较为擅长论述？其实也不尽然。《杂拌儿》和《杂拌儿之二》收录了很多论文性质的周作人意义上的“美文”，话题往往是作者长期思考的文艺问题，因为并非指向所谓世道人心而仅只表现出作者游荡于文艺的花园里而偶然生发的感兴，所以多为小品性质，即看起来都是“小问题”，但对作者来说蕴藏着诸多不足为外人道的深趣，而它们的共同特色在于文字的缠绕和思想的夹缠。

《文学的游离与独在》论“言不尽意”，即文艺表现自我和世界的不足，将之分作两种情形：过与不及，都是“游离”，而如果根本不足以言表现，便是“独在”；《析“爱”》则从名实之辩谈起，阐释“爱”的三种形态，即恋爱、仁爱和喜爱，而最终归纳为“直接的”和“间接的”两类；《诗的神秘》论诗难懂的缘由，引言部分有一段文字，大体可以看出俞平伯的一贯作风：

> 我还用上文“通”“懂”的说法，通而又懂，那就一点也不神秘；不通而又不懂，那就太神秘；唯其它通而我不懂，我懂而你不懂，你我都懂而你我想尽办法竟没法使他伊也懂，这才叫做神秘。

这段文字是大白话，并不难理解，但绕来绕去的写法反倒制造了阅读障碍。其实，细读这些篇章可以发现，这些论文的确有不少牵涉到很重要的人生和文艺理论问题，俞平伯也逐层深入予以解析，应该说也做到了条分缕析，但读来却不胜缠绕之感，原因就在于他迫切地想要抚平思想的每一处褶皱，但言有尽而意无穷，所以越理越乱，以致思想隐没不彰。

俞平伯本浙西人，“浙西学派偏于文”[1] 的地域文化自然对他多有影响，加之家学渊源深厚，俞氏一族工诗词的家风一脉相承，所以颇为擅长

1 周作人：《鲁迅的文学修养》，载《鲁迅的青年时代》，止庵校订，河北教育出版社 2002 年版，第 53 页。

文词，但更重要的是，他在大学时期又吸纳了诸种新思潮，这无异于在习得的文化背景之外开辟了一番新天地，所以在他开始创作的时候，似乎总有一种冲动，意图调动古今中外的各种储备以说透一个问题，于是不免上下左右地腾闪挪移，道理遂淹没在文字之中了，故其文风，一般可以“深意深文”一语加以概括。胡适曾就早期的几种新诗集进行批评，也认为“平伯最长于描写，但他偏喜欢说理；他本可以作诗，但他偏要想兼作哲学家；本是极平常的道理，他偏要进一层说，于是越说越糊涂了”，所以毛病是“深入深出”。[1] 应该承认，俞平伯的文辞和思想都很好，但它们之间的关系却颇为尴尬，许多时候是分则两立、合则两伤，而之所以如是，实是因为他在行文过程之中，知识悄悄取代了思想的位置。《跋〈灰色马〉译本》一文，俞平伯拎出“矛盾”“没奈何”“毁灭”这三个主题词，极为清爽，但他在解释每一种主题的时候，往往拓展开去，借助若干语意并不十分清晰的新名词分析矛盾的矛盾之类，遂至细节突出，读者也只能在概念搭成的知识之网中挣扎了。周作人为《杂拌儿之二》作序，在指出“其文词气味的雅致与前编无异”之后，着重强调集中作品的“思想之美”，而俞平伯“以科学常识为本，加上明净的感情与清澈的智理，调合成功的一种人生观”殊为重要，因为有此根本，则“以此为志，言志固佳，以此为道，载道亦复何碍”。[2] 需要注意的是，周作人其实是在人生观、价值观的层次上肯定俞平伯的“思想”，一旦涉及具体问题的辨析，则这一判断能否成立，仍然需要细细推敲。不过，俞平伯的好处不在他说出来的，而在于他没有说出来的，即“深文”背后的“深意”。以此观之，则俞平伯小品的紧要之处，不仅在于周作人所谓文辞背后的思想，更在于文辞和思想之外的“气味”。

且以《秋荔亭记》为例略略阐释。该文以一句“池馆之在吾家旧矣”

---

1 胡适：《评新诗集》，《读书杂志》（《努力周报》增刊）1922 年第 2 期。
2 周作人：《杂拌儿之二序》，载《苦雨斋序跋文》，止庵校订，河北教育出版社 2002 年版，第 120—121 页。

起首，追述高祖之印雪轩、曾祖之茶香室，及乎己，则虽有“茸芷缭蘅”之名，不过“一嵌字格，初无室也”，亦有“古槐”之称，但“屋诚有之，自昔无槐，今无书矣”，今者居清华园南院，“彼院虽南，吾屋自东，东屋必西向，西向必岁有西风，是不适于冬也，又必日有西阳，是不适于夏也”，简陋如斯，仍辟一有窗之室为“秋荔亭”，且有“说”曰：

> 夫古之亭殆非今之亭，如曰泗上亭，是不会有亭也，传唱旗亭，是不必有亭也，江亭以陶然名，是不见有亭也。亭之为言停也，观行者担者于亭午时分，争阴而息其脚，吾生其可不暂且停停耶，吾因之以亭吾亭。且夫清华今岂尚园哉，安得深责舍下之不亭乎？吾因之以亭吾亭。亦当置身焉而语曰，“这不是一只纸叠的苍蝇笼么？”以洋房而如此其小，则上海人之所谓亭子间也，亭间今宜文士，吾因之以亭吾亭。

“不会”“不必”“不见”云云，盖言亭之本意非在亭台楼阁，而在英雄所身处、诗人所意会、文人所神到，究其本义，不过行人歇脚之地而已。作者取其本义，又念及其时风流不再，文士局促多舛，有此三条，遂以名之。作者铺垫完毕，作狡黠语，悬想一幕文人雅士所乐为之韵事：

> 西有户以通别室，他皆窗也，门一而窗三之，又当谓曰，在伏里，安一藤床于室之中央，洞辟三窗，纳大野之凉，可傲羲皇，及夫陶渊明。

“及夫陶渊明”可谓神来之笔。其实，文意到此句之前已完足，作者仿佛匆忙间想起还有一位五柳先生亦可讽诵，于是忙不迭地补上这么一句。这一补叙正如林语堂赞叹之“再启”，都“是临时的感念，是偶忆的幽思，是家常琐细，是逸兴闲情，是涌上心头的肺腑话，是欲辨已忘的肝肠语”[1]，极为传神。

《秋荔亭记》前半篇以文言为主，以白话为辅，夹叙夹议，以现代人的兴亡观感和生存体验介入思古幽情，语言、情思和表达这三者之间均有裂痕存在，这其实是废名所谓之“隔”。废名认为，“散文之极致大约便是‘隔’”，因为“具散文的心情的人，不是从表现自己得快乐，他像一个教育家，循循善诱人，他说这句话并非他自己的意思非这句话不可，虽然这句话也就是他的意思”，而且，“具散文的心情的人，自己知道许多话说不出，也非不说出不可，其心情每见之于行事，行事与语言文字之表现不同，行事必及于人也”。[2] 这就是说，无论采取何种语言形式、表达技巧表现何种情思，只要“此中有真意”就是好的散文，也正因为如此，语言文字不过末节，更为重要的是日常行事之中有无真性情。明乎此，则可以懂得《秋荔亭记》的后半篇。

此后，作者笔调一转，由虚转实，开始叙写现实生活中的赏心乐事：

> 春秋亦多佳日，斜阳明彩，移动于方棂间，尽风情荡态于其中者影也，吾二人辄偎枕睨之而笑，或相唤残梦看之。小儿以之代上学之钟，天阴则大迷惘，作喃喃语不休。若侵晨即寤，初阳徐透玻璃，尚如玫瑰，而粉墙清浅，雨过天青，觉飞霞梳裹，犹多尘凡想耳。薜荔曲环亭，春饶活意，红新绿嫩；盛夏当窗而暗，几席生寒碧；秋晚饱霜，萧萧飒飒，锦绣飘零，古艳至莫名其实；冬最寥寂，略可负暄耳。

他总结道：“四时皆可，而人道宜秋。聊以秋专荔，以荔颜亭。”这些文字

1　林语堂：《怎样写“再启”》，载《我的话·行素集》，上海时代书局 1948 年版，第 56 页。
2　废名：《关于派别》，载王风编《废名集》第 3 卷，北京大学出版社 2009 年版，第 1306、1311 页。

极为雅致，纯粹固然纯粹，但虚写部分的张力消失了，而成为《浮生六记》式的闲情偶寄，似乎是一种古典情境的复制，不过，依废名的说法，与形诸文字相较，散文性情更见诸行事，只要作者日常生活情形恬淡自安，就是“散文心情”。

《秋荔亭记》言简意赅，就文意言，虚之部分多有现代观念，略显张扬，实之部分迹近古典格调，则颇为沉静，一奇一正，有奇正相生之效；而就文体与结构而论，实则前者亦是虚写，因其属观念，后者自然须实写，因其乃是具体行为，二者之间仍存轻重之别，但就阅读来说，则虚写部分张力充沛而实写部分情绪平缓亦是事实。即此可见，虽然见诸行事固是散文根柢，但仅就篇章而论，怎样透过语言文字流露出“真意”也绝不能等闲视之。也正是在这一关键点上，俞平伯刻意修炼，故而最终成为现代文学史上极有特色的小品文专家。

周作人为《燕知草》作跋，认为俞平伯是“小品文”——周氏称之为“不专说理叙事而以抒情分子为主的”散文——的代表，并提炼出“涩味”与“简单味”这两种小品文专有的特质，而之所以如此，则是因为雅致的情调“只是说自然，大方的风度，并不要禁忌什么字句，或者装出乡绅的架子”，但因其的确容易流于萎靡，就有必要强调“明朝的名士的文艺诚然是多有隐遁的色彩，但根本却是反抗的”，不过，作为一种反抗方式，“涩味”与“简单味”的效力大概微乎其微，所以周作人在这篇文章的稍后也就提到“文学即是不革命，能革命就不必需要文学及其他种种艺术或宗教，因为他已有了他的世界了；接着吻的嘴不再要唱歌。这理由正是一致”[1]，然而，即使再微弱，这两种气味之中也包含了与俗世拉开距离、与现世的不合作之意了。俞平伯为杨品华诗文集《北沿河畔》作跋，赞叹其风格“犹一翩翩浊世之佳公子也”，并指出“行文固贵沉着，亦要空灵”[2]。这些评赞，不啻自况。要而言之，“沉着”和“空灵”也是其本人

---

1 周作人：《燕知草跋》，载《苦雨斋跋文》，止庵校订，河北教育出版社 2002 年版，第 123—124 页。
2 俞平伯：《〈北沿河畔〉跋》，载《杂拌儿之一》，江西人民出版社 1982 年版，第 127 页。

散文创作的两种最主要的风格。不过，在他展开创作的20世纪二三十年代，作为五四运动的亲历者，俞平伯其实不乏若干浮躁凌厉的篇章。《析“爱”》一文仍然不乏夹缠之处，但许多地方可以见出时代的影响，如：

> 我八岁时读《孟子》到“孔子成《春秋》而乱臣贼子惧”，觉得这位孟老爹替他太老师吹得实在太凶。《春秋》无非是在竹片上画了些乱七八糟的痕迹，正和区区今日属稿的稿纸不相上下，既非刀锯桁杨，更非手枪炸弹，乱臣贼子即使没有鸡蛋般的胆子，亦何惧之有？或者当时的乱臣贼子，大都是些“银样蜡枪头”也未可知。

正经寓意以诙谐文字出之，亦庄亦谐，这样的文风实与刘半农、钱玄同、吴稚晖等人较为接近，不无狂士气质。不过，这对俞平伯来说只是偶尔峥嵘，他的散文作品大体仍然是沉着和空灵两条路子。

从俞平伯的创作实际看，他的散文大概可以分作两类，一类是包括《桨声灯影里的秦淮河》《芝田留梦记》《山阴五日记游》《阳台山大觉寺》等篇在内的美文，亦即今日所谓散文或抒情散文，与小品相距较远，更少文人意趣，另一类是包括《陶然亭的雪》《梦游》《西湖的六月十八夜》《雪晚归舟》《月下老人祠下》《进城》《秋荔亭记》等篇以及大量序跋类文字在内的小品，表现出现代文人情趣，是现代小品文中的佳品。以上两类散文，前者较为沉着，后者较为空灵。另外，如《冬晚的别》《赋得早春》之类大概兼有两种风情，一般也认为是小品文。

这里先看《陶然亭的雪》这篇名文。本篇虽然可以看到刻意以白话作文的痕迹，描写的技巧较之《桨声灯影里的秦淮河》有节制得多，不失精当，乡思的主题淡却醇厚，所以历来被认为是新文学早期不可多得的美文。不过，从前引周作人为《燕知草》作跋所发表的意见看，该文实是一篇小品文，而证之以后来若干关于小品文的观点，特别就意蕴、情趣、味道等方面而言，更是绝妙。

该文之妙，妙在有意无意之间。说是看雪，实是欣赏野趣；寻访的是陶然亭，但悬想之景象与实际情形至为悬殊：

> 我来时是这样预期的，一座四望极目的危亭，无碍无遮，在雪海中沐浴而嬉，宛如回旋的灯塔在银涛万沸之中，浅礁之上，亭亭矗立一般。而今竟只见拙钝的几间老屋，为城圈之中所习见而不一见的，则已往的名流觞咏，想起来真不免黯然寡色了。

而“游览必终之以大嚼”，于是去吃素面；返程途中，油厂有恶狗，这一幕“戏剧”冲淡了来年种花的心思。作者描写的功夫不可谓不足，但文章意趣却在拟想的文人雅趣和突如其来的现实野趣之间的张力，就事实而言，作者的确明确宣示此种意趣：“如此，类乎此的黯淡的寒姿，在我忆中至少可以匹敌江南春与秋的姝丽了，至少也可以使惯住江南的朋友们了解一点名说苦寒的北方，也有足以系人思念的冬之黄昏啊。有人说，‘这岂不将钩惹我们的迟暮之感?’真的！——可是，咱们谁又是专喝蜜水的人呢。”如果这算不得有意的张目，还是泛泛之论，是普通人都有的感慨，那么在江亭中所感到的寂静和人身处这一片落寞的天地之中若有所思的情状，则深得小品精髓了：

> 闲闲的意想，乍生乍灭，如行云流水一般的不关痛痒，比强制吾心，一念不着的滋味如何？这想必有人能辨别的。

似有所想，而又无所得，不合理，但却是生活的常态，这种情怀乃散文情怀。俞平伯如是写出，只是谈及一种感受，正如前引废名论周作人散文时所言，“他说这句话并非他自己的意思非这句话不可，虽然这句话也就是他的意思”，有此情怀者，或可感同身受，但也不强求他人同情，个中意趣又如一句陶诗："此中有真意，欲辨已忘言。"

其实，拟想的雅趣与现实的野趣之间的反差，可以视作人与世界之间那一道永远抹不平的罅隙，这个罅隙存在，则身处世界之中就永难无间融入，所以就永是意难平。且看《西湖的六月十八夜》。该文是在《陶然亭的雪》一年后写作的，情趣相近，不过以热闹写寂寥，更能突出意欲融入世俗而不可得的寂寞之感。作者先从杭州的人情写起，"寒乞相"云云，嘲讽而兼自嘲，然后就转入杭州人一年一度的发狂时节，即观音诞辰的香会，因为进香要烧头香，所以越提越早，以致西湖的六月十八夜成为狂欢节，不过，现今人人乐在其中的香会，原来却是不得已的产物。作者如是交待庙会来历：

> 从前既有城，即不能没有城门。滨湖之门自南而北凡三：曰清波，曰涌金，曰钱塘，到了夜深，都要下锁的。烧香客人们既要赶得早，且要越早越好，则不得不设法飞跨这三座门。他们的妙法不是爬城，不是学鸡叫，(这多么下作而且险!)只是隔夜赶出城。那时城外荒荒凉凉的，没有湖滨聚英，更别提西湖饭店新新旅馆之流了，于是只好作不夜之游，强颜与湖山结伴了。

既如是，则作者当然没有兴趣，可是H君一家亟欲一探究竟，所以也就只好从俗了。看到楼外楼附近的热闹情形，作者的兴致勃兴起来，不过没有船，于是只能到西泠桥畔"听远处的箫鼓声"，但景致极疏阔，连红灯大鼓的日本仁丹广告船都驱散不了寂寞。待到终于觅得船只下湖，湖面上已经"非常寥落"；在往三潭印月的途中，却发现进入了热闹之中的一块飞地：

> 中宵月华皎洁，是难于言说的。湖心悄且冷；四岸浮动着的歌声人语，灯火的微茫，合拢来却晕成一个繁热的光圈儿围裹着

它。我们的心因此也不落于全寂，如平时夜泛的光景；只是伴着少一半的兴奋，多一半的怅惘，软软地跳动着。

到了三潭印月，因为疲倦，所看到的不过是“欹侧的树根”“披离的宿草”和“一支秃笔样的雷峰塔”。作者最后如是总结这次游览：“一切都和我疏阔，连自己在明月中的影子看起来也朦胧得甚于烟雾。”俞平伯想要融入俗世，可是到了末了，还是把自己摘了出去。

《陶然亭的雪》和《西湖的六月十八夜》都是美文而兼有小品文风情，但因为不乏现代气息，所以正如周作人所言，“平伯所写的文章自具有一种独特的风致”，而“这风致是属于中国文学的，是那样地旧而又这样地新”，不过需要强调的是，周作人这番话有限定条件，即他是在“因时代的关系在文字上很有欧化的地方，思想上也自然要比四百年前有了明显的改变”这个前提下加以肯定的。[1] 当只有文词而缺乏思想时，周作人的态度或如前引《燕知草跋》一文所示，是有所保留的。收入《燕知草》一集中的《梦游》篇，俞平伯颇自矜，文末附记提及一则“笑话”曰：

就是这文脱稿以后，不署姓名，叫朋友们去猜。他们说大约是明人作的，至迟亦在清初。可差得太多了！这三个朋友中，有两位实是我的老师，那令我更加惶恐了。

《梦游》固宜为一篇晶莹剔透的小品，作者才情自是溢出纸面，而其自得当然也不失为小圈子之中的文人雅事，但核心问题是，如果其格调只是等同于晚明或清初的小品文，那么它的价值也就应该存疑了。

俞平伯固然是五四时代成长起来的新式知识分子，不过并不典型，若论其气质，则始终不脱“一翩翩浊世之佳公子”之概。以是故，他早期或

1 周作人：《杂拌儿跋》，载《知堂序跋文》，止庵校订，河北教育出版社 2002 年版，第 116 页。

有就社会问题发言之举，愈到后来，愈沉浸于一己的世界之中自得其乐，其甚者，则为《古槐梦遇》《槐屋梦寻》《槐痕》之“三槐”系列。“三槐”系列[1]乃札记，语言幽深玄奥，意义多隐晦不彰，大概兼有简单与苦涩两种味道，爱之者叹为极致，不明就里者或亦抱怨其艰涩无比。这里且以《古槐梦遇》为例，约略阐说。

该书收文一百则，有故事，有短剧，有诗词，有感想，比例最高者为感想。就感想而言，有自省语，《古槐梦遇》第一四条“小学教师颂残文”云：“学问到了一种境界，即自成一物，不复为人生所凝和，从一方面说，乃进步的必然，另一方面呢，也未必不是一种……罢。”有人生感悟，第一八条云：“续《论语·泰伯》，‘直而无礼则绞’，下曰，‘谦而无礼则糟。’注，自菲薄故，殆蛇足也。”从风格方面看，有的富禅趣，如第三〇条：“以醒为梦，梦将不醒；以梦为醒，梦亦不醒。”有的颇为玄妙，如第三一条：“荒于嬉，中夜犹不寝，自忧失眠，醒乃喜之，喜得不眠之眠也。”这些感想，或有哲思在内，而亦不过寻常人语。能够见出俞平伯修养性情的，有涉及文章作法的条目，如第四三条云：“以淡墨皴出轮廓，徐徐填之，凡笔也。好文章开首，才浓墨数点耳。”亦有不少条目是在此基础上的发挥，大都不失精彩，如第七一条云：“灵魂的冒险是做诗，加身体的冒险那是做爱，妙手偶得之。”作者兴致来了，往往极有神采。另外如第四八条：“觉得有写出一大部绝丽的文章的把握，至少有如《红楼梦》，但是没有写。”简直令人绝倒。再进一步，更能够反映出俞平伯性情和文章之妙的，乃第七三条之类能够营造出某种特定氛围、散发出某种特定气味的条目。该条云：

语知堂翁，颇觉近人了解圣叹之浅。若不出一金圣叹，恐鄙人至今尚不知尘世间有《水浒》，因此颇想买一部坊本“五才子”

1　关于“三槐”之材料问题，可参陈建军：《俞平伯〈槐屋梦寻〉拾零记》，《现代中文学刊》2016 年第 2 期。

藏之为念。又曰，“中郎虽佳，讵过孔子”，这八个字是要写的。

在这一幕对话场景中，俞平伯老学究式的认真情态宛在眼前，周作人默然颔首的情形亦隐隐可见。

周作人为该书作序，曾提及黄周星的《岂想庵选梦略刻》，认为凡四十八则而“七分之六是记诗句，只有一分记些情景却颇奇妙”[1]，《古槐梦遇》亦有不少条目都是对片段场景的记叙和发挥，颇有逸致。第七条云：“曹子桓对他的弟弟说，‘贵为天子，富有四海，那里还有余地呢。’子建恭默。有一天又说，‘我们从前学的，做皇帝以后好像没有什么用处了。’子建回答，‘阿哥客气。’”作者亦自言可入《世说》。在这些描绘场景的札记中，文辞和情调都颇为古雅的条目最多，但风格殊为多变。有的清幽，如第一二条云：“小屋之外，悉萝薜苔藓之属，无非碧也。更草树埋之，亦碧。屋内正中一小灯映之。碧巷之中偶闻人语。此翡翠之国，而我居之，醒来欢喜。在古槐作，日子失记。”有的明丽，如第五六条：“长巷逶迤，见家家户户玉雪成堆，唯以一墙之隔，只见花头耳。心悦今年春好，行吟得二句，醒渐忘却，补为一章：‘岁岁桃溪雪，家家梨雨寒，粉墙擎玉盖，步步仰头看。’”俞平伯家学渊源深厚，娴熟于各种体裁，尤于文章趣味多有体会。第九二条云：“文章之境有四焉。何谓四境？明清厚远。明斯清，清斯厚，厚斯远矣。再问，曰辞达谓之明，意纯谓之清，意胜辞曰厚，韵胜意曰远。出于何书？三问，不答。”固是擅文之语。

辞达、意纯、义深、韵长，可以认为是俞平伯小品的文体追求，而以此四者衡之，大概可以这样讲，俞平伯小品意纯、义深是极为明显的，韵长亦可以当之，唯有辞达一条或有可商。这里大致的意见是，俞平伯许多时候追求的是具有诗歌品格的“不隔”之境，而他的小品固然不凡，但始

1 周作人：《古槐梦遇序》，载俞平伯《古槐梦遇》，世界书局1936年版，第6页。

终没有能够进入“不隔”，所以他或有“言不尽意”之叹。不过，这似乎又是俞平伯所谓“意胜辞”之追求的自然结果，也未可知。

总之，文辞的典雅是俞平伯小品的一大特色，但只有在思想在场的情况下，文辞才具有生命力，而在另一方面或如前论，俞平伯不宜细腻辨析思想，而只宜于将之作为一个背景，着重表现个人趣味，如此往往有意外的收获。《“标语”》一文的立意和结构就很有意思：

> 我觉得标语总还是时髦的，咱们不妨也来个两张，区区想贴在东西牌楼的有八个大字，“说自己的话，老实地。”——排字人注意，正文至此已完，以下都是注解。

这种不无生硬之感的拗句，大有名士风采，所以后文其实大可以不必读，只需品味作者为什么这样写就可以了，但作者非得逐层加以注解，有如老学究一般执着，两相对照，正可以照见他的可爱。这种见出性情的率性文字，诉诸现实，也多神来之笔。《进城》渲染了北方冬天的萧索：

> 圆明园是些土堆，以外，西山黯然而紫，上面有淡薄橙色的晕，含着一轮寒日。初冬，北地天短，夕阳如箭，可是车儿一拐，才背转它，眼前就是黄昏了。

寥寥几笔，亦无须多言，倒是真正实现了辞达、意纯、义深、韵长的追求。

毋庸讳言，俞平伯另有许多小品风格倾向沉着，因为深意深出的缘故而不无晦涩之感。周作人也曾提及，“据友人在河北某女校询问学生的结果，废名君的文章是第一名的难懂，而第二名乃是平伯”，但他强调，“本来晦涩的原因普通有两种，即是思想之深奥或混乱，但也可以由于文体之简洁或奇僻生辣”，俞、冯二人乃属后者，而“现代的文学悉本于‘诗言志’的主张，所谓‘信腕信口皆成律度’的标准原是一样，但庸熟之极不能不趋于变，简洁生辣的文章之兴起，正是当然的事”。[1] 就俞平伯小品的整体风格来说，或如废名论卞之琳诗，“他的格调最新，他的风趣却最古了”[2]，而废名本人则是风趣最古、格调最新。

---

1 周作人：《枣和桥的序》，载《苦雨斋序跋文》，止庵校订，河北教育出版社 2002 年版，第 107—108 页。

2 废名：《“十年诗草”》，载王风编《废名集》第 4 卷，北京大学出版社 2009 年版，第 1771 页。

第六

废名文章

《知堂先生》一文尝记废名、俞平伯二人对于周作人都有的一种“感觉”：

> 那天平伯曾说到“感觉”二字，大约如“冷暖自知”之感觉，因为知堂先生的心情与行事都有一个中庸之妙，这到底从那里来的呢？平伯乃踟蹰着说道，“他大约是感觉？”我想这个意思是的，知堂先生的德行，与其说是伦理的，不如说是生物的，有如鸟类之羽毛，鹄不日浴而白，乌不日黔而黑，黑也白也，都是美的，都是卫生的。然而自然无知，人类则自作聪明，人生之健全而同乎自然，非善知识者而能之欤。

废名且有叹曰，“‘渐近自然’四个字大约能以形容知堂先生”，他的言行，“比起古今的道德观念来，实在是一点规矩也没有，却也未必不最近乎事理”，职是之故，“我们常不免是抒情的，知堂先生总是合礼”。[1] 合礼者，合乎包括人情在内的自然法则之谓也，所谓中庸，亦是此意。从废名对周作人的赞叹中，大约也就可以了解他自己也是一个心慕自然之人，不过禀赋气质不同，他趋向自然的途径稍显隐晦曲折罢了。

废名（1901—1967，湖北黄梅人），原名冯文炳，现代著名作家。自小在家乡接受私塾教育，1914 年入黄梅八角亭初级师范学校，1917 年入国立湖北第一师范学校，接触新文学，始有志于文学事业。1922 年考入

1　废名：《知堂先生》，载王风编《废名集》第 3 卷，北京大学出版社 2009 年版。本处引用较多，均见此文，不一一注明。

北京大学预科英文班，开始发表诗和小说。在北大读书期间，与周作人日渐亲近，成为入室弟子之一；广泛接触众多新文学人物，参加“浅草社”，为《语丝》撰稿人和同人之一；陆续出版短篇小说集《竹林的故事》《桃园》。大学毕业后在北大中文系任教，1930 年与冯至等人创立《骆驼草》周刊，后出版短篇小说集《枣》及长篇小说《桥》《莫须有先生》。抗战期间返乡，于此写成《阿赖耶识论》。抗战胜利后重返北大任教，1952 年调往长春东北人民大学（今吉林大学）任教，1957 年出版有《废名小说选》。废名是“京派”的重要成员，其性情或如周作人所言“是诗人”[1]，小说、诗、文均出色，而均当成文章予以用心经营，所以各种体裁颇为趋同，不过风格仍大抵如周作人所言，是“平淡朴讷”[2]。

与俞平伯之立意深相比，废名是境界高。废名的“黄梅故乡”，乃出诸其胸臆的“造境”，是对曾经存在过的“写境”的不断“再描述”的结果，正是在这个意义上，他是一个不折不扣的“反讽主义者”。理查德·罗蒂认为：

> 依我的定义，“反讽主义者”（ironist）必须符合下列三个条件：(一) 由于她深受其他语汇——她所邂逅的人或书籍所使用的终极语汇——所感动，因此她对自己目前所使用的终极语汇，抱持着彻底的、持续不断的质疑。(二) 她知道以她现有语汇所构作出来的论证，既无法支持，亦无法消解这些质疑。(三) 当她对她的处境作哲学思考时，她不认为她的语汇比其他语汇更接近实有，也不认为她的语汇接触到了在她之外的任何力量。

而具有上述三点特征的人们之所以是反讽主义者，在于“他们知道任何东西都可以透过再描述而显得是好或是坏，而且他们也不再企图把终极语汇

1　周作人：《桃园跋》，载《苦雨斋序跋文》，止庵校订，河北教育出版社 2002 年版，第 102 页。
2　周作人：《竹林的故事序》，载《苦雨斋序跋文》，止庵校订，河北教育出版社 2002 年版，第 102 页。

间的选择判断罗列出来”，而“一个反讽主义者是否成功的惟一衡量标准，就是过去——不是要遵照过去的标准生活，而是要用他自己的语言把过去再描述一番，然后让自己有能力说‘我曾欲其如是’（Thus I willed it.）”。[1]

当然，废名并没有语言学转向之后的现代哲学背景，但一个显见的事实是，他的确意识到过去之曾经如彼和当下之欲其如是之间的差异和对立，而他不断以后者刷新前者的改写活动，正表明他是在此意义上的一位反讽主义者，而且是极为成功的一个。他对故乡完全可以说“我曾欲其如是”这句话。不过，废名对故乡的“再描述”行为自是采用了与罗蒂完全不同的表达或描述。他认为“创作的时候应该是‘反刍’。这样才能成为一个梦。是梦，所以与当初的实生活隔了模糊的界。艺术的成功也就在这里”[2]，这就意味着过去不是曾经实有的经历，而是“反刍”的结果，其方法在于“象古代陶潜、李商隐写诗”[3] 那样重新改写现实，这就是王国维所谓的造境了。

一、境界：修养化为文章

诗而外，大概废名的其他所有作品都可以称为“文章”，散文小品固然在内，即小说也不例外——他都是将之当作文章加以经营的。废名关于文章的看法，一方面与五四以来的诸多代表作家特别是周作人保持一致，认为只要是本诸真心、能够见出性情的文字就是好文章，至于其他，都是细枝末节而已。例如用典问题，废名正是本此精神立论：

其（按：指朱熹）解释“欲罢不能”云：“如行者之赴家，

1　[美] 理查德 · 罗蒂：《偶然、反讽与团结》，徐文瑞译，商务印书馆 2003 年版，第 105—106、138 页。

2　废名：《说梦》，载王风编《废名集》第 3 卷，北京大学出版社 2009 年版，第 1154 页。

3　废名：《〈废名小说选〉序》，载王风编《废名集》第 6 卷，北京大学出版社 2009 年版，第 3268 页。

> 食者之求饱。”这样有力量的文章要什么典故呢？二程子称大程子“盖自孟子之后，一人而已。然学者于道不知所向，则孰知斯人之为功；不知所至，则孰知斯名之称情也哉?”这是多么能达意的文章，何暇用典故？[1]

另一方面，或如《孔门之文》针对《论语·颜渊》中子贡“文犹质也，质犹文也”之语所发的议论，废名以孔子文质彬彬等语为据，又是倾向于肯定“文”的重要意义的，甚而不无绝对地表示：“孔门与以后的儒家高下之别，我们不妨说就在这一个‘文’字。”[2] 这里的“文”，可以兼指图饰、样式、文章、气性、文化、文明等多种内涵，既是“审美的创造”也是“知识的生成”，而如果“文学”是“从一个时代到另一个时代，从一个地域到另一个地域，对‘文’的形式、思想和态度流变所铭记和被铭记的艺术”，那它正如宇文所安所说的那样，就是“一种未曾实现的样式的渐行实现”。[3] 在这个意义上讲，废名就超越了传统的文质之间对等关系的认识而进入了“文”的审美和知识的再生产过程之中。

在这里，知识再生产且不论，单看其审美创造。废名的根柢当然不脱儒家底色，他有许多常情常理，也表现出对世俗言行理解之后的宽容心，其宗旨大抵如一般儒生，在于“使人得其性情之正”[4]。《黄梅初级中学同学录序三篇》之一开宗明义地说，“古今做先生的莫如孔子，做学生的莫如孔子的学生”，作者自认“这话仿佛说得很可笑”，但“其实不然。我们不要把‘孔门’看得高了，看得高便等于空中楼阁，不是真面目”，都是规规矩矩的说辞，而也都带有人性、人情的温度：

---

1 废名：《谈用典故》，载王风编《废名集》第 3 卷，北京大学出版社 2009 年版，第 1459 页。
2 废名：《孔门之文》，载王风编《废名集》第 3 卷，北京大学出版社 2009 年版，第 1373 页。
3 ［美］王德威：《“世界”中的中国文学》，王晓伟原译，《南方文坛》2017 年第 5 期。
4 废名：《响应“打开一条生路”》，载王风编《废名集》第 3 卷，北京大学出版社 2009 年版，第 1425 页。

子路不耻恶衣，自己穿一件旧袍子同穿皮袍的阔人站在一起，我自有我的价值，而彼于我何加焉，我有什么可羞耻的地方呢？先生见着这个好学生，引一句诗赞美一番："不忮不求，何用不臧。"子路高兴极了，从此天天起来诵这一句诗，"不忮不求，何用不臧！不忮不求，何用不臧！"同我们乡里私塾学生背《诗经》一般，未免可笑，所以孔子叫他不要读，"你天天这么的读什么呢？百尺竿头你应该再进一步！"这些不正是我们师生之间普通的情形么？

这一幕场景极其平凡，重要的也不是这些话有没有意义，而在于它的确如第二篇序文当中所谓"孔子的话我相信同我是一般的老实，一般的说得人生之佳致哩"，也就是其开篇所提到的"近人情"。在人性人情的基础之上，废名开始建造审美之境：

我在女子的梦里写一个善字，
我在男子的梦里写一个美字，
厌世诗人我画一幅好看的山水，
小孩子我替他画一个世界。

这首题为"梦（之二）"的诗在他的多篇文章当中都有征引，然而，它并不是创造出一个可资鉴赏的审美对象，而是描摹了一个可以或说有可能产生美的意境。他说："我是一个站在前门大街灰尘当中的人，然而我的写生是愁眉敛翠春烟薄。"[1] 这是废名关于个人与世界之间关系体认的一种表现。

可以这样讲，就世俗世界来说，废名自然身处其中，而且对之不乏温情，但就精神世界而言，其情形仿佛《打锣的故事》一文所云，这篇拟作

1　废名：《斗方夜谭》，载王风编《废名集》第3卷，北京大学出版社2009年版，第1265页。

的小说是与梭罗古勃的短篇小说《捉迷藏》之间的“寂寞的共鸣”，似乎永远处于一种孤寂状态，而很少有人可以与之呼应并产生共鸣。李健吾曾将沈从文和废名的小说加以比较，认为“废名先生仿佛一个修士，一切是内向的；他追求一种超脱的意境，意境的本身，一种交织在文字上的思维者的美化的境界，而不是美丽自身”，进而指出二人之间的差异：

> 沈从文先生不是一个修士。他热情地崇拜美。在他艺术的制作里，他表现一段具体的生命，而这生命是美化了的，经过他的热情再现的。大多数人可以欣赏他的作品，因为他所涵有的理想，是人人可以接受，融化在各自的生命里的。但是废名先生的作品，一种具体化的抽象的意境，仅仅限于少数的读者。他永久是孤独的，简直是孤洁的。他那少数的读者，虽然少数，却是有了福的（耶稣对他的门徒这样说）。[1]

废名的文章境界，自是其个人胸臆的流露，代表的是其人格修养所及的高度。《莫须有先生传》将出版，废名不无谐谑地说：“《莫须有先生传》行将正正堂堂的出而问世，差不多举国一致要我做一篇序，因为它难懂。这个乃令我为难。大凡替人家做传记，自然是把这个人的事迹都说给你们听了，若说难懂，那是因为莫须有先生这人本来难懂，所以《莫须有先生传》也就难懂，然则难懂正是它的一个妙处，读者细心玩索之可乎？玩索而一旦有所得，人生在世必定很有意思。”[2] 作为“废名的一部精神自传”，小说虽有作者经历在内，“然而在现实层面之上还揭示了一个精神或感悟的层面，而莫须有先生体现了作者的理想状态”。[3] 王国维指出：“境非独谓景物也。喜怒哀乐，亦人心中之一境界。”[4] 废名所写，均为其心

1　刘西渭：《边城》，载《咀华集》，文化生活出版社 1936 年版，第 70 页。
2　废名：《莫须有先生传・序》，载王风编《废名集》第 2 卷，北京大学出版社 2009 年版，第 660 页。
3　止庵：《读〈莫须有先生传〉》，载《向隅编》，中央编译出版社 2015 年版，第 105 页。
4　况周颐、王国维：《蕙风词话　人间词话》，人民文学出版社 1960 年版，第 193 页。

境，就其小说而言，它们所构筑的纯美意境一般被称为“禅境”，不过若论其审美性质，乃王国维所谓“第二形式之美”。王国维观察到“天下之物”中，存在诸多“决非真正之美术品，而又决非利用品者。又其制作之人，决非必为天才，而吾人之视之也，若与天才所制作之美术无异者”，因无现成的名词指称，王氏遂名之为“古雅”：

> 故除吾人之感情外，凡属于美之对象者，皆形式而非材质也。而一切形式之美，又不可无他形式以表之，惟经过此第二之形式，斯美者愈增其美，而吾人之所谓古雅，即此第二种之形式。即形式之无优美与宏壮之属性者，亦因此第二形式故，而得一种独立之价值。[1]

要而言之，古雅是“形式之美之形式之美也”，其功能一方面使得“第一形式美者经过第二形式的‘赋于’，固然是‘斯美者愈增其美’”，而“即便是第一形式不美的人事物态，经由第二形式的‘赋于’，也能具备一种审美价值”[2]，而从根本上讲，古雅之美作为“第二形式之美，恰恰是现成的而非原生的，它能够被复制，能够被利用”[3]。废名的文章，不管是他自己所说的做梦，还是其他人所说的造境或是再描述，能够得以接受，其实都需要相当的知识储备作为条件，从这个角度来说，他的审美创造和知识创造原也是一体两面。职是之故，废名文章也就远离“朴素的美”而流于“趣味化”了：“在北平地方消磨了长年的教书的安定生活，有限制作者拘束于自己所习惯爱好的形式，故为周作人所称道的《无题》中所记琴子故事，风度的美，较之时间略早的一些创作，实在已就显出了不康健

1　王国维：《古雅之在美学上之位置》，载徐中玉主编《中国近代文学大系 · 文学理论集 1》，上海书店 1994 年版，第 219—220 页。

2　张方：《王国维古雅说辨识》，《华中师范大学学报（哲社版）》1991 年第 5 期。

3　汤拥华：《“古雅”的美学难题——从王国维到宗白华、邓以蛰》，《浙江社会科学》2008 年第 7 期。

的病的纤细。”[1] 应该说，沈从文对废名小说的这一判断是公允的，推而广之，施于文章，亦无不可。

二、风情:“情生文”与“文生情”

废名境界之高源于其个人修养自不待言，而这就涉及道德、文章孰轻孰重及其如何处置二者之间的关系等问题。需要强调的是，道德在这里指的是个体在成长过程中吸纳各种养分而铸成的一个“我”，即主体，从这一主体之中自然生成的创作，可称为“情生文”，但废名作品的一个特色，甚至可称最重要的特质，却恰恰在于“文生情”。周作人为《莫须有先生传》作序，特别指出这一方面的文章特色：

> 《莫须有先生》的文章的好处，似乎可以旧式批语评之曰，情生文，文生情。这好像是一道流水，大约总是向东去朝宗于海，他流过的地方，凡有什么汊港湾曲，总得灌注潆洄一番，有什么岩石水草，总要披拂抚弄一下子才再往前去，这都不是他的行程的主脑，但除去了这些也就别无行程了。[2]

概而言之，他的文章，大体都是“情”在起始阶段催生“文”，然后情文共生，以至于到底是情生文还是文生情殊难分辨，但大体而言，是“情”提供了原动力，展开部分基本就是“文”的自我增殖，而“情”在这一过程中固然脱离了初衷，却也因此千变万化，委婉多姿。《说梦》曰：“著作者当他动笔的时候，是不能料想到他将成功一个什么。字与字，句与句，互相生长，有如梦之不可捉摸。”[3] 就是文情互生的意思。

1　沈从文：《论冯文炳》，大东书局 1934 年版，第 6、10 页。
2　周作人：《莫须有先生传序》，载《苦雨斋序跋文》，止庵校订，河北教育出版社 2002 年版，第 111 页。
3　废名：《说梦》，载王风编《废名集》第 3 卷，北京大学出版社 2009 年版，第 1155 页。

以上自然都是就其小说而言，但或如前述，废名的小说是当作文章经营的，其实很多篇章可以当作小品来看，而从反面观之，其小品文章更是“情生文，文生情”的极致，就很容易理解了。鉴于当下对废名作品体裁的研究方面有相对明确的分野，这里只在必要时涉及他的小说，而主要分析他的小品，或曰文章，但还是先看废名小说中的一个片段。《莫须有先生传》之第六章“这一回讲到三脚猫”，开篇就是妙文：

> 莫须有先生蹬在两块石砖之上，悠然见南山，境界不胜其广，大喜道：
>
> “好极了，我悔我来之晚矣，这个地方真不错。我就把我的这个山舍颜之曰茅司见山斋。可惜我的字写得太不像样儿，当然也不必就要写，心心相印，——我的莫须有先生之玺，花了十块左右请人刻了来，至今还没有买印色，也没有用处，太大了。我生平最不喜欢出告示，只喜欢做日记，我的文章可不就等于做日记吗？只有我自己最明白。如果历来鉴赏艺术的人都是同我有这副冒险本领，那也就没有什么叫做不明白。”

莫须有先生如厕，目接南山，所以想到斋名；因为要题额，于是想到写字；心思一转，想到也不必题字，精神相契足矣；又想到请人刻的“莫须有先生之玺”，但这只是外在标记，写文章实在无须如此，故钟爱日记。在这一段文章里，先是触目所见之景催发感想，然后就沿着感想之“文”的线索一路生发但又随时跟着思绪百转千回，情与文相互滋生，相得益彰。

这种笔法，废名学自周作人，但他体会极深，又在个人感悟的基础上加以发展，遂形成了他独有的“情生文，文生情”特别是“文生情”作风。他推崇六朝文，认为“中国文章，以六朝人文章最不可及”，认为其“生命还是不断的生长着，诗有晚唐，词至南宋，俱系六朝文的命脉也”，且以梁遇春《又是一年芳草绿》一文中的“泼地草绿”一句为例，指出“在我们现代的新散文里，还有‘六朝文’”之事实，末了讲了一则故事：

> 我又记起一件事，苦茶庵长老曾为闲步兄写砚，写庾信《行雨山铭》四句，“树入床头，花来镜里，草缘衫同，花红面似。”那天我也在茶庵，当下听着长老法言道，“可见他们写文章是乱写的，四句里头两个花字。”真的，真的六朝文是乱写的，所谓生香真色人难学也。[1]

不管是“情生文”还是“文生情”，都是这里所讲的“乱写”，但因为出诸个人心性——正如梁遇春之句，作者叹曰“这个字我大约用苦思也可以得着，而你却是泼地草绿”，则自然浑圆波俏。

废名文章往往是从一点因由出发敷衍成篇，而这些因由或者是读书偶得，或者是他人言论的启迪，或者是某个场景的触发，并无一定，但一旦他得了这个由头，则文字恰如周作人所言之“一道流水”，一意向前而任意披拂，却也有“生香真色”之致。《钓鱼》一文之缘起是收到周作人的一封信，信封是砖鱼；于是谈钓鱼而及于竹竿，想起故乡城边的竹林；但为什么自己不喜欢钓鱼，却说不出个所以然；又想起孔子“钓而不网，弋不射宿”，“若知道孔圣人怎么钓鱼，怎么打猎，却是有趣味的事情”；由此又想到孔子“爱听音乐”，“他老先生在卫敲磬，门外挑草器的普罗同志何以爱管闲事，同他老人家挑眼儿作诛心之论”。文章的思路若断若续，这种风情或如他谈庾信《谢滕王赍马启》一文之评语：“第一句等于题目。接着是无头无尾的文章，同时也是完完全全的文章，不多不少的文章。所用的全是马的典故，而作者的想象随着奔流出来了。”[2] 废名的写法可谓

---

1 废名：《三竿两竿》，载王风编《废名集》第 3 卷，北京大学出版社 2009 年版，第 1354—1355 页。
2 废名：《谈用典故》，载王风编《废名集》第 3 卷，北京大学出版社 2009 年版，第 1460 页。

有过之而无不及，一如他所歆羡的“兴会太好”而且“态度也很诚实”[1]的金圣叹。

废名尝引金圣叹之语，称这种写法为“无全书在胸”。他在《水浒第十三回》及继之而作的《无题》两篇文章中，都阐释过“无全书在胸而姑涉笔成书”的文章章法，而因为《堂吉诃德》有此风趣，遂径直发出“其价值恐在《水浒》以上也”的斩截论断。[2]《随笔》一文认为李璟“细雨梦回鸡塞远”之句和张继的“姑苏城外寒山寺，夜半钟声到客船”两句诗具有“相似的妙趣”：

> 就时间与空间说，夜半钟声与客船到岸一定有什么关系呢？客曰没有什么因果关系。然而夜半钟声到客船诗句则美。同样，梦到鸡塞去了一趟，醒来乃听见淅沥淅沥的下着细雨，于是就写着细雨梦回鸡塞远，就时间与空间说，细雨与梦回鸡塞也没有因果关系，大约因为窗外细雨，梦回乃有点不相信的神情罢了。

废名的阐释其实关键也全在“无全书在胸”一点，注重随机生发的趣味。因此，后此而作的《关于“夜半钟声到客船”》一文详解诗句意思，列出多种解释而表示均不能同意，并且强调它们共同不能令人满意的地方，在于“若夫什么地方的钟声传到愁人的耳鼓，诗情固然更重，诗趣反而减少”。[3]

一般而言，情生文是文学正途，文生情则难免遭人诟病，但这正是废名一贯的创作方法，在相当意义上，他的诗也是这种写法，起码那首著名的《街头》就很明显。就废名而言，“情生文”提供了一个造境的前提和条件，是“以我观物”的“有我之境”，而一旦境界生成，则“我”亦成

1　废名：《贬金圣叹》，载王风编《废名集》第3卷，北京大学出版社2009年版，第1391页。
2　废名：《无题》，载王风编《废名集》第3卷，北京大学出版社2009年版，第1358页。
3　废名：《关于“夜半钟声到客船”》，载王风编《废名集》第3卷，北京大学出版社2009年版，第1400页。

为此境界之构成分子，地位与其他事物相仿佛，“有我之境”也就转化成为“以物观物”的“无我之境”，依王国维“无我之境，人惟于静中得之。有我之境，于由动之静时得之。故一优美，一宏壮也”之语[1]，废名文章的审美风情近于优美自不待言。不过，需要辨明的是，废名文章固然多东方禅寂风情，一如他所赞赏的周作人的“净观”[2]，但其具体写法即周作人所谓“一道流水”的笔法，却也赋予了它们“由动之静”的动感，故准确说来，其风情可能比优美要稍稍多出了一些，但又绝不是壮美。可以看到的是，废名平淡从容中往往不乏幽微到极致反显奇崛的韵致。用周作人的概念来说，这就是“涩味”了。

三、 风格:“隔”的个人笔调

废名文章语言都是大白话，征之以他本人的作品，口语的痕迹也极为明显。他为《周作人散文钞》作序，除表示赞同周作人关于公安派的观点外，也特别提过一句：“我还补说一句，中国的近代文学必然的是在散文方面发达，诗则因发达之极致而走入穷途，因了散文的发达，必然的扩充到口语。”[3] 他的语言习惯和俞平伯的语言习惯有时颇为接近，也有些“绕”，但并不“缠”。《讲一句诗》分析李商隐的诗《月》：“这首诗怎么讲呢？我曾考了好些个人，没有一个人的答案同他相同。因此我很有点儿惶恐，难道只有我是对的，大家都不对么？连忙我又自信起来，我确实是对的，请大家就以我的话为对好了。”这不是他力图辨析义理的夹缠，而是他所谓“隔”的散文风格向语言的顺延。

废名有鉴于“我们总是求把自己的意思说出来，即是求‘不隔’，平实生活里的意思却未必是说得出来的”的事实，而“具散文的心情的人，

---

1 况周颐、王国维：《蕙风词话　人间词话》，人民文学出版社 1960 年版，第 191—192 页。
2 废名：《（〈周作人散文钞〉）废名序》，载王风编《废名集》第 3 卷，北京大学出版社 2009 年版，第 1280 页。
3 同上书，第 1278 页。

不是从表现自己得快乐，他像一个教育家，循循善诱人，他说这句话并非他自己的意思非这句话不可，虽然这句话也就是他的意思”，从而认为“散文之极致大约便是‘隔’”。[1] 这是废名所悟出并青睐的个人笔调。不过，因为“隔”，所以就很难懂，周作人曾就此有所论列。周氏从理论上立论，认为“晦涩的原因普通有两种，即是思想之深奥或混乱，但也可以由于文体之简洁或奇僻生辣”，而反观新文学，也可以看到这样一种趋势：“现代的文学悉本于‘诗言志’的主张，所谓‘信腕信口皆成律度’的标准原是一样，但庸熟之极不能不趋于变，简洁生辣的文章之兴起，正是当然的事。”[2] 废名自然属“简洁”一路，不过他的简洁非文辞的简省，而是境界的清隽。

《往日记》是废名回忆儿时生活而摘出的几个片段，分叙桥、红果、荷花、放牛、野花、绿叶、粟米糖六种物事，且看他如何叙写红果之“红”：

> 马头桥的一头，河坝上，有一棵树我至今不晓得是什么树，有一天我一个人在桥头玩，忽然看见树顶上有两个果子，颜色甚红，我觉得橘子没有那样红，枇杷也没有那样红，大小倒是那样大小，我站在树脚下仰望不已，我没有法子把它弄下来，我真是想得很。我至今总仿佛有两颗红果在一棵树上。我无论在那里看见什么树结着红色的果实，我就想起那两颗红果来了，但总比不上它的颜色红，那真是红极了。

通篇说果子之“红”，却又没有任何用心加以描绘的意思，只是单调地反复叙说乃至感叹，文辞固然好懂，但其妙处则绝不在于文辞之意义，而在

1　废名：《关于派别》，载王风编《废名集》第 3 卷，北京大学出版社 2009 年版，第 1308、1311、1306 页。

2　周作人：《枣和桥的序》，载《苦雨斋序跋文》，止庵校订，河北教育出版社 2002 年版，第 107—108 页。

于一个人对“红”即世界之相的执念。如果说废名写作曾有固守意义的阶段，如他读庾信《小园赋》，至“一寸二寸之鱼，三竿两竿之竹”，思及个人作文，恍然有悟，发现自己“写文章决不会写这么容易的好句子，总是在意义上那么的颠斤簸两”[1]，那么他后来的风格，的确文辞简省而意境高妙。这正如他在《立斋谈话》之四中专门说过的“省略”：“‘Omit’这个字很有意思。记得有一位艺术家说过这样的话，艺术家的本领就在于Omit这一个字。我的意思还不在于技巧方面，而在于境界，而在于思想，总之一切。”[2]

废名当然欣赏辞采，像《中国文章》对庾信之“霜随柳白，月逐坟圆”与“物受其生，于天不谢”等句的激赏，都是具体表现，不过，他显然认为此非己所长。《谈用典故》一文论及中西文学，废名认为西方文学往往“借故事表现着作者的境界。中国的诗人则是借典故表现境界了”，例如“草无忘忧之意，花无长乐之心”“非夏日而可畏，异秋天而可悲”，“都是以典故为辞藻，于辞藻见性情”，但“自己的文章恰短于此”，而“大约同陶渊明杜甫是属于白描一派”。[3] 而对于小品文中惯有的俗趣，废名的态度也与关于辞采的立场较为接近，如果辞采果如其自谦的那样为不能，即笔有不逮，那么就俗趣来说，他同样是不能，不过却是气质的不兼容。例如《立斋谈话》之五云：

有一位批评家谈弗洛倍尔，可以引到这里作参考。他是讲*Madame Bovary*这部小说，他说这本书他好久不读忘记了，但有一句总不能忘记，写一个人月夜在坟地里，这位小说家有着他所没有的诗情的描写，但忽然来它一下，说这人看见一个人来了，他想起他的马铃薯近来被人偷了，一定是这人了。（大意如

1 废名:《三竿两竿》，载王风编《废名集》第3卷，北京大学出版社2009年版，第1355页。
2 废名:《立斋谈话》，载王风编《废名集》第3卷，北京大学出版社2009年版，第1252页。
3 废名:《谈用典故》，载王风编《废名集》第3卷，北京大学出版社2009年版，第1461页。

> 此，原文记不清。）他说这才真是弗洛倍尔的句子，这才真是弗洛倍尔的人物。这就是小说家弗洛倍尔把他的诗做给我们看。

这里的谐趣，仿佛《莫须有先生传》中的“身体发肤受之于父母，衰老于天地”之句，都产生了一种违和感，而又都具有自然的生活趣味。废名对于俗趣，是从自然人生的角度予以体认的，而即此可见，废名既不是雅到极致，更不是大俗即大雅，而是居于雅与俗的中间地段，但既不愿回归雅文学传统，又不能真正站到前门大街的灰尘之中，所以只有“说梦”了。

总体而言，废名的文风属于所谓“闲话”，但他的闲话却不能够真正“闲”下来，始终带有经营文章的苦心，并不轻松。《散文》是废名后期作品，也是这种看似散淡而实则颇为经心的文章：

> 婶母的茅草屋临在城外的小河之上，门口是“便民”之路，这所谓“路”当然包含了桥，因为有河而可行，非有桥而何？这个桥是木桥，春夏间发山洪时常常冲倒了，于是行人涉水而过。农人进城舍不得花渡钱，则“深则厉，浅则揭”。到了秋冬以至春三月，则河里本来没有水，只是沙滩，桥徒有意了，大家都是走自由之路，即是走沙滩。

一句接一句，几乎可以认为全段都采用了顶真的修辞。这种句法和章法，正如废名谈“做文章”时所言：“顶会作文章的人大概就是一个生活的能手，乘风破浪，含辱茹苦，随处可以试验他的生存的本领，他大概是一个‘游民’，逐水草而居了。”[1] 这正是废名的本色，而《再谈用典故》所谓“乱写，正同花一样乱开，萤火虫一样乱飞”[2] 的文章境界，也像前引他在《三竿两竿》中对六朝文章之评骘所表明的那样，对他而言也是可望而

1　废名：《邮筒》，载王风编《废名集》第3卷，北京大学出版社2009年版，第1242页。
2　废名：《再谈用典故》，载王风编《废名集》第3卷，北京大学出版社2009年版，第1463页。

不可即的高明了。

当然，废名的语言清通，有时却因为过于简省，往往语意不够连贯，也因此晦涩。这在小说造境之中或是优点，但在小品之中，有时可见其妙，有时亦成妨害，这也是毋庸讳言的。总之，废名文章，“情生文”铸成境界，“文生情”滋生情趣，而二者同归于简约清隽风格。这种有距离地欣赏自在人生的艺术态度，是一种基于性情学养的“收”，而郁达夫不无做作的谑浪笑傲的名士风度，差不多就是废名的对立面，显示出个性才情的“放”。

第七

郁达夫游记

主观姿态的谑浪笑傲与文字的摇曳生姿是游戏文章最重要的两个特征。如果说通俗作家群的游戏文章较为侧重文字意趣，那么钱玄同、刘半农等新文化运动倡导者若干插科打诨的文章则较为偏重思想通透，而吴稚晖在某种意义上勾连了两者，故可称游戏文章的代表人物。新文学作家之中，保有游戏心态的人并不多，但以屠龙心态屡屡施展雕虫小技的人却并不少，郁达夫便是其中一个，不过他才情很高，弥漫在游戏笔墨之中的文人风情浸润一切，所以游戏笔墨在令人发噱的同时，却也清新可喜。

郁达夫（1896—1945，浙江富阳人），现代著名作家。原名文，字达夫，后以字行世。幼年在家乡读书，1910 年进入杭州府中学堂等新式学堂，同时开始写作旧诗词。1913 年，随长兄郁华赴日，先后毕业于东京第一高等学校医学部特设预科、名古屋第八高等学校法学部政治学科、东京帝国大学经济学部。1921 年与郭沫若等人组织成立“创造社”，出版个人首部短篇小说集《沉沦》。1922 年回国，先后在安徽法政专门学校、北京大学、国立武昌师范大学等校任教，同时致力于小说创作。1933 年由上海移居杭州，作有数量颇多的游记和旧诗词。全面抗战爆发后从事文艺抗敌工作。1938 年赴新加坡，任《星洲日报》主笔，同时参与多个抗日文化团体工作。抗战胜利后，为日本宪兵所杀。

郁达夫的气质，在根柢上接近传统士子。一般而言，传统名士在不能实现自我于现实世界的时候，为显示自己不同于流俗，常常故作颓废状，久而久之，颓废也就成了他们的风格标记，历来表现为诗酒傲王侯的清高，或石榴裙下死的放浪。郁达夫的《茫茫夜》《秋柳》《过去》《迷羊》中的寻花问柳，以妇人为解脱苦闷的手段，正是继承了传统士大夫流连诗酒的作风；而在历史小说《采石矶》中，黄仲则刻意规避戴震且引李白为同调，表现出“狂者进取，狷者有所不为”的传统士大夫风骨，作者体会最深的地方，也是“于许多啼饥号寒的诗句之外，还是他的那种落落寡合的态度，和他那一生潦倒后的短命的死”[1]，二者合而观之，可以见出石榴裙下死的文采风流的另一面，是诗酒傲王侯的精神洁癖。因此，被社会排挤出正常生活轨道的零余者和自我放逐的人生吊客就成为郁达夫早期小说中反复出现的一对相反相成的人物形象。应该注意的是，如果说郁达夫早期接受了屠格涅夫、施托姆、王尔德、斯特恩以及佐藤春夫等人的感伤抒情小说影响，有意无意之间模仿甚至是制造感伤情调的话，那么到中年以后，细腻的抒情笔致不变，情调则日趋明朗，风格也日渐圆熟，达到了澄明之境。

郁达夫少年时期嗜好旧诗，留日期间又与诸多汉诗诗人交相往还，才气与诗情众人瞩目，这无疑使得他对自己的文学才华颇为自负。当现实的局促使得郁达夫在狂飙突进的年代发出惊人一鸣而取得意外的成功时，为维持文名计，郁达夫借鉴日本“私小说”而有较多偏向狭邪风情的作品，然而，这却与其少年时期习得的文学修养不尽一致。移居杭州之“风雨草庐”后，作为一位新名士，郁达夫已经无须发出惊人之论以求出位，故多年沉淀的文学素养此时随性涌出。在 1932 年前后，他陆续推出《马缨花开的时候》《东梓关》《迟桂花》《碧浪湖的秋夜》《瓢儿和尚》等上乘之作。在这批作品中，无论是《碧浪湖的秋夜》中厉鹗获如花美眷，一种人生得意须尽欢的恣情；还是《东梓关》中“我”之雪夜访戴式的寻医之旅，那种欲回天地入扁舟的快意；又或者《马缨花开的时候》中“我”的虚空渺茫的心境，一种此时无声胜有声的释然；特别是《迟桂花》中“我”的脱胎换骨式的转化，那种曾经沧海难为水的精神升华，都表明郁达夫对中国传统美学精神的回归。小说如此，游记更是如此。郁达夫的散

1　郁达夫：《关于黄仲则》，载《郁达夫文集》第 6 卷，花城出版社、香港三联书店 1983 年版，第 113 页。

文和小说具有很多共通之处，不过在中国现代文学史上，他的旧诗和散文虽然成就甚高，却往往被其小说创作的声名所掩。其实，他的许多作品介于小说与散文之间，很难确切分辨何者是小说、何者是散文，所以他的文集一般都是小说、散文混编。像早期的《还乡记》《还乡后记》《零余者》等篇与同时期的小说几乎就没什么差别，仍然是“自叙传”，不过抛弃了构成小说的故事情节等外衣，所以更形散漫，情绪抒发得也就更为自如。不过，散文和小说毕竟有所区别，从散文的文体角度看，郁达夫的散文也有一个外壳，或曰明显的结构模式，那就是借鉴中国画散点透视法形成的移步换景、情从景生的游记。

郁达夫很早就有游记作品，《苏州烟雨记》《感伤的行旅》等都是享誉一时的名篇，不过这些游记“抒写羁旅途中的‘零余者’伤感、彷徨的心境，精心描画了途中所见的风光景色、世俗人情”[1]，和他同时期的小说在格调方面较为接近，尚带有一种“为赋新词强说愁”的刻意。他在1932年下半年所作的《马缨花开的时候》等五篇小说，流露出对“独处江村的名医，蛰居深山的隐士，遁入空门的和尚，寄情山水的作家”的避世生存方式的欣赏[2]，这不仅是人生态度的改变，而且也透露出文学风格转向的讯息。1933年4月移家杭州之后，郁达夫的创作方向从小说转入游记，遂从时代的和鸣回归到个人胸臆的自然抒发，文学风格也从西洋的浓墨重彩转入东洋的清幽雅致——虽然其中也不乏哀怨孤愤。

郁达夫游记大都是山水游记。他曾在《山水及自然景物的欣赏》一文中如是描述年届不惑之际的旅行经历和经验：

我曾经到过日本的濑户内海去旅行，月夜行舟，四面的清葱欲滴，当时我就只想在四国的海岸做一个半渔半读的乡下农民；依船楼而四望，真觉得物我两忘，生死全空了。后来也登过东海

1　张梦阳：《郁达夫散文创作漫论》，《中国现代文学研究丛刊》1984年第2期。
2　曾华鹏、范伯群：《郁达夫评传》，南京大学出版社2012年版，第178页。

> 的崂山，上过安徽的黄岳，更在天台雁荡之间，逗留过一段时期，每到一处，总没有一次不感到人类的渺小，天地的悠久的；而对于自然的伟大，物欲的无聊之念，也特别的到了高山大水之间，感觉得最切。

不过，郁达夫游记其实殊少“自然的伟大”的描绘，也几乎没有“人类的渺小”和“天地的悠久”的哲思阐发，而基本都如他曾经有过的“半渔半读”的梦想那样，总是山水与人文相掩映的清丽之作。

《钓台的春昼》是郁达夫游记风格从前期的感伤转为后期的清丽的节点。这里以之为例略作分析。

游记的常规笔法是开篇之初交待旅行的缘起，郁达夫自不例外。《苏州烟雨记》是要摆脱都市名利场而“去呼一口自由的空气”，《感伤的行旅》也是因为“在一处停滞得久了”，所以要“到绝无人迹的地方去吐一口郁气”，《钓台的春昼》也是如此，仍然是“逃离”，不过却是避难。需要注意的是，前两篇从自然、性情落笔，多少有点装腔作势，这篇只是常情常理：“因为近在咫尺，以为什么时候要去就可以去，我们对于本乡本土的名区胜景，反而往往没有机会去玩，或不容易下一个决心去玩的。”作者对“中央党帝”想玩的“一个秦始皇所玩过的把戏”一笔滑过，对乡人扫墓的行舟催动了乡愁同样轻轻带过，既不沉重，也不轻佻，可谓恰到好处。

接下来是介绍桐庐的历史胜景——桐君山、十里长洲、程坟。桐君山接近城市，“西岸便瞰视着桐庐县市的人家烟树”，是“可以产生出许多口音生硬，别具风韵的桐严嫂来的生龙活脉”；十里长洲则“在这十里桐洲九里花的花田深处”潜藏着唐诗人方干的故居；而沿着“出没盘曲在桃花杨柳洋槐榆树的中间”的“一条长蛇似的官道”，便通向富阳的程坟，即北宋理学家程颢之墓。作者在叙述桐庐周围的山川地理时，左手山水，右手人物，现实与历史相互指涉，故浙西山水的明艳与思古之幽情相得益彰，山水因人物而韵味绵长，人物也因山水而气韵生动。

然后是一段插叙，记夜游桐君山。鱼梁渡头无人问津，道观阒寂不便搅扰，于是作者斜靠石墙，仰看“灰白的云”“半角的天”和“一点两点的星”和那“欲藏还露”的“半规月影”，面对一片“整而不散”的江山，生出了隐逸之思。不过，这里叙及的出尘之想和他绝大多数小说、散文当中回归自然的笔墨一样，一方面是文生情，写到这里属自然转入，并不完全出自真情，而在另一方面，若说郁达夫完全没有这样的心思，也未必公允，所以是亦真亦假、亦假亦真。正如他笔下的山川风物熔铸古今，郁达夫的避世念头也是情生文和文生情的交融。

从桐庐到钓台多险滩，作者喝酒赏景之余，居然一梦南柯，直至被船家叫醒，于是看到钓台：

> 前面的所谓钓台山上，只看得见两个大石垒，一间歪斜的亭子，许多纵横芜杂的草木。山腰里的那座祠堂，也只露着些废垣残瓦，屋上面连炊烟都没有一丝半缕，像是好久好久没有人住了的样子。

一派荒凉破败。在钓台之上，作者所领略的风景，也正是这种“代表东方民族性的颓废荒凉的美”。有意味的是，夜游桐君山大概占据小半篇幅，笔法也较黏滞，而作为正题的钓台，则叙述极为简略、快捷，在领略了风景散漫的钓台之后，便在祠堂破壁上众多“俗而不雅的过路高官的手笔”之中留下“到此一游”的痕迹，这就是后来题为《旧友二三，相逢海上，席间偶谈时事，嗒然若失，为之衔杯不饮者久之。或问昔年走马章台，痛饮狂歌意气今安在耶，因而有作》的一首诗：“不是樽前爱惜身，佯狂难免假成真。曾因酒醉鞭名马，生怕情多累美人。劫数东南天作孽，鸡鸣风雨海扬尘。悲歌痛哭终何补，义士纷纷说帝秦。”更有趣的笔法是，作者舟中迷梦是被船家“上山去烧饭吃去”的叫声唤醒，此番静坐喝茶，也是被船家“是吃点心的时候了”的高声打断，世外雅致与世俗情态相厕，并不突兀，反而增添了生趣。

郁达夫认为“描写田园野景，和闲适的自然生活，以及纯粹的情感之类”，当以小品“这一种文体为最美而最合”，而他对“西洋的 Essay”的不满，也在于它“往往还脱不了讲理的 Philosophising 的倾向，不失之太腻，就失之太幽默，没有东方人的小品那么的清丽”。[1]《钓台的春昼》一文颇能代表郁达夫游记的一般风情：既有细密游踪的记叙，又有佳句迭出的描写；既有清新绝俗的山川风物，又有极具烟火气的世俗生活体验；既有潇洒飘逸的文人情致，也有插科打诨的俚俗乐趣，可谓杂糅众体而自成一家。周作人指出，近三百年的文艺界存在着飘逸与深刻两种潮流，且以浙江为最明显，“大概说来，浙西学派偏于文，浙东则偏于史”[2]：“第一种如名士清谈，庄谐杂出，或清丽，或幽玄，或奔放，不必定含妙理而自觉可喜。第二种如老吏断狱，下笔辛辣，其特色不在词华，在其着眼的洞彻与措语的犀利。”[3] 或如《自述诗》之四所言，郁达夫“家在严陵滩上住”，论环境，是“碧桃三月花如锦，来往春江有钓船”，一派鲜艳明媚，论历史，则是“秦时风物晋山川”，深受“偏于文”的“浙西学派”的影响，传统文人小品所具有的独抒性灵的立意、淡泊闲适的审美和典雅蕴藉的文采等特色，他一点也不欠缺，风流蕴藉在同辈作家当中尤为特出。

孙百刚认为杭州时期的郁达夫“确是由一般文人，逐渐走向中国式名士型的路上去了。其时，他喜欢游山玩水，写几段流利轻松的游记；喜欢低吟浅酌，做几首清新隽逸的诗词；收集不少地方志书；雅好各种线装古籍。以前那种桀骜不驯的露骨牢骚，也变为含蓄蕴藉，谑而不刺的言辞”。这正是郁达夫的实际生活状态，不过他提及有此转变的两种缘由，一是

---

1 郁达夫：《清新的小品文字》，载《郁达夫文集》第 6 卷，花城出版社、香港三联书店 1983 年版，第 189 页。

2 周作人：《鲁迅的文学修养》，载《鲁迅的青年时代》，止庵校订，河北教育出版社 2002 年版，第 53 页。

3 周作人：《地方与文艺》，载《谈龙集》，止庵校订，河北教育出版社 2002 年版，第 11 页。

“生活较安定的缘由”，二是“周遭的情势驱使”，[1] 这固然不错，但对郁达夫的文人气质未免过于轻视了。郁达夫少年时就有文名，留学期间曾与日本本土诗人唱和，归国后不经意中以《沉沦》登上文坛，但才子意气在在可见，故“即使早年多愁善感、中年陶醉于山水之乐，可‘放达’的代表还是非他莫属”[2]，名士气度不是郁达夫移家杭州之后突然生发出来的，而是郁达夫文人习性在新环境中的一种极其自然的呈现。

从这个角度观察郁达夫游记，可知其第一个特色，在于他的文人习气和才子笔调。文人是一种生活方式，是为中国传统文化所塑造的一种风流自赏行为和乐在其中的一种情感构造的复合体。且看《桐君山的再到》一文，郁达夫如是记叙他再游桐君山的缘由：

> 大热的暑期过后，浙江内地的旱苗，虽则依旧不能够复活，但神经衰弱，长年像在患肺病似的我们这些小都会的寄生虫，一交秋节，居然也恢复了些元气，如得了再生的中暑病者。秋潮看了，满家巷的桂花盛时也过了，无风无雨，连晴直到了重阳。秋高蟹壮，气候虽略嫌不定，但除去旅行，倒也还合适，正在打算背起包裹雨伞，上那里去走走，恰巧来了一位一年多不见的老友，于是乎就定下了半月间闲游过去的计划。

与《钓台的春昼》的开头相比，这里虽然不无调侃和自嘲，但桀骜不驯的确不见了，而下意识地把钱塘江大潮、满家巷的桂花和重阳节的螃蟹之类的文人赏心乐事铺排出来，从而将读者导向一种古典情境。有意思的是，作者秋兴初起的时候，一位老友恰如从容的魏晋人物适时出现，这样的记叙在略显刻意的同时也不无率性，这正是其文人胸臆的自然流露。

在每篇游记的开篇，郁达夫几乎都有这类文字，而且都表现为完全不

1　孙百刚：《郁达夫外传》，浙江人民出版社 1982 年版，第 48 页。
2　倪婷婷：《“名士气”：传统文人气度在“五四”的投影》，《文学评论》1999 年第 6 期。

经意的样子而又能够做到万变不离其宗，并迅速引领读者切入依托其个人修养而创设的文学意境之中。《皋亭山》自陈，“我所最爱的季节，在江南是秋是冬，以及春初的一二个月”；《超山的梅花》引述，“去今百余年前，杭州人的好游的，总没有一个不流恋西溪，也没有一个不披蓑戴笠去看半山（即皋亭山）的桃花，超山的香雪的”；《扬州旧梦寄语堂》开篇一首旧作，句曰“乱掷黄金买阿娇，穷来吴市再吹箫，箫声远渡江淮去，吹到扬州廿四桥”，且自嘲云：“旅途不带诗韵，所以这一首打油诗的韵脚，是姜白石的那一首‘小红唱曲我吹箫’的老调，系凭着了车窗，看看斜阳衰草，残柳芦苇，哼出来的莫名其妙的山歌。”这些记述，作者信笔写来，貌似闲散拉杂，实则文气绵密，自然生成一种萧散寥廓而又情思绵长的情调。

郁达夫游记以别具一格的文人情调著称，像《屯溪夜泊记》记叙夜宿屯溪客船中的情形，诸如“浮家泛宅，大家联床接脚，在篾篷底下，洋油灯前，谈着笑着，悠悠入睡的那一种风情，倒的确是时代倒错的中世纪的诗人的行径”之类，都是情至笔到的率性流露。可以这样说，郁达夫游记空明而流丽的格调，主要源于其文人心性，而与其才子笔调亦复不可须臾分离。林语堂指出，小品文“平淡轻清之妙”“如空中之雨，小大萧然”，而“欲萧散，须先摒弃章法，勿作意结密起应，而自然有心境为之联络也”。[1]《西溪的晴雨》以才子落拓之笔写闲散的文人心境，可谓典型。该文记两度西溪之游。第一次游览的缘起，在于温源宁认为西湖“太整齐，太小巧，不够味儿”，所以郁达夫和叶秋原主张“微雨里下西溪”，好教前者领略一番“西湖近旁的野趣”；然而三人颇有见猎心喜的好奇心，经过方井，“自然又下车来，去看了一下那座天主圣教修士们的古墓”；在古墓“霉灰的阴气”带来不安之后，自然是到花坞的静莲庵喝杯清茶将那些“鬼胎”“洗涤了个空空脱脱”；虽然“游西溪，本来是以松木场下船，带

1　林语堂：《山居日记（一）》，《论语》1934 年第 46 期。

了酒盒行厨，慢慢儿地向西摇去为正宗”，但乘车游览却更可见“一派空明”的好处；待到下船，景致则与乘车时又不同：

> 从留下下船，回环曲折，一路向西向北，只在芦花浅水里打圈圈；圆桥茅舍，桑树蓼花，是本地的风光，还不足道；最古怪的，是剩在背后的一带湖上的青山，不知不觉，忽而又会得移上你的面前来，和你点一点头，又匆匆的别了。

雨游西溪，正如才刚分别又再度会面的青山，是一种在意料之中又往往出乎意料的随性闲游。闲游固然是游览，所以文中有不少散淡的写景文字，但更注重以此烘托闲情，要写出一种怡然自得的心境。职是之故，第二次游览就几乎全部略去有关景物的部分，而详写在“酒醉醺醺”之中与“操着缓慢的楚国口音”的老僧关于芦花的闲话，末尾更以苏轼《赤壁赋》中的箫声作结，真有“余音袅袅，不绝如缕”的绵长韵味。郁达夫认为，“批评作品的好坏的标准，是‘情调’两字。只教一篇作品，能够酿出一种‘情调’来，使读者受了这‘情调’的感染，能够很切实的感着这作品的氛围气的时候，那么不管它的文字美不美，前后的意思连续不连续，我就能承认这是一个好作品”。[1]《西溪的晴雨》如此，《花坞》《超山的梅花》《龙门山路》等篇亦是如此，都是文字散漫而精神不失的才性之作。

需要注意的是，与文人风情和才子笔调相联系，郁达夫游记（其实也包括小说）另有一种特色，那就是经常镶嵌有旧诗。从作品的文本结构看，这些旧诗不仅补足了文章言不尽意的象外之旨，还增添了若干抒情的韵致。毋庸讳言，新文学本来就不以形式的新旧为本，郁达夫的旧诗本也有其独立的价值，但它们散落在游记之中，则的确增添了作品的风雅。《沉沦》中，“他”醉宿妓馆，感叹“江湖牢落又冬残”的遭遇，发出了

1　郁达夫：《我承认是“失败了”》，《晨报副镌》1924 年 12 月 26 日。

“五噫几辈出关难”的失路的悲音；《龙门山路》以寥寥二十八字，“小和山下蛟龙庙，聚族安居二百家，好是阳春三月暮，沿途开遍紫藤花”，勾勒出一派田园风光；最著名的诗，要推《钓台的春昼》中的自我陈词，而从昔年痛饮狂歌的佯狂意气变为鸡鸣风雨的至哀至痛，表明郁达夫在本质上还是一个现代的知识分子。可以这样说，郁达夫文人积习深，不代表他对物理人情没有独到的观察；才子笔墨多，也不表明他不具有现代知识分子的锋芒。其实，郁达夫游记值得关注的第二个特色，正是在清通的理性之中所表现出来的现代知识分子的批判锋芒。

虽然郁达夫自小嗜读“静如止水似的遁世文学”[1]，但其实他颇为擅长书写世俗情状。他对人性人情了然于胸，既非乡愿，则自然没有违心之语，但对虚文矫饰的人情也从来没有诛心之论，总是点到为止，而不管是哪一种，都表现为一种理解之后的宽容，呈现出个人所独有的含蓄蕴藉的潇洒。像《钓台的春昼》记夜游桐君山，两角的渡船钱足以使得船家在“恩恩乌乌，幽幽同牛叫似的一种鼻音”之后继之以“两三声轻快的咯声”，还是人情之常。《扬州旧梦寄语堂》则对近代扬州之寥落有着直白剀切的认知：

> 总之，自大业初开邗沟入江渠以来，这扬州一郡，就成了中国南北交通的要道；自唐历宋，直到清朝，商业集中于此，冠盖也云屯在这里。既有了有产及有势的阶级，则依附这阶级而生存的奴隶阶级，自然也不得不产生。贫民的儿女，就被他们强迫作婢妾，于是乎就有了杜牧之的青楼薄幸之名，所谓“春风十里扬州路”者，盖指此。有了有钱的老爷，和美貌的名娼，则饮食起居（园亭），衣饰犬马，名歌艳曲，才士雅人（帮闲食客），自然不得不随之而俱兴，所以要腰缠十万贯，才能逛扬州者，以此。

1 郁达夫：《静的文艺作品》，载《郁达夫文集》第6卷，花城出版社、香港三联书店1983年版，第208页。

但是铁路开后，扬州就一落千丈，萧条到了极点。从前的运使，河督之类，现在也已经驻上了别处；殷实的商户，巨富乡绅，自然也分迁到了上海或天津等洋大人的保护之区，故而目下的扬州只剩了一个历史上的剥制的虚壳，内容便什么也没有了。

这一段文字夹叙夹议，只是如实道来，简明清通，而同时也能够做到融会贯通，见解不俗，实是表现出一个文人清明的理性常识。郁达夫游记中的类似笔墨其实并不少见。《杭州》一文从城市历史谈起，涉及民风、民俗和山水三个方面，重点则在第一点，即对杭州地方人情的描摹：

意志的薄弱，议论的纷纭；外强中干，喜撑场面；小事机警，大事糊涂；以文雅自夸，以清高自命；只解欢娱，不知振作等等，就是现在的杭州人的特性；这些，虽然是中国一般人的通病，但是看来看去，我总觉得以杭州人为尤甚。所以由外乡人说来，每以为杭州人是最狡猾的人，狡猾得比上海滩上的滑头还要厉害。但其实呢，杭州人只晓得占一点眼前的小利小名，暗中在吃大亏，可是不顾到的。等到大亏吃了，杭州人还要自以为是，自命为直，无以名之，名之曰“杭铁头”以自慰自欺。

这些看法，卑之无甚高论，但较之于易君左《闲话扬州》对扬州人心态的描摹和论析亦不遑多让。

从上引两段文字可知，郁达夫对地方风情的记叙实是他的游记中与描摹风景同样重要的题材和主题。以《杭江小历纪程》和《浙东景物纪略》两组游记为例可以看到，相较而言，《浙东景物纪略》较为纯粹，“方岩纪静”“烂柯纪梦”、“仙霞纪险”与“冰川纪秀”四篇，都将眼前景致与历史、传说交织在一起，虚实结合，叙述舒徐有致，有从容不迫的优雅风度，可以说是最能说明郁达夫游记风景、风情并重的特色；《杭江小历纪程》记叙作者游览诸暨、金华、兰溪、龙游四地，风格同样如此，不过因为游览路线长，接触的人与事广博许多，作者又往往能够不失时机地表明个人或隐或显的倾向性，故而造就了现实和作者主观态度之间不同程度的反差，所以许多地方在令人忍俊不禁之余，也在流丽典雅之中渗透出幽幽的反讽气息。这些讽刺成分，就是现代知识分子的风采了。

在《杭江小历纪程》一辑中，《诸暨·五泄》一篇对“好事的文人，把五泄的奇岩怪石，一枝枝都加上了一个名目……多到七十二峰，二十五岩，一洞，三谷，十石，等等，真像是小学生的加法算学课本”的腹诽；同一篇游记对五泄寺“寺里的和尚并不多，吃肉营生——造纸种田——同俗人一点儿也没有分别”的诧异；《兰溪·横山》一篇对横山之“因外貌不佳，所以不能引人入胜，‘蓬门未识绮罗香’，贫女之叹，在山水中间也是一样”的感叹，在在都凸显了山水极致出尘与人事极度世俗之间的反差，读者自然可以毫不费力地察觉出其中的滑稽、幽默之处，并看得到作者的婉而多讽。

与这些见缝插针的讽刺相比，郁达夫游记也有对时代和社会的关切，从中也可以窥见一个现代读书人的情怀。《钓台的春昼》中，作者受“中央党帝”的威胁，独身潜走，寂寞中寻访严子陵的幽居，即景生情，随机讽刺“罗三郎郑太郎”之流，更显出心中的忧愤；《过富春江》在探幽访微之时，和英国军官的对谈，引起了作者“三分天下二分亡，四海何人吊国殇”的愁闷；《扬州旧梦寄语堂》以游览史公祠作结，并以亲见扬州之萧条破败，以醒林语堂“骑鹤上扬州的迷梦”。这些直抒胸臆的感叹以其显示出来的真率坦荡的胸襟，对作品的整体氛围往往具有相当的润色功能，郁达夫作品的感染力，相当程度上源自此类文字所展示的个性色彩与知识分子的批判锋芒。不过，郁达夫本人并不明确标榜什么，反而能够在传统与现代两者之间自由进出，虽然不无玩世心态，但婉而多讽的建构与嬉笑怒骂的解构共在，形成了一种有趣的张力，这是郁达夫游记的第三个特点。

《杭江小历纪程·兰溪》记洞源山，郁达夫如是描述自己的题诗：

> 饭后向寺廊下一走，殿外壁上看见了傅增湘先生的朱笔题字数行，更向壁间看了许多近人的题咏，自己的想附名胜以传不朽的卑劣心也起来了，因而就把昨夜在兰溪做的一个臭屁，也放上了墙头：
>
> 红叶清溪水急流，兰江风物最宜秋。
> 月明洲畔琵琶响，绝似浔阳夜泊舟。
>
> 放的时候，本来是有两个，另一个为：
>
> 阿奴生小爱梳妆，屋住兰舟梦亦香。
> 望煞江郎三片石，九姑东去不还乡。
>
> 闻江山的江郎山，有三片千丈的大石，直立山巅，相传是江郎兄弟三人入山成仙后所化。花船统名江山船，而世上又只传有望夫石，绝未闻有望妻者，我把这两个故事拉在一处，编成小调，自家也还觉得可以成一个小玩意儿，但与栖真寺的墙壁太无关了，所以不写上去。

明知恶俗而亦不能免俗，这种心态本来用自嘲的口吻叙述极为合适，郁达夫的特别在于，刻意运用鄙陋的村俗之语，用力强调了其间的矛盾之处，但如果说他全是玩笑，却也不尽然——后一首诗的思想无疑颇为现代，但与清幽的山水并不相称，所以舍去。

郁达夫传统诗文修养高，创作中每每不自觉地流露出积习颇深的文人习气。他虽然对自己这方面的才华不无自矜，但作为一个受过现代高等教育的知识分子，他对此无疑也是有所警觉的，于是就时常产生旧文人和现代知识分子这两种身份、心态之间的碰撞。而郁达夫的处理方式，是采取“天下事，了犹未了，何妨以不了了之”的消极心态对待，所以同样是“由他去罢”，却没有鲁迅式的斩截果敢，而多少带有一些犹豫和自我怀疑。因此可以看到，当郁达夫在现实社会中遭遇挫折、冷遇和侮辱的时候，内心深处会激起强烈的反抗意识，然而他又是一个柔弱的人，反抗的冲动只是郁结在心中，反复蕴藉，造成个人的若干病态情状，于是只好在写作中予以排解。

作者游青岛，提及这个城市的缺点，如此写道：

> 喜欢异国颓废的情调的人，或者反而对此会感兴趣，但想去看一点书，做一点事情的人，被这些酒肉气醉人的淫暖之风一吹，总不免要感到头昏脑涨，想呕吐出来。我今年的一个夏天就整整的被这些活春宫冲坏了的；日里上海滨去看看裸体，晚上在露台听听淫辞，结果我就一个字也没有写，一册书也没有读，到了新秋微冷的时候，就匆匆坐了胶济路车上北平去了。

虽然郁达夫信誓旦旦地表示厌弃，但字里行间却流露出某种欣赏，所以到底是喜爱还是憎恶，可能他本人也说不清。

这一种正反杂糅而在交融中产生互搏的笔法，在郁达夫的各类创作中可以说遍地皆是，有意味的是，他通常都采取一种类乎佛道乃至亦正亦邪的世俗智慧予以化解或排解。《临平登山记》描绘临平镇风貌，所谓“柳叶菱塘，桑田鱼市，麻布袋，豆腐皮，酱鸭肥鸡，茧行藕店”，一派乡间寻常风景，但他在后面却加上这么一段：“乡民朴素，禁令森严，所以妓馆当然是没有的，旅馆也不曾看到，但暗娼有无，在这一个民不聊生民又不敢死的年头，我可不能够保。”这样的文字似乎没有多大必要，但正因为有这么一番笔墨，才是郁达夫的本真性情。

假作真时真亦假。对于郁达夫来说，日常生活的文人调性要远远超过他作为现代知识分子的另一面，唯其如此，他才需要在以叙述、描写为主的游记中不断插入若干未必妥帖的议论，以此示人，表明自己尚未“没落”。郁达夫的焦虑虽然可以理解，但这种惺惺作态委实大可不必，倒不如像林语堂那般，有着“今日方知我是我”的透彻和坚决。从游记文体的角度看，郁达夫游记的特色，在于将游记真正当成游记来写。正如朱自清早期散文所呈现出来的那样，一般的游记作品在移步换景之后，往往将笔墨过多集中于景物描写和情感抒发等方面，以至于众多游记名不副实，几与抒情散文没有区别，而郁达夫（和上面提及的易君左）则不同，他在翔实记述游踪以及在游览过程中的思绪的同时，能够将它们与民风、民情、民俗融为一体，风景因作者主观情绪的投射和介入而神采奕奕，可谓因“人”而活，而在另一方面，作者也因此表现出一个豁达、清通、开明的现代文人品性，所以风格明朗俊逸，有着魏晋文章的潇洒风度。

第八

林语堂小品文及其幽默笔调

郁达夫移家杭州之后，在很多人眼中变成了一位有闲的文人，故鲁迅亦曾有一首亦正亦谐的《阻郁达夫移家杭州》的诗，以为告诫，而对20世纪30年代中前期散文文坛流行的幽默、闲适的小品文风气，鲁迅也颇为不满，所以在《小品文的危机》一文中，对“挣扎和战斗”的五四散文传统多有肯定，而比较严肃地批评了“特别提倡那和旧文章相合之点，雍容，漂亮，缜密，就是要它成为‘小摆设’，供雅人的摩挲，并且想青年摩挲了这‘小摆设’，由粗暴而变为风雅了”的“现在的趋势”。[1] 林语堂当然并不完全赞同鲁迅的观点，所以在多篇文章当中都有隐晦的回应，如《写中西文之别》所谓“《论语》讽刺社会之黑暗，则曰，将军阀罪恶化为一笑了之；不讽刺，则又是消闲之幽默”[2] 之类，而《无花蔷薇》虽则同样闪烁其词，但毕竟极为明确地表明了态度。

林语堂虽然最后也表明“不是赞成有花无刺之蔷薇”，但仍然从“也可有花，也可有刺”的办杂志角度否定了“无花蔷薇”：“惟有无花的蔷薇，满枝是刺，虽然也有雄赳赳革命之势，且刺伤人时旁人可以顾而乐之，但因终究不见开花，看刺到底不能过瘾，结果必连根带干拔而除之。”[3] 林语堂并非完全排斥讽刺，但他对文坛上存在的“不近人情的文学观”的确相当不满：

> 今人抒论立言文章报国者滔滔皆是，独于眼前人生做鞋养猪

1　鲁迅：《小品文的危机》，载《鲁迅全集》第4卷，人民文学出版社1981年版，第576页。
2　林语堂：《写中西文之别》，《宇宙风》1935年第6期。
3　林语堂：《无花蔷薇》，《宇宙风》1935年第1期。

> 诸事皆不敢谈，或不屑谈，或有谈之者，必詈之为不革命，为避开现实，结果文调愈高，而文学离人生愈远，理论愈阔，眼前做人道理愈不懂。

对各类“不新不旧不东不西不近人情的虚伪社会所发生的虚伪文学现象”，林语堂强调“文学不必革命，亦不必不革命，只求教我认识人生而已”，主张文学回到最初的起点。[1] 犹可注意的是，林语堂或因此更生一种反动心态，正如《宇宙风》刊发《评袁枚〈答杨笠湖〉》所作按语云：“理学腐儒，惺惺作态，非子才适情哲学不足以正之，非子才嬉笑怒骂之刀笔不足以诛之。”

就文化身份而言，林语堂大抵是西洋绅士与现代文人的杂糅，正如他在《杂说》一文中的自况，所谓“两脚踏东西文化”。不过，林语堂在普通人心目中无疑是相当西化的人物，所以一般提及林语堂，总会首先提及他以“幽默”翻译英文“humor”一词，进而论及他的幽默观和幽默的小品文，但其实这是望文生义，完全误解了林语堂所谓的幽默。事实上，正如《烟屑（一）》所谓“意思是主体，文采是面目”，林语堂认为“幽默只是一种从容不迫达观态度”[2]，幽默之所从出，乃达观的生活态度，进而言之，可以说是《孤崖一枝花》所谓“应时生灭，然必尽其性”的本性。本性是根柢，幽默只是外在表现而已。正因为这样，林语堂在致陶亢德的信里着意强调：“盖幽默之为物，在实质不在皮毛，在见解不在文字，必先对社会人生有相当见解，见解而达于‘看穿’时，幽默便自然而来。”[3] 究其实际，幽默在林语堂那里只是第二位的东西，更重要的是造就幽默的个性。《论小品文笔调》一文对小品文的文体问题多有阐发，这里且抄录最要紧的一大段文字，看看他的夫子自道：

1　林语堂:《且说本刊》,《宇宙风》1935 年第 1 期。
2　林语堂:《论幽默》，载《我的话 · 行素集》，上海时代书局 1948 年版，第 2 页。
3　林语堂:《再与陶亢德书》,《论语》1934 年第 38 期。

> 惟另有一分法，即以笔调为主，如西人在散文中所分小品文（familiar essay）与学理文（treatise）是也。古人亦有“文”“笔”之分，然实与此不同。大体上，小品文闲适，学理文庄严，小品文下笔随意，学理文起伏分明，小品文不妨夹入遐想及常谈琐碎，学理文则为体裁所限，不敢越雷池一步。此中分别，在中文可谓之“言志派”与“载道派”，亦可谓之“赤也派”与“点也派”。言志文系主观的，个人的，所言系个人思感；载道文系客观的，非个人的，所述系“天经地义”。故西人称小品笔调为“个人笔调”（personal style），又称之为 familiar style。后者颇不易译，余前译为“闲适笔调”，约略得之，亦可译为“闲谈体”、“娓语体”。盖此种文字，认读者为“亲热的”（familiar）故交，作文时略如良朋话旧，私房娓语。此种笔调，笔墨上极轻松，真情易于吐露，或者谈得畅快忘形，出辞乖戾，达到如西文所谓“衣不钮扣之心境”（unbuttoned moods），略乖新生活条件，然瑕疵俱存，好恶皆见，而作者与读者之间，却易融洽，冷冷清清，宽适许多，不似太守冠帽膜拜恭读上论一般样式。且无形中，文之重心由内容而移到格调，此种文之佳者，不论所谈何物，皆自有其吸人之媚态。[1]

根据上述观点，林语堂的代表作《我的话》（含上编《行素集》和下编《披荆集》两册）一书书名颇有深义，盖意欲表明“话”源于“我”，故依民国年间特别是民国早期白话文的语言习惯，以“我底话”作为书名则意义更为显豁。[2] 因此，林语堂的文学观无疑属于“言志派”，不过，林氏所欲言之“志”，根据他在不同文章中的相关论述，可以看出它其实与任

---

1 林语堂：《论小品文笔调》，《人间世》1934 年第 6 期。

2 关于“底”的用法，参见施龙：《“底”的表征——对“人的文学”的一种侧面考察》，《中国现代文学研究丛刊》2012 年第 12 期。

何文学宗旨或人生观念都没有多少直接关联，要义仅在于老实、真诚地说话。《得体文章》所谓“建造说老实话的文体”[1]，在当时的文学氛围中本是无可奈何之举，而也正是在这个意义上讲，林语堂在其他多篇文章中的反复言说和申论，反倒可以视作他积极为文学正本清源之“志”。

钱锺书曾经有这样一个看法：“向来闹着的魏晋六朝的‘文笔’之别，据我看，‘笔’就是这种自由自在的家常体，介乎骈散雅（bookish）俗（vernacular）之间的一种文体。”[2] 林语堂所谓“说老实话的文体”，不妨视为“自由自在的家常体”。职是之故，林语堂之提倡小品文，乃是因为这一文体可以提供最大限度的自由，能够恣意表达自我。他理想中的“小品文笔调”，不管名之以“言情笔调”“言志笔调”“闲适笔调”“闲谈笔调”，还是“娓语笔调”，都是“文学革命以后，既以说话行文，自然要演出以闲谈说理笔调一派，在谈话之中夹入闲情及个人思感”一路。[3] 以此观之，林语堂所谓小品文笔调大抵是以议论为主，自由抒发关于社会人生的独特见解，同时表现出作者个人感情、性格、气质的短文。

一、 小品文之“小”

鲁迅指出，“讲小道理，或没道理，而又不是长篇的，才可谓之小品”，而那些“有骨力的文章”，短则短矣，“然而它并不‘小’”。[4] 鲁迅将有骨力的文章归为“论文”，林语堂亦复如是。《〈游山日记〉读法》一文所谓“论文只谈要紧事，尺牍可谈要紧及不要紧事”[5]，正涉及论文与小品的分野。小品文之可贵，即在于它在有意无意之间的穷理尽情之妙，但此情此理不必定关涉家国或风月而亦并不排斥家国或风月，要而言之，

---

1 林语堂：《得体文章》，载《我的话·披荆集》，上海时代书局 1948 年版，第 40 页。
2 中书君：《近代散文钞》，《新月》1933 年第 4 卷第 7 期。
3 林语堂：《小品文之遗绪》，《人间世》1935 年第 22 期。
4 鲁迅：《杂谈小品文》，载《鲁迅全集》第 6 卷，人民文学出版社 1981 年版，第 417 页。
5 林语堂：《〈游山日记〉读法》，《宇宙风》1936 年第 15 期。

只要是从情思之中自然生成的意绪，则不管其指向何方，都在小品文的范畴之内。用林语堂的概念，这就是“会心”。

林语堂认为，“凡可引起会心之趣者，则可为作文之材料，反是则决不可，凡人触景生情，每欲寄言，书之纸上，以达吾此刻心中之一感触，而觉湛然有味，是为会心之顷”，并且指出，“周作人先生小品之成功，即得力于明末小品，亦即得力于会心之趣也。其语冲口而出，貌似平凡，实则充满人生甘苦味”。[1] 他曾就此如是申说：

> 行文时心中自然须有题旨，此题旨并不一定为本文最后决用之题目，乃根本要说之几句话。但话在心头，文在笔端，题旨得之意象思考之内，韵致得之有意无意之间。文之佳者，一篇文中，立意要说语居其二，行文后不说自来者居其八。此所谓行文韵致也。一篇文中尽是立意要说的话，其文必牵强；反之，有意无意间得之之语多，其文必清逸。能文与不能文之区别全在此。[2]

先是情生文，再是文生情，然后文与情之间达到一种共生的和谐状态，而不脱“根本要说之几句话”，能够写出众人均有体会而难以言表的某种意趣，就是好的小品文。

先看一篇记人的妙品《阿芳》。阿芳者，家中之童仆也。他“多能鄙事”，很能干，但是“做起来，又像诗人赋诗，全凭雅兴”；有语言天赋，遇见半夜打错电话而“能在电话上用英语、国语、上海语、安徽语、厦门语骂人”，但要送他去读英文夜校，却不肯，“像一切的天才，他生性就恨学堂”；聪明过头就会取巧，常常指使家中其他仆人，以致行窃入狱。其实，阿芳只是一个普通少年，聪明而贪玩，机警且爱耍小聪明，但因可以

1　林语堂：《论文》，载《我的话·披荆集》，上海时代书局 1948 年版，第 15 页。
2　林语堂：《烟屑（二）》，《宇宙风》1935 年第 2 期。

替代作者完成琐碎的生活杂事，所以虽有不满而只能听之任之。林语堂这一层心思并没有直接说来，只是拈来几件轶事，徐徐表来，在阿芳或聪明或痴傻的言行中随机点评几句，故既不失作意，又使得全文充满了生活谐趣。应该说，如许生活谐趣在日常生活中并不少见，故无需特别表现，但也正因为日常生活常是如此，也正有表现的必要，如此一来，性情与生活就交织在一起，文章也就充满情趣了。

《思满大人》一篇，关键正在于立意。家中会客，黄妈听说来访者是一位长官，立即表示诧异：

> “看他的样子倒想不到，”黄妈说，“咳啊！现在民国真不像样了。从前做官的老爷，一出门至少带四个跟班——一个递片盒，一个装水烟，两个开路——出门坐的是绿呢轿，有人打锣喊路，那才排场啊！你看现在一个人穿西装，拿根棍子，弓冬弓冬自己走来，也不抽水烟，谁还猜得出他是个衙门里老爷？满口说的是什么外国话，咱们听也听不懂。”

黄妈声口毕肖，令人想起“古时王公大人的风度”而已，但这只是“玄关”，所以登堂入室之后，作者就接着黄妈世风不古的话头开始发挥，妙趣横生地谈起了那些“满清的贪官污吏都是极文雅的先生们”的做派。

阿芳之可爱可恨、“满大人”（Mandarin）之漂亮颟顸，当然并不是对世相的简单描摹，而是在认清“阿芳”遍地皆是、满大人层出不穷的世情之后，画出他们的面目以便世人追踪，就作者本人来说，“不失礼貌的微笑”背后是深深的尴尬之情。小品文书写源于日常生活的感触，现象旋生旋灭，本就未必有什么逻辑可言，而感触则万古如斯，只是不同时代的人们有不同的表现罢了。对林语堂来说，前述“个人笔调”至关重要。

林语堂决心创办《人间世》，曾就小品文的理论与实际有所论列：

> 十四年来中国现代文学唯一之成功，小品文之成功也。创作小说，即有佳作，亦由小品散文训练而来。盖小品文，可以发挥议论，可以畅泄衷情，可以摹绘人情，可以形容世故，可以札记琐屑，可以谈天说地，本无范围，特以自我为中心，以闲适为格调，与各体别，西方文学所谓个人笔调是也。故善冶情感与议论为一炉，而成现代散文之技巧。[1]

着眼点也是在小品文“无范围”之中的“个人笔调”。须知“文主心境”[2]，“笔调”的前提在于先有“个人”，故不能如《庄子·齐物论》所谓“吾丧我”，而应是“吾有我”。

“个人笔调”的关键在于有“我”，这个“我”自然可以称之为“性灵”。林语堂认为“一人有一人之个性，以此个性 personality 无拘无碍自由自在表之文学，便叫性灵”，而性灵“赖素时之培养”[3]，苟其人“观察本细腻，思想本奇拔，心中本有神采，写时天然著之纸上”即可神采自现，所以笔调无关具体技巧，“只是一人思想情感人格个性自然之流露”[4]。因此，“以自我为中心”就是以个性为根柢，“以闲适为格调”非谓特别营造有闲情调，而是指自由表达，但也不排斥因此而造就的文学格调而已。简而言之，照林语堂在别处的看法，个人笔调并不高深，不过是“有相当的人生观，参透道理，说话近情”而已。[5]

且看《古书有毒辩》一文。针对社会上流行的古书有毒的舆论，林语堂先从青年成长往往提供过度保护而导致弱不禁风的常识入手，然后以国外家庭引导子女多经磨难为例，指斥“一见古书，便视为毒品，未免有点晒不得太阳吹不得野风”之谬误；以此观之，则“何以柏拉图可以赏识，

1　林语堂：《发刊〈人间世〉意见书》，《论语》1934 年第 38 期。
2　林语堂：《再谈小品文之遗续》，《人间世》1935 年第 24 期。
3　林语堂：《论性灵》，《宇宙风》1936 年第 11 期。
4　林语堂：《烟屑（五）》，《宇宙风》1935 年第 7 期。
5　林语堂：《论幽默》，载《我的话·行素集》，上海时代书局 1948 年版，第 17 页。

孟子便不许涉猎”的荒唐不言自明；进而言之，即使义侠小说之毒在“提倡忠孝节义”、言情小说之毒在“读者学宝玉好吃女人胭脂”、诗文小品之毒在“吟风弄月”，但皆不足为虑，例如诗文小品，作者如是反驳：“虽然风不因你之不吟而不吹、月不因你之不弄而不照，即使果然被你吟成弄到，也早已变成‘可爱的春天’了。即使‘可爱的春天’是前进的，‘吟风弄月’是落伍，风自为风，月自为月，你自为你，我自为我，本无中西洋风中西洋月之别，偶然吟吟弄弄，也不见得就伤你的盛德。”这一大段文字大概都属于文生情之作，虽然不无夸张之弊，却也发自本心，故无伤大雅。

林语堂是一个玲珑剔透的聪明人，自然洞悉世间人情冷暖曲折，但他并不作虚与委蛇的乡愿，而是能够本诸初心，言人之所不敢言，正可见其做人有所本，换句话说，就是具有健全稳定的人生观。从这个角度看，小品文之“小”，不是微不足道，而是普泛的常识，但也正是因为平常，所以往往就是鲁迅所谓“没道理”。能够把“小道理”和“没道理”讲到妙趣横生，这是小品文之功。这一点，可以视为林语堂糅合晚明小品和西方随笔的一个重要改造。

二、小品文之“文”

个人笔调追求以个性支配笔头，但并不意味着林语堂不讲求文章技巧，例如他曾经说过，“盖物有新旧之分，语有古今之别，古者则得幽深淡远之旨，今者则得亲切逼真之妙。两者须看时并用，方得文字机趣”[1]，就非常具体。其实，林语堂在《行素集》中的《怎样写“再启”》《作文六诀》和《烟屑》系列等多篇小品中，都曾就文章写法发表过较为具体的意见，但平心而论，“西洋杂志文章”因其“取材之丰富，文体之活泼，

1 林语堂：《怎样洗炼白话入文》，《人间世》1934 年第 13 期。

与范围之广大”的特点[1]，实较晚明小品对其影响为大，所以他的小品文汇通中西而实以西洋格调为主。从《临别赠言》一文所谓“今日散文形体解放而精神拘束，名词改易而暗中仍在模仿，去国外之精神自由尚远”一语不难看出林语堂的倾向[2]，而《披荆集》中的多篇文章，如《得体文章》《文章无法》《说文德》《论语录体之用》《可憎的白话六四》等，都沿着这一条路径而有着较为详尽的阐释。

与郁达夫游记浓郁的文人气质相比，林语堂小品无疑充满绅士风情。如果说郁达夫游记表现为潇洒的文人风情，名士气度宛然可见，那么林语堂的幽默文章实是一种“以意役法，不以法役意”[3] 的通脱文章，是性灵文学论包裹下的现代文人生活情调、品格的具体展现。就其具体创作而言，《我怎样买牙刷》《论西装》《我的戒烟》《秋天的况味》等篇，都是极具神采的妙品。

林语堂在《文章无法》中指出：“其实文章体裁，是内的，非外的，有此种文思，便有此种体裁，意到一段，便成一段文字。”[4] 他的小品往往是意到笔到的随心见性的率性文章，《我怎样买牙刷》就是这样一篇谐文。该文开篇是按语，作者夫子自道云：“这是一篇极堪注意的社会速写，叙述于一九三三年，一位受过相当教育兼有中等阶级良心的人，在现在社会制度之下怎样买牙刷的经验。”文章先叙之所以会在买牙刷问题上产生焦虑，是因为听信现代广告的宣传，但接下来却宕开一笔，插入有关科学发明的议论，要点在于精良的器械并不如何重要，关键在于用得其当；然后补叙中学时期校医的告诫，交待从那时起开始关心牙刷品质问题，职是之故，外形独特的预防牌牙刷进入视线，“我”从此成为忠实用户；不过偶然之中却发现某种最贵的牙刷和预防牌恰恰相反，“这有点像听见牛敦与恩斯坦各持异论，不免疑心有一人是错的”，细细推敲，居然发现坊间

1　林语堂：《中国杂志的缺点——〈西风〉发刊词》，《宇宙风》1936 年第 24 期。
2　林语堂：《临别赠言》，《宇宙风》1936 年第 25 期。
3　林语堂：《论文》，载《我的话・披荆集》，上海时代书局 1948 年版，第 2 页。
4　林语堂：《文章无法》，载《我的话・披荆集》，上海时代书局 1948 年版，第 41 页。

流行的普通牙刷足以敷用。买牙刷而有如此曲折经历，在于听信广告，而买牙膏更是如此，在上了许多当以后，作者渐渐省悟，并在牙科朋友那里得到了证实："牙膏不过使你洗时较觉芬香可口而像煞有价事而已。"文章当然是记叙作者购买牙具的经历，但事实上更是以此为例，表现知识阶层在现代社会中生活的情形，故正如按语所言，这是一篇"社会速写"。

《我怎样买牙刷》的文体固然活泼，而《论西装》更为诙谐。作者开篇提出问题并直接呈上结论："许多朋友问我为何不穿西装。这问题虽小，却已经可以看出一人的贤愚与雅俗了。"林语堂从伦理、美感、卫生这三个方面依次展开，貌似极其正经地分析中装胜于西装的道理，其实讲来都是"歪理"。例如就审美而言，他认为"西装意在表现在（此字疑为衍文——引者注）人身形体，而中装意在遮盖身体"，类似的意思在张爱玲《更衣记》中亦曾有所表达，但他此后的发挥就是信笔所之的幽默了：

> 因为中国服装是比较一视同仁，自由平等，美者固然不能尽量表扬其身体美于大庭广众之前，而丑者也较便于藏拙，不至于太露形迹了，所以中服很合于德谟克拉西的精神。

道理自是不错，但如此表述令人颇有啼笑皆非之感。

林语堂擅长以具体写抽象，具体者，世相也；抽象者，新思想、新观念、新道德也。他的优点，在于写世相穷形尽相，而对于新道德则点到即止，甚或不着痕迹，以收观者自得之效。《婚嫁与女子职业》是一篇演说稿，讲题是"文学职业"，很正式，不过林语堂当然不会落入圈套，而是上来就径直否定了讲题，指出"卖文"和"卖文学"至为不同：

> 在中国，女诗人李清照，也是嫁了丈夫，解决饭碗问题，才能做出好词来。使李清照靠卖稿为生，我想她的《漱玉词》是换不到三碗绿豆汤的。《漱玉词》之外，又必写了几千几万字的无

聊作品。所以赵明诚在中国文学史上的大功，就是能养活一位女诗人，我想 Edgar Allan Poe 能娶一位有钱的太太，他即使不能有更精到的，也必有更丰富的作品留给后世。

接着另辟蹊径，从“职业与人生建树之不同”的角度大谈女子嫁人之必要。作者先退一步，承认“现在的经济制度”是“两性极不平等的”，但鉴于“世上最好的厨夫及裁缝都是男子，并不是女子，所以在你们的传统地盘，也是男子占了胜利”，而“唯一没有男子竞争的职业，就是婚姻”的实际状况，那么如何抉择就不言自明了。作者讲至此处，照顾听众顾虑，又从纯粹经济的方面分析这种在许多人看来“未免太实利”的婚姻观，用可见的事实说明男女在职业方面同样有好有坏，入情入理，所以接下来顺势转入“职业与才性相称问题”，并以“哄小孩”为例，得出一句来自男人的“良心话”：“女人治家很少混饭吃的，多半是与才调相称的。”林语堂意兴所到之处，语亦随之，既作惊人语，又是平常话，庄谐杂出，跌宕起伏，精彩至极，可惜因为时间问题，林语堂接下来才转入第二问题的讨论，认为女子“除了做妻之外，还应有社会上独立的工作”，仅能以罗素夫人的意见为例，匆匆收束。不过，林语堂的演讲也有波俏，在最后，他还指出女子只有诗人而没有史论家和考据家的事实，而“诗是最难卖钱的”，所以结束句再次申明反对女子卖文为生的观点，自然又照应了开头。从风格上看，《婚嫁与女子职业》当然是一篇幽默小品，但其文之幽默，并不在于具体技巧，而在于“清淡之笔调之外，必先有独特之见解及人生之观察”，正如林语堂所欣赏的萧伯纳等人的幽默“并非一味荒唐”，而能够“既没有道学气味，也没有小丑气味。是庄谐并出，自自然然畅谈社会与人生，读之不觉其矫揉造作，故亦不厌”。[1]

《剪拂集》时期的林语堂的创作质胜于文，故有“祝土匪”之举，这

1　林语堂：《论幽默》，载《我的话·行素集》，上海时代书局 1948 年版，第 17 页。

自然是受到五四时代风气和《语丝》文风的影响，但从另一个角度来看，却也说明彼时的林语堂立身、为文尚无定见。待到他读到沈启无所编《近代散文抄》时，一方面将晚明小品认作“西文之 Familiar essay（小品文）”的同类，而在另一方面，又在承认其“篇篇有骨气，有神彩”的“长处”的同时，能指出其“如放足妇人”的“短处”，以为“集中最好莫如张岱之《岱志》《海志》，但是以此两篇与用白话写的《老残游记》的游大明湖听书及桃花山月下遇虎几段相比，便觉得如放足与天足之别”，这正表明林语堂所欣赏的文风，既有张岱的格调，又有《老残游记》的“真正豪放自然”。[1] 他亦曾说过：“周作人先生提倡公安，吾从而和之，盖此种文字，不仅有现成风格足为模范，且能标举性灵，甚有实质，不如白话文学招牌之空泛也。”[2] 《论语·雍也》云：“质胜文则野，文胜质则史，文质彬彬，然后君子。”职是之故，他的小品文或可当得文质彬彬之评。

作为小品文作家的林语堂，底子是极为自然、朴素、开通的人生态度，是与人性的一种和解，而以这一立场观摩世相、品味人情，幻化出或油滑或诙谐或幽默的虚文，其文饰如乱花迷人，放纵不羁，内里则如青松咬定，并不苟且。梁简文帝萧纲云：“立身之道与文章异，立身先须谨重，文章且须放荡。”林语堂为人有定见而为文则否弃定规，故形成了以浮浪虚文掩映至情至性的文风。

三、小品文之“品”

世人大都以为林语堂幽默，而又对其缺乏批判锋芒表示不满，但林语堂之幽默其实指向通达的人生态度和通脱的文风，他之所以提倡幽默，目的也在于“建造说老实话的文体”[3]。应该承认，林语堂小品有相当篇目

---

1 林语堂：《论文》，载《我的话·披荆集》，上海时代书局 1948 年版，第 1 页。
2 林语堂：《语录体举例》，载《我的话·披荆集》，上海时代书局 1948 年版，第 56 页。
3 林语堂：《得体文章》，载《我的话·披荆集》，上海时代书局 1948 年版，第 40 页。

不仅行文招摇，而且情理透辟，端的文情并茂。那么，林语堂所拟想的阅读效果如何？《再谈螺丝钉》中柳夫人所言，在某种意义上道出了他的追求：

> 其实我们乡居夕话，不像人家做八股，本无起承转伏，连我也不知要谈向那里去。谁保得住？我要说到那里就算那里。我想谈得叫人哭也不好，叫人笑也不好。最好是谈得人家心头痒痒难过，哭不得，笑不得，才算上乘。

所谓令人哭笑不得，就是说出了众人心头有口头无的情理，乍一听是冒犯，再细品则是先得我心，于是翕然心服，顿有身心两悦之感。正因为林语堂提倡之幽默为“洞达人情之上乘幽默”，所以他认为“幽默与讽刺极近，却不定以讽刺为目的”，而因“讽刺每趋于酸腐”，故亟须幽默加以调适：

> 欲求幽默，必先有深远之心境，而带一点我佛慈悲之念头，然后文章火气不太盛，读者得淡然之味。幽默只是一位冷静超远的旁观者，常于笑中带泪，泪中带笑。其文清淡自然，不似滑稽之炫奇斗胜，亦不似郁剔之出于机警巧辩。幽默的文章在婉约豪放之间得其自然，不加矫饰，使你于一段之中，指不出那一句使你发笑，只是读下去心灵启悟，胸怀舒适而已。其缘由乃因幽默是出于自然，机警是出于人工。幽默是客观的，机警是主观的。幽默是冲淡的，郁剔讽刺是尖利的。世事看穿，心有所喜悦，用轻快笔调写出，无所挂碍，不作滥调，不忸怩作道学丑态，不求士大夫之喜誉，不博庸人之欢心，自然幽默。[1]

1　林语堂：《论幽默》，载《我的话·行素集》，上海时代书局 1948 年版，第 11 页。

在林语堂看来，幽默作为一种文体和文风，就其性质而言，的确具有讽刺性，但它与讽刺的区别在于后者情感饱满强烈，介入程度也深，而幽默只是一种冷眼旁观态度，实是一种广义的幽默观。因为幽默居于旁观地位，所以可以俯仰随人而得穷形尽相之妙，故虽然其品性并无多少改变，但往往能够根据对象的差异而表现为不同的品相，幻化出万千风情。

林语堂小品之面目多变不待多言，居于核心地位的是娓语。《伦敦的乞丐》《吃糍粑有感》《糍粑与糖元宝》《吸烟与教育》等篇都是周作人风格的清谈，颇为可观，而尤以《伦敦的乞丐》的夹叙夹议最为得之。该文叙写英国风俗民情，提及一战以后维多利亚时代遗风已逝，但“盛世之风度”犹存，“给梦想揖让进退于三代盛世之韩退之看了，也可以满意”，表现之一即为伦敦之乞丐。乞讨方法有两种，“一种是令人矜怜，一种是使点本事。也可说一法是使你作呕，一法是使你赞叹”，伦敦乞丐采用的是后一种办法。他们或是写格言，或是“开英国政府之玩笑”，或是用彩色粉笔在地上作画，或是组成一个小型乐队，都是“一种卖艺而已，所以他们不自认为乞丐，他们的态度也是不卑不亢的”。身处厄境而能淡然处之，“从这种地方，也可以看出英人是自重的民族”。与此篇相近的篇章，如《白克夫人之伟大》《论玩物不能丧志》等，以及与朱柳二先生的对谈如《谈劳伦斯》《谈中西文化》和加入柳夫人之后的三人谈话“谈螺丝钉”系列，均是议论堂皇而不乏风趣的小品。

其实林语堂很少如此“正经”，他大都是用诙谐的笔调叙写世情。他在明末小品翻印成风之时，与刘大杰共同标点《中郎全集》，笑称“偷他版税，养我妻孥”；《论西装》《为洋泾浜英语辩》等篇的格调大概都在雅和谑之间，读来有奇正相生的特别效应；《冬至之晨杀人记》则更是特别，可推为其中的上品。该文首先祭出孔夫子，“孔子曰上士杀人用笔端，中士杀人用语言，下士杀人用石盘”，引出一段“用两句半话把他杀死”的会客故事。圣诞节前忙于赶稿，此时却来了一位表示有紧急事务的陌生客人，只得会见，但此人见面就表示久仰大名，作者接过话头之后立即感到不妙，因为国人不像“洋鬼子‘此来为某事’直截了当开题”，而是有一套话术：

> 凡读书人初次相会，必有读书人的身分，把做八股的工夫，或是桐城起承转伏的义法拿出来。这样谈话起来，叫做话里有文章，文章不但应有风格，而且应有结构。大概可分为四段……这四段是这样的：（一）谈寒暄，评气候，（二）叙往事，追旧谊，（三）谈时事，发感慨，（四）所要奉托之“小事”。……这四段若用图画分类法，亦可分为（一）气象学，（二）史学，（三）政治，（四）经济。

以下便是尽情挥洒，详细描摹各阶段谈话的一般情形。两人会面的实际情形，端的遵循惯例，“我们仍旧从气象学谈起”，在来客“偶然轻快的提起傅君来”，“我明白，他在叙旧，已经在第二段”，由于“傅君，蜀人也”，谈话便转入第三段，不过，“《评论报》的佣人就要来取稿了。所以也不大再愿听他的议论，领略他的章法，而很愿意帮他结束第三段”，于是切断话题突兀发问：“先生今日来访，不知有何要事？”访客果然取出一篇文稿请托，却遭遇了意料之外的斩钉截铁的拒绝：“我们俩都觉得啼笑皆非，因为我们深深惋惜，这样用半个钟点工夫做起承转伏正要入题的好文章，因为我狂妄，弄得毫无收场，我的罪过真不在魏延踢倒七星灯之下了。此时我们都觉得人生若梦！因为我知道我已白白地糟蹋我最宝贵的冬至之晨，而他也感觉白白地糟蹋他气象天文史学政治的学识。”林语堂对国人特别是读书人之间虚与委蛇习气的观察，细腻透辟，而以风趣的笔墨徐徐出之，以置身事外的姿态读之，是幽默，以过来人的体会读之，则是反讽。

反讽其实已经有了火气了，像《古书有毒辩》所谓“普天之下，莫非保姆、良医、训育主任、检查委员”可见林语堂对说教者之多的反感，而

《母猪渡河》所谓“在鸦片炕上大谈严肃生活”亦可见出他对言行不一者的嘲讽。当此之际，他的解决方法是加入自嘲，所谓“以幽默化其讽刺，斯不流于尖酸”[1]。《哈佛味》引老吉士（Will Rogers）嘲讽哈佛之语，所谓“四年在校使他变成不讲理的人；离校以后，大约又须四年，使又变成讲理的人，与未入大学时一样”，林语堂据此剖解个人如何摆脱文人臭架子：

> 吾近作《语言学论丛》，发自序，也有忏悔语，而顺便骂人。忏悔的是说：初回国时，所作之文，患哈佛病，声调太高，过后受语丝诸子之熏陶，始略明理。这大概是老吉士所谓离校之四年所必经过的转变；幸而转变了，依然故我，不失赤子之心。骂人的是说：许多哈佛士人，只经过入校之四年时期，永远未经过离校四年之时期，而似乎也没有经过此离校四年时期之希望。此辈人以为非哈佛毕业者不是人，非哈佛图书馆之书不是书，知有俗人之俗，而不知有读书人之俗。我见此辈洋腐儒，每每掩袂而笑，笑我从前像他。

文中提及的“哈佛味”，泛指学而不思的文人阶层自以为是的丑态。作者固是明白嘲弄那些洋洋自得的腐儒，而亦是自嘲。因为有此自信，所以他总是放笔直写，若干笔墨可谓极尽放诞之能事。

林语堂有许多放肆的笔墨，《烟屑（四）》所谓“泼妇骂街常近圣人之言”之类的议论即是。《关于〈人间世·辜鸿铭特辑〉的弁言》一文是为《人间世》刊发“辜鸿铭特辑”所预先拟定的辩护词。林语堂举出坊间流传的关于辜鸿铭的见解，如“阿猫阿狗”派之菲薄观，“他妈的反动尊君尊孔”派之反动说，“思想有毒”派之有毒论，逐一驳斥，并在最后针

---

1 林语堂：《〈游山日记〉读法》，《宇宙风》1936 年第 15 期。

对有毒论特别予以批驳："你这人大概很容易中毒。你也很容易丧志，蚊子一叮，便会发循还疟，秋风一吹，便会患肺膜炎。"嬉笑怒骂，痛快淋漓。《谈天足》一文批驳当时社会中存在的"新中之新"仍含有旧成分的现象有云："我读此辈文章，若见江北老妈拉洋狗，扬州老妈穿高跟，若见人在新瓦片上烤西药，在电炉上煎人参。"对不伦不类充满不屑。

他擅长概括，每有鲁迅所谓"砭痼弊常取类型"[1] 之精，虽讽刺的锋芒不及，但也均是糅合个人好恶的言之及物的敏锐物象。《母猪渡河》之"母猪的智慧"，指专门对别人指手画脚，"只我例外"的双标"英雄"；《说浪漫》之"龟"与"长颈鹿"意谓国人常是缩头乌龟，无人敢当出头者；《谈天足》之"弓鞋思想"代指"旧道统"，"高跟思想"代指"新道统"，而二者"都有朕即国家之意"，终归一流，故可谓"一道同风"；《古书有毒辩》之言"良医之子多死于病"，是批评"现代青年的保姆太多"以至于他们无所适从，竟至于人生荒废的乱象，诸如此类。

或如前述，林语堂小品具有西洋随笔的骨骼，但他所盛赞的晚明小品和周作人小品，自然不能全无影响。例如最能体现文人雅兴的山水游记，林语堂所作不多，偶有所作，的确带有古典意蕴。《山居日记（一）》记庐山夜景有云："晚坐松下观对山暮影，至全山尽黑，接天处轮廓分明，俨然一副黑白画。回观背后树，返照夕阳，萧萧白干两三枝，毛发悚然。山光之奇如此。"这是兴之所至的描写功夫，而也不乏士子幽情。《春日游杭记》叙述登山所见："两旁有大树，不知树名，总而言之，就是大树。"简洁奇崛的记叙技巧和寥廓的文人心境庶几相类。不过，林语堂确乎很少闲情逸致。虽然《小品文之遗续》所谓"斗然而来的起句法"，举的例子却是伍尔夫《自己的房间》开头劈空而来的"但是，你说"，认为它"极得闲谈自然笔调"的韵味，难免有拉大旗作虎皮的意味，但他本人的确用心"试验用文言作娓语式文"，只是方法不是白话夹杂文言，而是"在文

1　鲁迅：《伪自由书·前记》，载《鲁迅全集》第 5 卷，人民文学出版社 1981 年版，第 4 页。

言中尽量放入俚语”[1]，以历史积淀承载现实中泥沙俱下的语言洪流，故风格既典雅含蓄亦不乏灵动飞扬。《游杭再记》篇末有记：

> 到了傍晚，始出西泠，雇舟归来。在夕阳彩照云天映红之时，达夫感叹之下唱着“落霞与孤鹜齐飞”，秋原改为“映霞与孤鹜齐飞”，我和曰“秋原共长天一色”。于是大家放声狂笑，舟几覆。

文字谐趣配合当时情景，固是文人惯技，但与孤清的传统文人格调相距颇远，而带有现代知识分子的暖色。

因为林语堂不是活在现代的传统文人，所以他对“语录体”“再启”等传统文体的重视和提倡，着眼点均在于这些文体的自由属性。比如“再启”，它“所给我们看见的是临时的感念，是偶忆的幽思，是家常琐细，是逸兴闲情，是涌上心头的肺腑话，是欲辩已忘的肝肠语，使人读之，如见其肺肝然”[2]，林语堂看重的是如何纤毫毕现地表达自我，从这个意义上讲，他的小品就不仅是现代的，而且是超越时空的文学表达。

1　林语堂：《山居日记（二）》，《论语》1934 年第 47 期。
2　林语堂：《怎样写“再启”》，载《我的话・行素集》，上海时代书局 1948 年版，第 56 页。

第九

郑逸梅笔记

郑逸梅（1895—1992，江苏吴县人），南社成员、著名文史掌故作家。原籍安徽歙县，生于上海江湾。本姓鞠，父早殁而依苏州外祖父为生，改姓郑，名愿宗，字际云，号一湄。十岁入上海敦仁学堂，十四岁入苏州草桥中学，与顾颉刚、叶圣陶、吴湖帆、范烟桥等人同窗。在江南高等学堂毕业后入上海影戏公司，负责编撰字稿及说明书。历任《华光半月刊》《金刚钻报》和中孚书局编辑，上海国华中学副校长等职，1940年后，先后在上海音乐专修馆、徐汇中学、志心学院等处任职，1949年后任晋元中学副校长，为上海文史馆馆员。自1913年开始发表作品，先后为《民权素》《小说丛报》《时报》《申报·自由谈》《红杂志》《紫罗兰》《万象》等几十家报刊写稿，有大量文史掌故作品，“总计600多万字”[1]，人称“补白大王”。

郑氏在20世纪20年代有《梅瓣集》《慧心粲齿集》《游艺集》《茶熟香温录》等四部笔记集；到30年代，又有《浣花嚼雪录》《逸梅小品》《逸梅小品续集》《花果小品》《逸梅丛谈》《小品大观》《瓶笙花影录》等近十部小品集陆续问世，到40年代，更有《人物品藻录》《尺牍丛话》《淞云闲话》《近代野乘》等多部作品，都是集“掌故性、资料性、知识性为一炉”[2] 的笔记。笔记小品写作贯穿了郑逸梅一生，而这一散文文体之所以得到重视并在今天仍然富有生命力，固然与时代氛围与文学思潮演进密不可分，同时也与郑氏孜孜不倦的写作实践不可或分。另外，从地域文

1 芮和师：《知识性和趣味性的结合——郑逸梅及其作品》，《苏州大学学报（哲学社会科学版）》1994年第3期。
2 郑逸梅：《郑逸梅自传》，《晋阳学刊》1983年第6期。

化角度看，郑逸梅笔记小品的价值，在于借用现代传媒将江南文人士子的言行和品格化整为零地揉入现代社会，使之成为现代国人可资借鉴的精神资源之一。

不过，与范烟桥笔记题材偏重乡贤文化相比，郑逸梅笔记的题材范围无疑扩展了许多，比范氏要“杂”得多：“‘杂’者，广也，指作者写作领域的宽广与深厚，举凡金石字画、收藏鉴赏、版本目录、诗文辞翰、戏剧电影、美食烹饪、名胜古迹、花鸟虫鱼等，都可娓娓道来，讲得丝丝入扣。”[1] 题材之杂可以看作郑逸梅笔记的首要特征。

郑氏20世纪20年代的笔记，《慧心粲齿集》早于《梅瓣集》结集，多为隽逸的古典情绪，如《民权素》“碎玉”栏登载的“慧心集”之一云：“羁客之乡心，寄之于月；诗人之愁肠，浇之以酒；侠士之豪气，挥之以剑；美人之情绪，付之于泪。”《梅瓣集》则为郑氏“生平记事杰作”[2]，趣味已经开始向市井谐趣发展，虽然稍后还有《茶熟香温录》这一偏重于清谈的作品，到20世纪30年代，也仍有“浣花嚼雪”的风雅，但以“丛谈”和“大观”命名的庞杂小品无疑占据了主流。且以《逸梅丛谈》为例，该书既涉及时序节庆（如《春》《夏》《浴佛节》《端午》等篇），又有茶、酒等日常饮食（如《年糕》）；既有著名人物轶事（如《于右任往事》），也有民间人物传奇（如《酒丐轶事》）；既有蛙、荷等自然风物，又有折扇、书画等人工制品；既有较为严肃的文献考证（如《味之素之起源》），也有汗漫的地方风习谈（如《苏州居住谈》）；既有谈诗论文之作（《如食品诗话》），也有评论小说戏曲之作（如《小说界中之三弹词家》），亦有谈艺之作（如《画的动静》），诸如此类，几乎无所不包。

题材包罗万象，自然涉及方方面面的知识。郑逸梅写作的特色，在于他并不是为知识而知识，而是这些知识就是他个人生命的组成部分，所以述说起来极为本色自然，渗透出生命的欢愉之感。《夏》一文记“红蔷薇

1　管继平：《无白不郑补——郑逸梅早年报坛生涯》，《档案春秋》2018年第10期。
2　徐碧波：《序三》，载郑逸梅《梅瓣集》，上海图书馆1925年版，第4页。

映碧芭蕉”的夏日，重在“夏之乐事”：晨起观荷上晓露，高卧北窗读稗史，看园丁抱瓮浇水，持银刀自剖绿西瓜，与伊人对谈竟夕，薄暮小步田陌仰望天空，归来喝紫菜汤，卧碧纱橱中与家人谈狐说鬼；此外更有工业化的花露水取代农业时代的茗茶带来凉意，出自民间的葵扇取代士大夫阶层流行的麈尾，还要往电影院观《北极探险记》。郑氏夏日之赏心乐事，都从寻常生活中来，也没有故作高雅，只是随口道来而自有潇洒风姿。至于夏日寻常物事，作者也能向历史中开掘，粗朴掩映风华，韵味绵长：簟、帘“为夏日之必需品”，文中引《清异录》称其为“夏侯妓衣”；一般年龄的雅称是“春秋”，僧徒则曰“夏腊”。文风开始转为雅致，作者一边掉书袋，引入历朝历代书写夏日风物的诗人诗句，一边写到古人各种“消夏韵事”（瓜戏、避暑之饮等）而止于电风扇之用，感慨曰“于此不得不谈科学之万能”。作者于传统、现代之间并无偏私，所有能够增加生命光彩的要素统统可以统摄在一起，这是面对世界的一种开放而积极的心态。

与题材之杂相连的主题之散，可以算是郑逸梅笔记的第二个特征。笔记是读书阅世的记载和感兴，其所记载，都是发散性既广且强的较为纯粹的知识性内容，但其中蕴含的刹那之间生发的情绪，都是作者的生命片段，而生命本身没有逻辑，只是如其所是地存在，集中紧凑的情绪成为诗，如一度流行的“小诗”，散漫而无定止的情绪就是本色的散文，故笔记其实可以视为一种拥有最大自由度的散文文体。郑逸梅兴趣广博，他的杂，不仅仅是适应现代报刊的需要，专为补白之用，而且是他个人温润生命体验的结晶和自在人生观的产物。

《花果小品》记叙各种花卉蔬果，形、色、香、味一一娓娓道来，都是浸润着文人雅致和世俗生活乐趣的谈话风作品。《杏花》一则如是写道：

> 杏之花叶，与梅绝相似。犹忆曩日寓居吴门府桥西街，楼之东为邻家园圃，有巨杏一，浮晖满树，丽色迎人。予初认为晚梅，后乃始知不然。开窗赏树，落英缤纷，往往因风飘入，几案

间尽是春痕。实熟，邻家摘而见饷，既饱眼福，又快朵颐。及徙居他处时，犹恋恋此杏不置也。

平淡写来，有感情而并不黏滞，正是生活的常态。郑逸梅与此相近的条目很多，如“紫罗兰”这一“最足发人绮思遥想”的“夷域之花”：“考诸希腊神话，谓女神维纳斯（Venus），有夫远行，把别时泪珠沾泥，来春忽萌蘖吐葩，遂有毋忘侬花之号。”这种若即若离而不失风流的文字，反映的是作者不以物喜不以己悲的处世态度。他的同乡友人对其如是评说：“逸梅性沉默，好读书，待人以诚，交友以信，且淡泊自喜，不慕荣利，固不特以文章惊人，而其道德尤不可及也。”[1] 可谓知人之语。

因为与世界总是保持一定的距离，所以郑逸梅可以从容欣赏俗世之美，总能从人物、事件、物品之中品咂出真精神。如果说郑逸梅对晚清民初文坛诸人的记叙仍然带有名士的流风余韵，如《酒》所记叶楚伧少时典衣三百文换酒一斤的豪迈，又如《戴传贤访梅》所载戴季陶骑驴探梅而在野人家自斟自饮的闲情，那么他对寻常物事的书写则浸透着一种对生命的尊重和对生活的热爱，故显得异常醇厚。《虱》条有记：“虱为人害，然亦有因是而活命者。当太平天国时代，李寿晖为杨秀清所器重，时贡院收剃发人数万，秀清欲尽杀之。寿晖泣涕跪求，谓剃发者皆患疮虱，请审验而后刑。于是分别生疮生虱者免死，活人万余。”民间野史或未可全信，而以一至为微小之生物照见生灵涂炭之场面，恻隐之心在在可见。

一个热爱生活的人，当然不可能对现实中的非人情景无动于衷。郑逸梅既非生活在真空之中，所以笔记亦颇有讽刺。《电车》记载：

五卅案发，我国血气之士，有愤而抛石毁电车玻窗，以致伤及乘客头颅者。警局方面每车派武装警察数名以为保护，致乘坐

1　华吟水：《序二》，载郑逸梅《梅瓣集》，上海图书馆1925年版，第3页。

之客有似被押解之囚犯然，为从来未有之怪现象。

其实，如果把最末一句删掉，可能讽刺的力度更大一些，但有了最后一句，却也充分表达了作者的错愕之感，讽刺之中带有怪诞色彩，也是较为独特的情感。其余如《小考证》所谓“食物中最称平民化者，莫若油条与大饼。马二将军曾一再提倡之，然王孙公子，久餍膏粱，总不屑与平民争此口味也”，《陈炯明轶事》谓陈死之后的时评，是“评者谓陈之一生，误于不识人不识时，徒具炯明之名”，《国庆》一条则不无腹诽：“国无可庆，然不能不举行聊以点缀之国庆，报纸上又不能不登载一二篇稍撑场面之国庆稿，然而我侪文丐苦矣。”文人讽刺容易流于站在云端的挖苦，这在郑逸梅那里是极少见到的，他的风格，总是雅谑中带有市井趣味，世俗乐趣之中颇有情怀。以此故，郑逸梅笔记小品的第三个特征即雅俗共赏的总体风格。

朱自清认为：“单就玩艺儿而论，‘雅俗共赏’虽然是以雅化的标准为主，‘共赏’者却以俗人为主。固然，这在雅方得降低一些，在俗方也得提高一些，要‘俗不伤雅’才成；雅方看来太俗，以至于‘俗不可耐’的，是不能‘共赏’的。但是在什么条件之下才会让俗人所‘赏’的，雅人也能来‘共赏’呢？……似乎只限于一些具体的、常识的、现实的事物和趣味。……说到文章，俗人所能‘赏’的也只是常识的，现实的。”[1]照此看来，雅俗共赏之所以能够在文学中实现，在于其题材为常情常理，诉诸的也是普泛的人性。

郑逸梅许多篇章其实都颇为雅致，不过，许多是限于开篇，如《端午》一文开篇“蒲风淡荡，花气絪缊，又是端午时节矣”之句不无诗意，但他很少有将这种诗意保持至终篇的，往往在穿插几则典故之后，整篇文章的格调就发生了变化，开始向市井谐趣方向发展。如《悼吴双热》一

1　朱自清：《论雅俗共赏》，载《朱自清全集》第3卷，江苏教育出版社1996年版，第224页。

文，本是深情忆往，虽然郑氏拈出吴双热擅长文人诙谐之性情加以书写也不过是正当文章笔法，但在他颇有兴致地讲述了一些轶事之后，读者缅怀其人的幽思就被冲淡了。特别是文中有如此记载："同事某剃须摄影，居然翩翩年少。索君题诗，君乃援笔题之云：'有须那及无须好，有须形老无须俏。快快回乡讨老婆，广东不要外江佬。'见者无不嗢噱。"此等笔墨，当然对打破传统文体的僵化格式不无裨益，事实上晚清民初的通俗作家笔墨极雅而格调极俗，也不无此种用意，但此时郑逸梅采用这一写法很难说是一种具有自觉意义的文学行为，而至多是一种文学趣味在市民社会相对发达之后的延续和发展。

但趣味绝不能小觑。新文学自诞生以来，"表现的深切"一直压倒"格式的特别"，常是以思想新锐取胜，而思想乃制度的基础，故"引入学理"在社会转型期特别重要。到 20 世纪 30 年代，当社会相当程度地进入常态化运行状态之后，思想的重要性开始减弱，它在文学结构中的支配性地位也受到冲击，趣味等与日常生活中的人性人情相关的要素成为文学表现的重点之一。对通俗作家来说，摹写世俗人情本是他们所擅长的，加之笔墨功夫极高，所以用笔墨之趣反映生活之趣就成为一种潮流。如果说晚清民初的通俗作家以文雅之笔写村俗之趣是自觉的破坏，那么郑逸梅如此写作，就是一种不自觉的建设——这里所谓的不自觉，指的是他无须针对某一对象而特别提倡，只要如其所是地写来就好。

郑逸梅笔记中容易引起共鸣的篇章自然是与世俗生活息息相关的文字。《灯》记吴地风俗云："吴俗以正月十三为上灯日，十八为落灯日。且十三例饮粉圆，十八则啖糖年糕，因有上灯圆子落灯糕之谚语。"《立夏》则记："立夏日又多应时食品。青梅朱樱，豆香笋嫩，固为盘餐佳物，他如海蛳也咸卵也酒酿也，亦足以快朵颐。"都有传统文人笔记的风采。不过，郑氏之所以能够取得较大范围读者的喜爱，还在于他对笔记的文学趣味有所发展，而且与时代和社会有所关联。《烟包》一则记叙钱化佛收集香烟盒包，而且能够“匠心独运，汇集有方”：

> 如将世界牌与和平牌，合为世界和平；中央牌与委员牌，合为中央委员；又合孙中山、紫金山、万寿山、马占山、万宝山五牌，为五岳图，亦见巧思。又白凤牌盒面为一鸡，狗牌为一狗，询之则曰：此鸡鸣狗盗也。又一也黏日本所出之某烟盒，下则强盗牌与长城牌，曰：此亦稍有寓意。

将最为世俗的烟盒化作收藏品，固是雅事，而其巧妙运思加以搭配，更可见童心。化腐朽为神奇，又或者神奇植根于腐朽，不仅是钱化佛之所为，亦是郑逸梅之写作风情。

题材杂、主题散、趣味驳杂而呈现出由雅向俗的倾向，是郑逸梅笔记作品的三大特征。应该承认，这些特点都不是郑逸梅的独创，但他的长期创作无疑使得小品融入市民社会的文化生活之中，甚至使得雅俗共赏成为小品的审美特色之一。这是郑逸梅笔记小品应予肯定的文学和文化价值。最后需要补充一点，那就是笔记文体、江南文化和现代市民社会三种因素在郑逸梅那里融会贯通，并在其一生的写作中似乎没有枯竭之时而时呈井喷之势，这反映了郑逸梅文学生命之绵长和滋养了他的江苏文化之深厚。

需要注意的是，从社会现代性角度看，通俗作家之中的若干人，其实不乏启蒙的文化自觉，但更多的，则是出于阅读市场的需求和实际工作的需要而随手加以涂抹，不乏恶俗的文人滥调。这就是朱自清所强调的“小品散文的体制，旧来的散文学里也尽有；只精神面目，颇不相同罢了”，所以他认为旧散文并非“现代散文的源头所在”。[1] 不过，将这些作品作为一个整体置于现代中国文化的谱系之中，却也不可低估。它们程度不同

1　朱自清：《背影·序》，载《朱自清全集》第1卷，江苏教育出版社1988年版，第30页。

地择取、采纳西洋新说，无论各自之间的风格差异如何，都是为现代观念张目，因而构成了中国现代转型的众声喧哗的乐章。单就文学而言，它们对传统文章和民间文体在新语境中不无创造性地改造、借用、戏仿，也成为文学史的重要一环，必将在适当的条件下催生积极效应。

附：范烟桥

郑逸梅之外，惯称“鸳鸯蝴蝶派”的通俗作家如包天笑、周瘦鹃、范烟桥等人此前都有笔记作品产出，不过其趣味实与晚清民初接近，多插科打诨性质的文人玩笑。到 20 世纪 30 年代前后，笔记作为小品的文体自觉意识开始苏醒，进而发展成为一种现代散文文体。其中，郑逸梅的笔记写作持续时间长且数量极为庞杂，可谓自成一家，其余诸人则以范烟桥的《茶烟歇》带有文人风格的札记最为典型，精简枯槁中蕴含丰情胜义，不乏丰神摇曳的抒情风姿。范烟桥（1894—1967，江苏吴江同里人），作家、艺术家、学者。名镛，字味韶，号烟桥，有烟桥、鸱夷室主等笔名。出身书香门第，1907 年就读于金松岑创立之同川公学，1911 年考入苏州草桥学舍，与顾颉刚、叶绍钧、吴湖帆、郑逸梅等人为同学。1914 年开始在教育界任教、任职，曾编写《吴江县乡土志》作为教材，同时开始向上海的报刊投稿。在包天笑的帮助下走上创作之路，后陆续结交周瘦鹃、毕倚虹等人，也逐渐进入创作鼎盛期。1922 年与赵眠云发起成立“星社”，发行三日刊《星报》。此后活跃在报界、教育界、学术界、电影界，有多种著述刊行。

范烟桥早期有《烟丝集》。《烟丝集》（初版封面书名为“烟丝”）是杂俎性质的，散文作品之外，有词（《题画》）、曲（《古歌诂》）、传奇（《新华梦传奇》）、小说（《疯死》）、话剧（《何足恃》《安静的房间》）及论学文字（《红楼梦小索隐》）等多种创作。这当然表明范烟桥学问之广博，不过，这些乃传统所谓的小道，故其弟不无自嘲地说：“近集趣文付铅，橥颜曰‘烟丝’，所以示雨丝风片，非大块文章耳。”[1] 集中作品，大抵以记叙见长，而透过这些写实风格的记人叙事之作，颇能窥见时代风貌。

范烟桥在20世纪30年代的代表作品为笔记《茶烟歇》，另有发表于各类报纸副刊的小品，前者为浅近的文言，后者是晓畅的白话，但都带笔记性质，均以知识性和趣味性取胜。

《茶烟歇》收录笔记272条，汇聚了范烟桥三十余年间的各类见闻，涉及历史风云、人物轶事、典籍故实、语言文化、地方风景风俗及饮食等多种内容，既有文人深趣，也不乏市井风味，是一部庄谐杂出而偏于文人雅致的小品集。该书基本特色，正如范氏本人所欣赏的“最宏富而最翔雅”的《三借庐笔谈》：

> 天南遁叟诸作，竭力模拟《聊斋》，往往文过于质，三借庐要言不烦，却无此病，吾侪好怀古谈往者，颇足资牙慧也。

据此可知，范烟桥所推崇的笔记作品，内容须“实”、笔法尚“简”、风格贵“质”，而其功能，在于休闲放松。另外，所谓“怀古谈往”意味着笔记的文史性质，内容、写法、风格等方面均受此影响。

先看第一点，内容之“实”。

范烟桥笔记部分内容源自读书札记，如清刻本《残唐五代史》和《吴门画舫录》所记乾嘉时女子之装束、“国”字写法、包公传说等，都是从历代典籍中梳理出来的掌故，以知识性见长。《女说书》一条介绍“女说书”由宋时之“陶真”变为清季“倡门之别派”的过程，从“说书”初为“筵间承应”故而“重艺不重色”，到改换为京调之后，每年会书之时“不能与及不能往者，皆不得称‘先生’”，开“重色不重艺”之旁门而始有

1　佩萸：《序言》，载范烟桥《烟丝》，苏州秋社1923年版。按：此文为书前引言，标题为引者所加。

“校书”之称，所以其住所也就被狎客称为“书寓”，源流井然，清楚道出“倡门犹称伎为‘先生’”之由来。

读书札记在《茶烟歇》中占有相当比例，读来自有风趣，但更有风情的篇章，出诸作者亲身见闻，及在知识之外富有情趣的传说故事。需要注意的是，在这些见闻中，如“况蕙风耄年置妾”、“白头夫妻”、白莲教邪术、贪小便宜的近视眼等条所载，格调并不高雅，叙述起来也未见恭敬，确是一种文人恶趣，但绝大多数篇章均清新可喜，读来韵味绵长。这尤以糅合地方人事、人情和习俗为一体的民间传说最堪代表。

作者所记叙的地方传说，包括平望城、第四桥、孙春阳南货铺、蓑衣真人殿、唐家河等具体地点的传说，也包括永福寺肉身传说、“三笑”故事、“严一贴”故事等民间人物故事，还包括地方物事如《船》一条所记江浙间各类船只、“舶趠风”、八卦轿的传说等。地方传说为野史，自然质胜于文，故范烟桥的记述也颇有野趣。《张鸭荡》一条记家乡所留有关张士诚的痕迹，颇有趣：“张士诚去今已六百年，而鳞爪片片，随处可忆。如七月晦日之地藏王生日，烧狗屎香，实则九思香也，九思为士诚小名，吴江之南有张鸭荡，为张王之讹，别有荡，犹称九思。”历史遭到民间改写，正是一种别有意味的生活实情和文化现象。

再说笔法之“简”。

笔记大都是可资谈助的零散材料，可本色叙述，亦可略加发挥，而以要言不烦为基本记叙规范。《茶烟歇》涉及历史、官场、文坛、民间以及南社等社会各个层面、方面人物多达两三百人，作者都能够用简要、朴素的文字写出人物性情。比如同是官场人物，《张曜》条载其任山东巡抚时与王韬会面的情形，反映了张曜的老到：

> 后随左宗棠平回，授山东巡抚，天南遁叟王韬不得志于洪杨，曾投谒朗斋，言辞侃侃，闻者错愕，朗斋叹曰：“此狂士也，不可以共经济之谋！”赠金谢之。

王韬开风气之先而与俗世不相通，自然入不了官场人物的法眼。世事奇妙，往往有反其道而行之者。《官样文章》记载了这样一则故事：

> 相传有查案具覆者，按词云，“查无实据，事出有因”，盖亦习惯语也，以为如此模棱，为案中人超脱不少矣。孰知上司札下，令重查详覆。幕友大诧，问诸师。师曰：“若颠倒其词，乃有语病，宜作事出有因，查无实据，则不复有重查之烦矣。”

不知官场曲折，又是另一番情形了。

作者以清简笔墨书写的人物，最为出彩的当属民间人物。在这些人物之中，侯鸿鉴早年的清贫情状、沈仲廉的潇洒意态、陈范因“《苏报》案”一家流离而不改英雄人物风流本色等条，气韵生动，都令人过目不忘，而另外带有草莽气息的人物的传奇行径，如任味知爱菊成癖、旦角贾碧云助凌大同摆脱官府追捕的侠义、自号“天南恨人”的奇女子捐资助学的壮举、每次须讨二文钱一以奉母一以自给的乞丐、查潘二人斗富故事等，不论雅俗，都仿佛杂处市井之中的魏晋人物，生气凛然。

再次说风格之“质”。

作者文人积习颇深，曾组织或参与“云社”雅集、惠阴秋禊等雅事，《吴江会馆联》《电传诗文》《挽诗创格》等篇章也记载了各种文墨故事，别具文人风趣，其中有不少令人发噱的艺苑典故。《翁乌龟》记翁小海擅长画龟，润例一龟一金，“某馈以半金，翁画一巨石，于石左露龟之半，映掩别有异趣”，以其人之道还治其人之身而又不着痕迹。又，《蝴蝶会》记：“朋好醵饮，嫌市脯恶浊，相约各出家厨，人各一品，称‘蝴蝶会’，意取‘壶’酒‘碟’菜同音耳。惠而不费，是可法也。余友胡寄尘谓此法行之颇广，所以取名蝴蝶，尚有一义，以一壶置中间，以两小碟两大碟分置左右，俨然一蝴蝶形也，其言甚趣。”两种说法，一文雅，一拘泥实际，趣味如云泥之别。

范烟桥将耳闻目睹的文史故实一一写来，很少有夸饰的地方，虽涉及家乡风物，却也看得出作者的柔情，而即便如此，风格也颇为节制，绝不流于滥情。《茶烟歇》其实很少写到异域风情乃至其他地方的景致，异域只有日本的“便当”、爪哇的婚礼、瑞士独立纪念邮票、爪哇民风等寥寥几条，外地景观也不过南京瞻园的垂丝海棠、湖州潮音桥传说、莫干山观日出、济南的泉水等，绝大多数条目都与苏州地方景致、风情、风俗有关。作者对擅写苏州风物的唐伯虎赞赏有加，因为后者之诗“虽如妇孺絮语，而竹枝风韵，不失面目，五百年前风物，尤能与今日方弗，从知风俗之不易变矣”（《苏州风物》），而他本人写地方风习，往往有历史风云之气。《苏州头》一条有云：

> 苏州头，扬州脚，为以前女子所艳称。光复后，尚天足，扬州之脚，便成落伍，苏州之头，依然不减其声誉，虽曾有数度之变更，而光滑可鉴之致，犹未失其向具之美点。

莞尔一笑之中不无沧海桑田之慨。至于《吴俗》一条所提及的苏州地方新旧“三好”，旧如“斗马吊，吃河豚鱼，敬五通神”，新如“穷烹饪，狎优伶，谈古董”，则满是旧日文人风情了。

因为历史感的融入，即时间要素的介入，作者与家乡风习之间的亲密感在一定程度上得到了拉伸，产生了距离，所以能够专注于实际而情感埋藏极深。《送夏》一条介绍“送夏”习俗：“吴门风俗，新嫁娘第一度端午，须以折扇、绢帕、绣虎、角黍、枇杷、青梅馈遗亲串，谓之送夏，仆婢亦例得一蒲葵扇，不知始于何时。”清清爽爽。其余如《大姨夫作小姨夫》提及的“姊夫接阿姨”即姐夫续娶小姨子，《卖花》所说的清晨卖花与夜间卖花之别，以及银鱼、鸭馄饨、素火腿、状元糕、水蜜桃、桂花栗子、鸡头肉、莼菜、碧螺春等地方风味，就更是淡淡写来而有深情自得之效了。

《茶烟歇》一集大都以朴素简练的笔墨书写苏州地方风物和风习，风格平实朴素而自有蕴藉之情，知识性内容之中能够见出作者处世的淡然气度和行事的洒脱胸襟，可以算笔记中的上乘之作。作者文史修养极好，许多看似简单的评骘，其实不乏真知灼见。

作者谈旧小说，一方面受时代风气和中国传统影响，着重从影射的角度辨析《花月痕》《儿女英雄传》，从索隐的角度追踪《彭公案》本事，但也拈出了许多精彩的分析并给出自己的评价，也确有见地。作者拈出的《歧路灯》妙论尤为精彩："《金瓶梅》那书，还了得么，开口热结冷遇，只是世态'炎凉'二字，后来在豪华门前放烟火，热就热到极处；春梅游旧家池馆，冷也冷得到尽头。大开大合，俱是左丘明的《左传》，司马迁的《史记》脱化下来。"传统文人论文章，特重源流，范烟桥欣赏这种论调当然不是例外。《李涵秋》一条引程瞻庐言，谓"晚近小说界，有三枝好笔，琴南之高，天笑之美，涵秋之畅"，并预言《广陵潮》"可以久传耳"，则的确是知人知世之语。此外，他对早期新文学也有所观察。《白话剧》一条记录了早期话剧状况：

> 白话剧始于民国肇建之际，春柳剧场假上海谋得利二楼公演，陈义高尚，难索解人。武进陆镜若实主之，顾浅人不愿一过，致衰败。有以此劝镜若稍稍谐俗者，镜若曰："吾愿他日知有失败之春柳，不愿以变节之春柳，供人评骘也。"春柳销声，镜若亦憔悴终矣。自是中国新剧，万劫不复，永成恶札。

"万劫不复，永成恶札"云云自然武断，但文章论白话剧之"陈义高尚"，自是允当。

范烟桥《茶烟歇》之外的白话小品同样写文坛掌故和苏门习俗，而比前者的质实要舒展得多，其缘由在于前者多是书斋生活的记录，而后者则是一种真实的生活情趣，对读者来说，一隔一不隔，故虽然读来同样趣味盎然，而存在隔膜与亲切之别。正因为这样，所以同样是写掌故，如“茶”与“留连”之来历；同样是写文人雅趣，如金鹤望寻访红豆、易君左踏雪寻梅；同样是写地方风物，如砀山梨与唐山梨；同样是写文字游戏，如以《水浒》英雄名号比拟当时旧诗人、“不拜之交”指“不寄拜年片”，白话小品都比文言笔记要易于接近得多。至于作者在《东亚病夫死于穷》一文中对曾朴晚景凄凉的勾勒、对苏曼殊“骨子里未除哀怨，而表面上固已啼痕尽掩”的人生境界的由衷赞叹、对徐寄尘“红妆季布”豪爽而“自无儿女子气”气概的推重等，确乎可以见出他跳出文史的圈套而与时代、社会发生较多关联的新倾向了。

第十

叶圣陶文学习作小品

叶圣陶（1894—1988，江苏苏州人），现代著名作家、出版家、教育家。原名绍钧，字秉臣，后改字为“圣陶”并以此行世。出身于清贫之家，1899 年入私塾读书，1907 年入草桥中学，与顾颉刚、范烟桥等人同窗。1911 年毕业后任小学教师，后遭排挤出校，此时开始写作文言小说。1915 年秋，经郭绍虞介绍，入上海商务印书馆尚公学校任教，并为商务印书馆编写小学国文课本。次年，应聘进入吴县甪直镇“吴县县立第五高等小学”任教。1918 年发表个人第一篇白话小说《春宴琐谭》，次年加入北京大学新潮社，陆续发表多篇小说、诗歌、评论等白话作品。1921 年参与发起“文学研究会”，提倡“为人生”的现实主义文学。1921 年起，先后在中国公学、浙江一师等校任教，1923 年进入商务印书馆任编辑，曾于 1927 年至 1929 年间代理《小说月报》主编，发掘了丁玲、戴望舒等文学新人。1930 年任开明书店编辑，主办《中学生》（初名《一般》）杂志，出版《未厌居习作》等，在语文和文学教育方面多有建树。

叶圣陶朴素忠厚，坦诚直率，是谦谦君子，而且从其日常生活情形来看，又是亲近世俗、融入人情的典型的中国人，所以他是一个保有进取精神的现代儒者。在新文学早期以写实为主的问题小说创作潮中，青年人特有的与世界的对立情绪尚能推动他在小说创作方面紧跟时代脚步，作有包括《隔膜》在内的揭破非人化现实的作品，而抒情散文只是偶一为之。而在 20 世纪 20 年代中期，因为“五卅运动”的影响，叶圣陶的散文创作风格发生了明显变化，“更多的是针砭时政，评论人生和议论多种社会问题的作品了”[1]，进入杂文创作阶段。不过，随着社会形势的稳定，到 20 世

1　金梅：《对旧生活的批判和对新生活的歌颂——关于叶圣陶的散文创作》，《辽宁师范大学学报（哲学社会科学版）》1980 年第 5 期。

纪 30 年代前后，当生活和工作日渐稳定，叶圣陶虽然仍与世俗之间存在对立乃至对抗，但与世界之间的结构性张力缓解了，故虚构一个圆满的艺术世界以观照现实世界的小说创作的冲动和热情消退了，于是便转入较之问题小说更为写实的散文创作领域。

法国文艺理论家布封有云："风格即人格"。叶圣陶的文风就是他的人格的具体体现，其为人思想朴素而开通、处事冷静忍让但并非没有主见和好恶、追求低调但执着，这些早在青年时代就已经多有表现。顾颉刚对这位少年时代朋友的"不苟且"深有体会并对其"一切创作都能使精神饱满"的作风盛赞不已，认为他的小说创作都是其人格的自然产物："圣陶做的小说，决不是敷衍文字，必定自己有了事实的感情，著作的兴味，方始动笔；既动笔则便直写，也不甚改窜。换句话说，他的小说完全出于情之所不容已，丝毫假借不得的。"[1] 不过，顾颉刚的这番话固然是对叶圣陶早期小说创作的礼赞，但他对其为人为文风格的描摹，却反映出叶圣陶的性情与散文这一文学体裁更为接近。

总体而言，叶圣陶的散文大都是其个人性情的自然发散，带有五四时代成长起来的知识分子独特的精神气质，既有现代知识分子的宏放眼界和批判精神，同时又兼有传统读书人的关怀深远和情思遥寄，故虽文风简朴，而以其情动于中的诗的品格影响后世。有论者说得好："当代的读者和研究者，都推崇那时的散文，几成为一种时尚。我想，不是那时的散文比现时的散文好看，而是现时的散文不如那时的散文耐看。好看是一过性的，耐看是具有长久生命力的体现。"[2] 叶圣陶的散文正属于耐看的一脉，散发着历久弥新的光泽。

《未厌居习作》汇聚了叶圣陶不同时期的代表作，从中既可以看出叶氏散文创作的发展历程，也可以见出其散文的总体审美风范，所以一般认为该书是体现叶圣陶散文创作艺术特色的典范。在对《未厌居习作》的审

1　顾颉刚：《隔膜序》，载叶绍钧《隔膜》，商务印书馆 1923 年版，第 14、13 页。
2　李国文：《婉容的早餐——读俞平伯散文有感》，《中华散文》2004 年第 5 期。

美风格具体分析之前，有必要阐明它在中国现代文学、文化史上的重要意义。概而言之，新文学在褪去早期的青涩之后，在20世纪30年代渐趋成熟，小说、诗歌、戏剧陆续出现代表作家和作品，散文领域也真正形成了多元格局：鲁迅的杂文、周作人的读书记、郁达夫的游记、林语堂和“论语派”的小品文、何其芳等青年作者的抒情散文、“开明派”的文人散文，不一而足。从散文创作谱系看，叶圣陶属于积极提倡和勉力实行文学教育的“开明派”。叶氏与春晖中学的“白马湖作家群”关系密切，也曾加入立达学会，而在开明书店成立以后，他们中的很多人都曾先后入职书店，所以就在20世纪30年代的文坛上形成了一个最为接近五四时代同人社团的文化团体或曰群落。这一群知识分子大都出身于知识分子家庭，富儒雅敦厚的文人气质，且都曾接受过中等及以上程度的教育，受新文化影响颇深而思想趋新，故不乏高远的文化理想，而在另外一面，他们因为大都较早开始独立谋生，对中国社会的具体情形比较了解，所以又能够做到不脱离中国的实际状况，这就使得他们的主张既有张扬理想的一面，也有脚踏实地的另外一面，而理想在相当程度上则是隐含在具体实践之中的。职是之故，他们的文学观也较为偏于实际、切于实用，这一特点，既可以看成五四时代启蒙思潮的延续，也反映了新文学发展到一定阶段之后社会普及的内在要求。《未厌居习作》应和新文学的这一内在要求，从具有可操作性的写作技巧的角度拉近新文学与读者的距离，使得新文学在五四时期对立于旧文化的先锋性转变为适应新文化并在与其互动之中达到一种动态平衡，因而成为审美现代性的一种表现方式，这是它的文化和文学史意义。

朱自清曾结合自身在中学教授国文的体会，从读与写关系的角度谈论国文教育的症结。在讨论读书作文法的各类新旧书刊中，他认为“那些旧的是饾饤琐屑，束缚性灵，这些新的又未免太无边际，大而化之了——这当然也难收实效的”，重要原因之一，在于如下所说的一端：

自己也在中学里教过五年国文，觉得有三种大困难……第

> 二，读的方面，往往只注重思想的获得而忽略语汇的扩展，字句的修饰，篇章的组织，声调的变化等……只注重思想而忽略训练，所获得的思想必是浮光掠影。因为思想也就存在语汇，字句，篇章，声调里；中学生读书而只取其思想，那便是将书里的话用他们自己原有的语汇等等重记下来，一定是相去很远的变形。这种变形必失去原来思想的精彩而只存其轮廓，没有甚么用处。[1]

思想与辞章的割裂，是朱自清从五四时代一路走来所看到的文学发展的偏枯情形，而他与叶圣陶等人的思路较为一致，那就是采取“切实易行”的方法加以补救。

以《未厌居习作》为代表的叶圣陶散文的价值，就是寓审美与实用为一体，既有人文性，又有实际针对性，从语汇、字句、篇章、声调等具体技巧角度入手，不仅切实可行，富有成效地解决了读写难题，而且示以门径，提升了整个社会的文学鉴赏水准。叶圣陶是较早注意到文学教育的新文学作家之一，又有从事实际教育教学的经验，所以曾就语文教育、文学写作和鉴赏等问题先后发表多篇文章。新潮社活跃时期，他陆续发表《对于小学作文教授之意见》（与王伯祥合作）、《今日中国的小学教育》、《小学国文教授的诸问题》、《教师问题》等文章，对改进小学国文教育提出了诸多建议，并编著《作文论》一书（后收入“万有文库”第一辑）；在20世纪30年代，他主编《中学生》杂志，曾与夏丏尊共同发表多篇谈论中学国文教学的文章，语言平易、辨析细腻、叙述隽永，当时即获中学生和中学国文教师的一致好评，后汇编为《文心》一书，此书成为一部经典的语文和文学指导用书。叶圣陶曾如是谈论自己写作散文的缘由：

> 我常常想，有志绘画的人无论爱好甚么派头，或者预备开创

---

1 朱自清：《文心序》，载《朱自清全集》第1卷，江苏教育出版社1988年版，第284页。

> 甚么派头，他总得从木炭习作入手。有志文艺的人也一样，自由自在写他的经验和意想就是他的木炭习作。无奈我们从前的国文教师不很留心这一层，所出题目往往教我们向自己的经验和意想以外去寻话说，这使我们在技术修炼上吃了不小的亏。吃了亏只有想法补救，有甚么经验就写，有甚么意想就写，一方面可以给人家看看，一方面就好比学画的描画一个石膏人头。即使没有大的野心，不预备写甚么传世的大作，这样修炼也是有益的。能把自己的经验和意想畅畅快快地写出来，在日常生活上就有不少的便利。我是存着这种想头写这些散文的，所以给这一本集子取了个“习作”的名字。[1]

这番话朴实恳切，但更是切中文学和文学教育时弊的剀切之语，所以郁达夫以为的“一般的高中学生，要取作散文的模范，当以叶绍钧氏的作品最为适当”[2] 没有贬低的意思，而是在更为坚实的层面上的充分肯定。可以这样说，《未厌居习作》不仅是 20 世纪 30 年代文坛最重要的收获之一，也是中国现代文学史上最有特色的小品散文集之一。

《未厌居习作》的首要特色在于修辞，即讲求文章立意、注意组织结构和安排篇章、注重修饰词语和妥善安置声韵等语言本身的技巧。叶圣陶认为好的作品“在乎文章的精魂似的意境，在乎由诸般材料酝酿成功的气氛，在乎一丝不苟、精密又忠实的技工”（《毫不》）[3]，所以特重修辞。修辞是一种原始而古老的文艺表现手段，后世虽然多有发展和丰富，但直接诉诸人的感官的特质始终不变，因此就以追求结构的比例协调、声调的和谐动听等形式方面的特点而成为文学创作中经久不衰的取用技巧。叶圣陶有意识地采取最为普通但却能够准确表情达意的修辞手段，其实就是回

1 叶绍钧：《自序》，载《未厌居习作》，开明书店 1947 年版，第 1—2 页。
2 郁达夫：《〈中国新文学大系·散文二集〉导言》，载《中国新文学大系·散文二集》，上海文艺出版社 2003 年影印版，第 18 页。
3 参见朱文华：《论叶圣陶建国前的散文创作》，《江苏社会科学》1992 年第 4 期。

归到语言和人本身，这样不仅没有减损表现力，而且因为与存在直接相连而更具文学的美感。

《牵牛花》就是这样一篇名文。该文极为短小，从花土写到花架，然后写到藤蔓和叶子并由此想到开花的情形，再悬想赏花的心境，一气呵成。整篇文章字句妥帖、结构清晰、文气顺畅，文意也水到渠成，都是一眼可见的优点，然而，如果只看到这些，无疑忽略了作者的匠心。其实，作者采取了最朴素的一种写法，那就是虚实相间：写花土，是“曾与铁路轨道旁边种地的那个北方人商量”之虚与“城隍庙的花店买了一包过磷酸骨粉”之实交错的情形；写花架，是“把瓦盆摆在三尺光景高的木架子上”的往年方法与“瓦盆排列在墙脚，从墙头垂下十条麻线，每两条距离七八寸，让牵牛的藤蔓缠绕上去”的今年计划对比，时空、虚实在这段文字当中其实很少缠绕，写藤蔓和叶子同样如此；写赏花，既有“早上才起，工毕回来”的实写，也有“认着墙上的斑驳痕”的拟想。正因为作者采取了以虚写实的笔法和以虚衬实的修辞，一直在虚与实之间穿梭往返，所以文章结尾升华到对“生之力”的平静赞美，就是自然不过的一次由实转虚而已，不突兀，所以也不显得刻意。更有意味的是，作者轻轻一句“渐渐地，浑忘意想，复何言说，只呆对着这一墙绿叶”，更是把读者引入物我两忘的情境之中了。有论者评论得好：“作者的文章写到这里，气韵升华了，已经于平实的叙述之中，由物升到灵；读者读到这里，灵魂会净化，暂时忘却世俗的烦嚣，去体味自然赐与的清新与流畅、生机与活力，从而激发起一种感情，生发出一种力量。”[1]

叶圣陶的散文，日常情境背后往往是超越此岸存在的人文情思。《看月》记不同的赏月情景，《天井里的种植》叙天井植树情形，《速写》写急雨，《昆曲》说昆曲，都突出表现了人在有限的此岸世俗世界里，不断寻求精神突破的灵魂深处的渴望。叶圣陶的平淡，恰恰反映了自由是人的本

---

1 张大明：《〈牵牛花〉的神韵》，《语文建设》1995年第8期。

质属性，无须夸饰，只要如实道来即可。

另外也要看到，因为以“诚”为出发点和旨归，所以叶圣陶的创作“能不当‘法度’的奴隶、不搭架子，该怎么说，就怎么写；该说则说，该止则止；心里是如何想，笔下就如何写；随物赋形，行止有节，而使文章不断变换法度，多姿多彩”。[1] 因此，《未厌居习作》的第二个特色，是“修辞立其诚”的文风。叶圣陶在《两法师》一文提到这样一个细节：

> 记得有一次给我看弘一法师的来信，中间有“叶居士”云云，我看了很觉惭愧，虽然“居士”不是什么特别的尊称。

叶圣陶之所以惭愧，在于他总谦卑地认为自己是俗世之人，而有幸获得世外有德之人的好评，总觉诚惶诚恐。

这种心理，就是虚心，而虚心源于面对生命和世界的态度。《与佩弦》是较早的散文，叶圣陶文中所剖解的朱自清，其间剀切之处，在在可见友人之间的诤言，当然亦不啻夫子自道。对朱自清《“海阔天空”与“古今中外”》一文，叶圣陶认为可以见出其“认真处世”的生活姿态：

> 玩世是以物待物，高兴玩这件就玩这件，不高兴则丢在一边，态度是冷酷的。而你的情形岂是这样呢！你并非玩世，是认真处世。认真处世是以有情待物，彼此接触，就交付以全生命，态度是热烈的。要讲到“生活的艺术”，我想只有认真处世的才配；“玩世不恭”，光棍而已，艺术家云乎哉！

以热烈的姿态努力将生命融入世界，意味着追求缩小个体与世界之间可能永远难以抹平的罅隙，是一种极为真实的生命态度，叶圣陶和朱自清二人

1　范培松：《叶圣陶散文艺术论》，《苏州大学学报（哲学社会科学版）》1985 年第 4 期。

之间可谓互为镜鉴。面对世界，唯有虚心，方有生命的真诚；同样，唯有真诚面对生命，才有面对世界的虚心。真实的生命态度和真诚的人格互为因果，叶圣陶为人如是，文风亦如是。

他的散文书写的多是日常生活中的寻常经验。《做了父亲》一文探讨父母与儿童教育的问题，认为现实中往往存在两种倾向，一是“尽许多不需要的心，结果是‘非徒无益，而又害之’”，一是“本应在儿女的生活中充实些什么的，却并没有把该充实的充实进去”。过还是不及？叶圣陶以为，大多父母都像他一样，“非意识地走着的是后面的一条”，但其实无论哪一种都是杞人忧天，而应该重视环境：“所谓环境，包括他们所有遭值的事故人物，一饮一啄，一猫一狗，父母教师，街市田野，都在里头。”这是普通人都有的困惑和体会。

当然，这些寻常经验里渗透着对人性、人情的通透了解和理解。《儿子的订婚》述叶圣陶、夏丏尊两家结亲的经过，絮絮叨叨的平实，而对小儿女的心态，则如是描述：“少年对于这个问题的羞惭心理，我们很能够了解，要他们像父母一般，若无其事地说一声‘好的’或者‘呒啥’，那是万万不肯的。我们只须看他们的脸色，那种似乎不爱听而实际很关心的神气，那种故意抑制欢悦而把眼光低垂下来的姿态，便是无声的‘好的’或者‘呒啥’呀。”平淡之中不乏喜悦，质实里面带有诙谐，都是人性、人情之常。

这就说到《未厌居习作》的第三个特色，即常识性。这一特点，出诸叶圣陶的本性，但也可能与传统学术思潮有关。例如，他自己是个知识分子，却以平常心看待读书，尝在《过去随谈》中说：“读书只是至平常的事而已，犹如吃饭睡觉，何必作为一种口号，惟恐不遑地到处宣传。况且所以要读书，自全凭观念的玄学以至真凭实据的动植矿，就广义说，无非要改进人间的生活。单只是‘读’决非终极的目的。”与此类似的意思，都表明他可能受到明清以来的实学思想的影响。

当然，叶圣陶肯定常识，更与新文化运动相关。他的意见大都是现代的切身常识，不过因为说得特别从容，所以婉转动听。《假如我有一个弟弟》涉及青年出路问题，但并不是以过来人的身份和训诫的口吻立论，而是采取假设的方式，以和亲人推心置腹交谈的形式，谈他对青年问题的看法。作者首先以浅显的表述说明青年之重要，然后摆出三条人所共知的可能，即“升学”“任事”和“无力升学又没法任事”，之后切入正题，以兄弟谈话的和蔼态度一一分析：对于升学，叶圣陶反对镀金，而认为“爱好学问”为的是“在人类的生活和文化上涂上这么几笔，把它们修润得更充实更完美”；对于任事，他强调“任事也就是做学问；做学问的目的无非要成就些事物”，所以反对做“讲授死书的教师”和作为“社会这大机械的齿轮”而存在的“电报局邮政局的职员”之类，而应去做“成就些什么生产些什么的事情”；而对于第三种情况，“愤愤”是应该的，但宜对其后的社会病态问题“精细地剖析，扼要地解释”，才有可能“给它开个对症的药方，为大群也为你自己”。整篇文章，娓娓而谈的亲切话语中浸润着同理心支配下的共情，充满了作者对“不比所有的人卑微也不比所有的人高贵”的普通人的发自肺腑的关切。需要强调的是，普及常识其实正是新文化运动启蒙思潮的核心内容。叶圣陶的特别之处，或如前述，在于他将先锋思想改造为合人性、近人情的日常叙述，所以风格也就从五四时期的当头棒喝式转为润物细无声式了。这两种风格，由时代造就，无须（同时也不能）分高下，但叶圣陶的性情无疑较为亲近后者，所以他的散文遍布常情常理，更应该视为对常识的一种主动追求。

由此可见叶圣陶散文的第四个特色，即作者视读者为朋友的平等姿态。这既是叶圣陶本人的性格气质使然，也是新文学在20世纪30年代面对读者的普遍策略，更是将文学视为社会的一种建构性力量的现代姿态。

新文学在诞生之初是以文化先锋的面貌出现的，峻切的启蒙语调中虽然不乏悲悯情怀，但与一般社会的关切相去较远，所以受其影响的大都是青年学生。此时，移植而来的审美现代性因社会现代性尚不发达，而将目标对准总称为“旧”的传统社会及其审美形态。在南京国民政府成立之后，各种现代建制陆续推行，审美现代性与社会现代性之间开始出现罅隙，并表现为一定程度的对立，但由于中国的社会现代性始终处于发展之中，两者之间的对立并不激烈，只在有限的先锋文学流派（如新感觉派的小说和现代诗派）之中有所表现。更重要的事实在于，此时社会渐趋稳定平和，市民社会的文化消费需求开始膨胀，新文学自然也须积极面对，故俯视的启蒙视角逐渐切换成平视的对话姿态。

叶圣陶人到中年，却不喜“写点文字，总得含有教训意味”或“搭起架子来说话”（《中年人》），即使对“过节”（苏州地方特有的关于祭祖的专称），对孩子也特别宽容，“有时说不高兴拜，也就让他们去”。而在《薪工》中，他忆及自己第一次领到薪水时的惶惑，乃至习以为常之后也常常反思：“一切的享受都货真价实，是大众给我的，而我给大众的也能货真价实，不同于肥皂泡儿吗?”对自己是正视，对亲人是平视，对大众则是对视，不管是哪一种方式，叶圣陶都有一种出诸本色的平等态度。

可以这样说，本诸真心，以平等姿态、寻常心理谈常识，是叶圣陶作为一个带有儒家方正气质的现代读书人的入世方式，而他用以淑世的，是从修辞角度切入文章修养，使得新文学切实融入社会之中。需要注意的是，修辞和常识都既是内容，也是形式。修辞和常识，前者偏于形式，后者偏于内容，但常识与常理相通，可以成为文章的结构和条理，所以也是形式；而修辞与表情达意的尺度相关，影响思想情感的收与放，所以也是内容。归结起来说，内容和形式密不可分，遂成为叶圣陶散文的突出特征。

“质胜文则野，文胜质则史。文质彬彬，可为君子。”叶圣陶的人格和文风浑然一体，而《三种船》既有野趣，又有精湛的修辞，二者相得益彰，可以认为是这一时期的代表作。

《三种船》记叙苏州的三种船，快船、“当当船”和航船。快船颇整洁，船菜又不错，所以供不应求，成为“姑奶奶回娘家哩，老太太望小姐哩”的首选；“当当船”之得名，在于船上挂有招徕顾客的小铜锣，特色在于村俗，旅途一点儿也不寂寞；航船的特点在于慢，而且慢得没有规矩，所以只剩下无聊了。文章另外涉及许多地方风情习俗，如回娘家、吃船菜、船夫的摇船技术和他们之间的相骂情形等，妙趣横生，有诸多让人忍俊不禁的地方。这里的妙趣，在于作者在《随便谈谈我的写小说》中那种“某一事象我觉得他不对，就提起笔来讽他一下”的态度，而这种“讽他一下”的笔法遍布全篇，使得摹写地方风习的轻快之中带上一丝爽利的劲儿了。例如，作者写船夫相骂，顺势就带上一笔，“编辑人生地理教科书的学者只怕没有想到吧，苏州城里的河道养成了船家相骂的本领”；写航船中的乘客，“有些人并没有买什么，可是带了一张源源不绝的嘴，还没有坐定就乱攀谈，挑选相当的对手”，惟妙惟肖。即如“当当船”，也写出了生命的某种野性：

> 他们又欢喜同旁的船竞赛，看见前面有一条什么船，船家摇船似乎很努力，他们中间一个人发出号令说“追过它”，其余几个人立即同意，推呀挽呀分外用力，身子一会儿直冲出去，一会儿倒仰回来，好像忽然发了狂。不多时果然把前面的船追过了，他们才哈哈大笑，庆贺自己的胜利，同时回复到原先的速率。

仿佛孩童一般的游戏状态，正是生命力的自然发扬。当然，叶圣陶总体而言是温柔敦厚的，所以文风一直质朴、平实、含蓄，当他以抒情散文为体，以传统文章技法为用，而掺之以少许杂文笔法，就在一定程度上突破了基于性情的厚重，而带有轻盈活泼的意味了。

第十一

丰子恺生活小品

同是“开明文人群落”成员，丰子恺散文作品一如叶绍钧的朴素，但与后者的质实不同，前者清新、晓畅且富有诗情画意，亦不乏哲理，表现出援佛入儒的现代文人风采。丰子恺（1898—1975，生于浙江石门），原名丰润，号子觊，后改名子恺。六岁从清朝末代举人的父亲读书，父亲病逝后，转入私塾（后改为公立小学）就读。1914 年考入浙江省立第一师范学校，师从夏丏尊学习国文，同时跟从李叔同学习绘画，开始对文学和艺术产生兴趣。1919 年夏毕业，与人共同创立上海艺术专科师范学校，并任美术教师；同年冬，参与发起成立“中华美育会”。1921 年初，赴日本留学，广泛接触各类艺术形式；同年冬归来，赴浙江上虞春晖中学任教。1925 年，参与创立上海立达中学（后改名为“立达学园”）。稍后，陆续出版译著《苦闷的象征》、漫画集《子恺漫画》等作品。1926 年进入开明书店任职，成为书店刊行的《一般》月刊的主要撰稿人之一。1927 年秋，皈依佛教，法名“婴行”，与弘一大师合编《护生画集》并陆续出版。1931 年出版个人第一部散文集《缘缘堂随笔》。全面抗战爆发后在大后方多所学校任教，1949 年后定居上海，主要致力于翻译工作。

单就性情而论，丰子恺属方正质朴的儒者，故有“艺术以仁为本”等主张[1]，这是底色，但他的特别之处在于从不脱离实际侈谈，而是能够将文学观念和生活态度融为一体，显得极为醇厚。因为艺术生活化了，所以许多时候生活也就艺术化了，遂使得一般人所体验的平庸日常散发出诗的况味，而又与俗世拉开了距离。更为特别的是，丰子恺青年时代对音乐、

1　丰子恺：《桂林艺术讲话之一》，载《丰子恺全集・文学卷二》，海豚出版社 2016 年版，第 147 页。

图画颇有涉猎，后来又礼佛，艺术和宗教在相当程度上滋润了性情，故本色又穿上了飘逸的外衣，以至于吉川幸次郎称丰子恺为“现代中国最像艺术家的艺术家”[1]。

丰子恺的代表作一般认为是《缘缘堂随笔》，就实际情形看，大都指的是以之为题名而其实汇聚了作者不同时期代表作的各种汇编本，其中尤以人民文学出版社1957年版和浙江人民出版社的各种版本影响最为深远，但需要注意的是，丰子恺小品前后期格调虽然相差无多，但仍然存在一定差别，须细细辨析。《缘缘堂随笔》初版本收随笔二十篇，大都是作者从日常生活的涓涓细流中用心撷取的人生感悟，且不乏时代气息并多有现代哲思，记叙、议论、抒情无间融合，有文人从容不迫的风致，清新脱尘，可称现代文人小品中的上乘之作。

正如《二重生活》一文所论，现代中国处于传统与现代的夹层之中，故现实情形多有悖谬、荒诞之处，以至于“形成了一个奇妙的漫画世界”[2]，丰子恺深稔古今中西之变，所以他的人生感悟多有受五四以来新思想的启迪而生发的对社会中习以为常的人情物理的省思，如《东京某晚的事》《楼板》对其时人与人之间的隔膜状况的体察，但他从不由一个抽象的教条出发而对现实作简单的评判，而总是能够贴近日常生活，从柴米油盐之中抽绎出人情，并厘清其背后的斑驳人性的光谱，绝无过当之语，所以朴素固然朴素，却也道出了人人心中俱有而难以言明的感受，读来如沐春风。

《剪网》中，大娘舅“白相真开心，但是一想起铜钱就不开心”的感叹，引发了作者关于“钱”等一切人类自我设定的“关系”的思考，体会到“倘要认识事物本身的存在的真意义，就非撤去其对于世间的一切关系不可”。这种体验，人人皆有，所以只是平常的感喟。《渐》中，作者有感

1　[日]谷崎润一郎：《读缘缘堂随笔》，载《丰子恺全集·文学卷二》，夏丏尊译，海豚出版社2016年版，第186页。
2　丰子恺：《二重生活》，载《丰子恺全集·文学卷二》，海豚出版社2016年版，第115页。

于时间的悄然流逝，悟出“渐”乃“造物主骗人的一大诡计”，遂产生对“收缩无限的时间并空间于方寸的心中”的“大人格”“大人生”的歆羡，这已经带有哲思的意蕴了，但道理仍然不高深，丰子恺不过轻轻拈来，说尽其间的委婉曲折，较之普通的感喟更细腻深入，自然可以引起共鸣了。

丰子恺对“大人格”“不为‘渐’所迷，不为造物所欺”的品格的向往，在现实中落实在儿童身上，《儿女》《从孩子得到的启示》《华瞻的日记》《阿难》诸篇都是对天然纯粹的儿童心性的赞叹。《儿女》一文述及家中四个孩子吃西瓜的情形：

> 最初是三岁的孩子的音乐的表现，他满足之余，笑嘻嘻摇摆着身子，口中一面嚼西瓜，一面发出一种像花猫偷食时候的“ngam ngam”的声音来。这音乐的表现立刻唤起了五岁的瞻瞻的共鸣，他接着发表他的诗：“瞻瞻吃西瓜，宝姊姊吃西瓜，软软吃西瓜，阿韦吃西瓜。”这诗的表现又立刻引起了七岁与九岁的孩子的散文的、数学的兴味：他们立刻把瞻瞻的诗句的意义归纳起来，报告其结果：“四个人吃四块西瓜。”

作者的观感是：“我觉得三岁的阿韦的音乐的表现最为深刻而完全，最能全般表出他的欢喜的感情。五岁的瞻瞻把这欢喜的感情翻译为（他的）诗，已打了一个折扣；然尚带着节奏与旋律的分子，犹有活跃的生命流露着。至于软软与阿宝的散文的、数学的、概念的表现，比较起来更肤浅一层。”从全身心投入的至情，到抽身在外的描绘，再到运用人类自造的符号加以概括，年岁渐长，则去本真的生命体验愈远。

《晨梦》强调“我们都有‘真我’的，不要忘记了这个‘真我’，而沉酣于虚幻的梦中”，而《阿难》则论及“真的我”之所以遭到遮蔽的缘由：“人类所造作的世间的种种现象，迷塞了我的心眼，隐蔽了我的本性，使我对于扰攘奔逐的地球上的生活，渐渐习惯，视为人生的当然而恬不为怪。实则堕地时的我的本性，已经所丧无余了。”正因为这样，孩子出诸本心本性的言行往往充当了擦拭心灵的拂尘，创造出启迪人们寻找“真我”的契机。《从孩子得到的启示》提到与四岁的孩子说话，问他最喜欢什么事，答案居然是“逃难”，错愕之后不禁哑然，原来孩子们眼中的现实种种，不过“都是大自然的点缀，装饰”：“他能撤去世间事物的因果关系的网，看见事物的本身的真相。”

丰子恺的艺术经验也有助于他发现生活中有悖于天性的细节。《自然》一文说明“自然的才是美的”这一朴素道理，特举照相作为反例，求诸现实，则有所谓绅士：

> 试入所谓上流的交际社会中，看那班所谓“绅士”，所谓“人物”的样子，点头，拱手，揖让，进退等种种不自然的举动，以及脸的外皮上硬装出来的笑容，敷衍应酬的不由衷的言语，实在滑稽得可笑，我每觉得这种是演剧，不是人的生活。作这样的生活，宁愿作乞丐。

非自然的就是非人的，但这并不意味着排斥艺术的调和功能。《忆儿时》回忆儿时养蚕、吃蟹、钓鱼这三件不能忘却的事。养蚕，非为图利，桑叶涨价年头往往蚀本，但祖母“欢喜这暮春的点缀”，所以每年都大张旗鼓地进行；吃蟹，在父亲是赏心乐事，所以几乎下半年的每一天晚酌都是一只蟹和开锅热豆腐干作为搭配下酒；钓鱼，本是童年游戏，却在中国文艺中成为“游钓之地”的故乡的借代，更可引出绵长的幽思。

总体而言，《缘缘堂随笔》大都是丰子恺对日常生活琐碎细节的细腻品味和沉思，而之所以产生这些思考，无外乎新思想的启迪和艺术、宗教的启示。就新思想、艺术、宗教三者在丰子恺创作中的地位来说，根柢是宗教，艺术是表现，新思想不过是外衣而已。他曾经如是述说自己写作的缘起：“我过去所写文学作品，只是随笔，即《缘缘堂随笔》所载各篇。

此种随笔写作的原因，是因为我信了佛教，对人生发生种种感想，便信笔写出。那时郑振铎等办《文学周报》《小说月报》，就把我所写的拿去登载。”[1] 而从根本上讲，丰子恺的宗教情怀本也是他对于生活的一种宽容和通达的态度，艺术和文学只是在情怀、态度的土壤中自然孕育的两枝花。唯其如此，在他日后愈来愈将文学、艺术与生活糅合之后，才表现出文字愈是自然平淡而意蕴愈是妙义纷呈的特色。

从笔墨角度看，丰子恺以叙述为主，但因为作者均是以有情观无情，叙述一般出诸主观，所以时常带有议论、抒情的意味。《秋》所谓“自从我的年龄告了立秋以后，两年来的心境完全转了一个方向。也变成秋天的了”，类似笔法可谓所在皆是，不过，与他成熟时期“平淡而近自然”的语言相比，像《忆儿时》中陈妈妈的妙语“老爷吃下来的蟹壳，真是蟹壳”之类尚不多见。

《中学生小品》所收八篇散文都是回忆读书时代生活的经历和体会。“中学生”者，《中学生》杂志也，因为读者群限定为青年学生，刊发文章自以明白晓畅为主，所以丰子恺这一集较多叙述，议论、抒情的成分减少许多，不啻强化了他此前的风格，而就其创作流变而言，似乎也可以认为是《缘缘堂随笔》之后的一次有意无意的收缩，以为下一次的拓展做盘点的清算工作。值得注意的是，丰子恺的笔墨开始逐渐放松，心态也更为松弛，往往有许多意外的精彩。

《寄宿舍生活的回忆》描述在杭州浙江省立第一师范学校读书时期的生活，述及吃饭情形：“有的人一顿要吃十来碗饭。吃到本桌上的菜蔬碗底只只向天的时候，他们便转移到有剩菜的邻桌上去吃。吃其余不足，又顾而之他，好像逐水草而转移的游牧之民。”这样轻快诙谐的笔调在《缘缘堂随笔》中几乎不曾出现，而《中学生小品》当中却不乏这等笔墨。《佛法因缘》也是一篇妙文。该文先述与夏丏尊共从上海赴杭州招贤寺访

1　丰子恺：《我写文章的一些经验》，载《丰子恺全集·文学卷四》，海豚出版社 2016 年版，第 207 页。

弘一大师，因后者闭门念佛，下午五时方才见客，只得返回："在汽车中谈起午餐，我们准拟吃一天素。但到了那边，终于进王饭儿店去吃了包头鱼。"及至会面结束，又是同样的情形："走了一段路，我觉得浑身异常不安，如有所失，却想不出原因来。忽然看见S先生从袋中摸出香烟来，我恍然悟到这不安是刚才继续两小时模样没有吸烟的缘故，就向他要了一支。"待到后来弘一大师路过上海，丰子恺陪同活动，临了分手："这一天我看了城南草堂，感到人生的无常的悲哀，与缘法的不可异议；在舍利室，又领略了一点佛教的憧憬。两日来都非常兴奋，严肃，又不得酒喝，一回到家，立刻叫人去打酒。"如此转折，堪称神来之笔，可谓得小品之精髓。

林语堂曾引明谭元春《诗归序》论小品文曰："法不前定，以笔所至为法。趣不强括，以诣所安为趣。词不准古，以情所迫为词。"[1] 如果说《缘缘堂随笔》尚有为赋新词的些微痕迹，那么《中学生小品》中的上乘之作就已经脱离了刻意经营，信笔所之，往往妙趣横生，名士风度不言而明，开始转入"看山不是山，看水不是水"的创作阶段。《随笔二十篇》和《车厢社会》两本集子中的佳作，许多都是这样的品格。

在这两个集子中，丰子恺拉开距离打量社会人生的姿态已然显露，正因为如此，他开始变得与世俗疏远起来。需要留心的是，丰子恺对世情的观摩姿态大抵是与现场保持着一种若即若离的距离，既在而又不在，这很值得玩味。《随笔二十篇》和《车厢社会》各自的第一篇小品《吃瓜子》《车厢社会》都在对社会众生相委婉的解嘲中隐含着疏离，而在疏离之中又隐含着理解，既处之泰然又不乏同情，奠定了这两部小品集的基本格调。

《吃瓜子》记叙国人最为擅长的技术——吃瓜子，虽也以个人经验穿

1　林语堂：《论文》，载《我的话·披荆集》，上海时代书局1948年版，第16页。

插，但主要铺叙了“中国少爷们的专长，而尤其是中国小姐、太太们的拿手戏”的“咬瓜子”。作者居于旁观地位，不断揣摩，终于发现“这是一种最有效的‘消闲’法”，于是在文末喟然而叹：“我本来见瓜子害怕，写到这里，觉得更加害怕了。”文章所谓“技术”，与鲁迅在《随感录》第四十七条所描述的专向耗费心力处用功的所谓“本领”“学问”[1] 相似，不无讽刺，但就主观态度而言，与鲁迅强烈的情感投入不同，该文表现的实是情感有限度投入的无语凝噎。

《车厢社会》一文更是冷眼观摩社会人生的妙品。作者仍然从个人感悟入手，谈自己从“初乘火车”的新奇到“老乘火车”的厌倦再到“惯乘火车”的欢喜等体验，然后展开社会的一角，叙述车厢中的人生百态。其中，颇有可惊、可笑、可悲之处：

> 可惊者，大家出同样的钱，购同样的票，明明是一律平等的乘客，为什么会演出这般不平等的状态？可笑者，那些强占座位的人，不惜装腔、撒谎，以图一己的苟安，而后来终得舍去他的好位置。可悲者，在这乘火车的期间中，苦了那些和平谦虚的乘客，他们始终只得坐在门口的行李上，或者抱了小孩，扶了老人站在WC的门口，还要被查票者骂脱几声。

作者惊叹于“凡人间社会里所有的现状，在车厢社会中都有其缩图”，所以“乘火车不必看书，但把车厢看作人间世的模型，足够消遣了”。（按：着重号为引者所加）

丰子恺的旁观者姿态和“消遣”心态，或如其《读书》一文所勾勒的那样散淡：“我每在一个寻常惯到的地方泡一碗茶，闲坐，闲行，闲看，闲想，便可勾留半日之久。”这样的文字颇为接近晚明小品，不过，他的

1　参见鲁迅：《热风·四十七》，载《鲁迅全集》第1卷，人民文学出版社1981年版，第335页。

闲情当然与传统士大夫不尽一致。简言之，他和晚明文人的差别，不在于文字情趣的文白之异，而在于情调背后的自我定位。丰子恺总将个体置于现代情境中加以体认，虽有绵邈的思古之幽情，但所注意的地方乃在于“剪网”，而不是追求与古人一致。《邻人》一文描绘他作过的一幅题为“邻人”的漫画：“两间相邻的都市式的住家楼屋，前楼外面是走廊和栏杆。栏杆交界之处，装着一把很大的铁条制的扇骨，仿佛一个大车轮，半个埋在两屋交界的墙里，半个露出在檐下。两屋的栏杆内各有一个男子，隔着那铁扇骨一坐一立，各不相干。”比邻而居却不通音问的都市生活，自然让人回想起“肯与邻翁相对饮，隔篱呼取尽余杯”的田园乡野乐趣，但扇骨仍不失“对称的形状，均齐的角度，秀美的曲线，是人类文化上最上乘的艺术的样式”。有此立场，足以使得作者区别于所有的传统文人了。

职是之故，丰子恺对人情世态的观察和摹写，就不似晚明小品具有隔岸观火的寥落感，而无疑具有相当的温情。于是，《穷小孩的跷跷板》之苦中作乐的市井儿童、《肉腿》之踩踏水车灌溉田地的劬劳农人、《送考》之人生转折关口或悲或喜的小学生，诸样人物纷至沓来；《市街形式》所谓上海、杭州两地一“直”一“横”的街市模样，《野外理发处》的萧散适意情境，《看灯》《鼓乐》所记之“新生活运动提灯大会”的嘈杂混乱情形，各种场面层出不穷，都成为作者阅世之结果，更成为他品味人生之凭借。

丰子恺看起来总是沉浸于各种人生世相之中，细细体察，似乎他与世相之间又存在不小的罅隙，是一种远观的态度。这与他的艺术经验密切相关。他在全面抗战时期作有《漫画创作二十年》一文，有序梳理了个人漫画创作的几个阶段，“第一是描写古诗的时代，第二是描写儿童相的时代，第三是描写社会相的时代，第四是描写自然相的时代”，而在“当面细看社会上的残忍相，悲惨相，丑恶相，而为他们写照”的第三阶段之后，有所反思，“艺术毕竟是美的，人生毕竟是崇高的，自然毕竟是伟大的”，所以“我的眼就从恶岁转向永劫，我的笔也从人生转向自然”。[1] 用创作比附，《缘缘堂随笔》之借佛理观照现实与漫画第一阶段接近，《车厢社会》等中期作品类乎第二、第三两阶段，都是一种有意识、有意味的旁观，而儿童相阶段其实就隐含着悟道的契机，在丰子恺通晓艺术之真谛后，写作也进入“从人生转向自然”的成熟期，开始真正进入“平淡而近自然”的自由自在境界。丰子恺在完成这一转变之后如是表明：

我自己觉得近来真像诗人了，但不是恶岁诗人，却是沉郁的诗人。诗人作诗喜沉郁。“沉郁者，意在笔先，神余言外。写怨夫思妇之怀，寓孽子孤臣之感。凡交情之冷淡，身世之飘零，皆可对一草一木发之。而发之又必若隐若现，欲露不露。反复缠绵，终不许一语道破。”（陈亦峰语）此言先得我心。[2]

《缘缘堂再笔》正是一部明心见性的通透之作。

《物语》在《缘缘堂再笔》中名列第一，不为无因。该篇起笔即不凡，是明净爽利的文字，也是恬然自喜的心境：“晴爽的五月的清晨，缘缘堂主人早起，以杨柳枝漱口，饮清水一大杯，燃上土耳其卷烟一支，走近堂楼窗际，凭栏闲眺庭中的景物，作如是想。”但院中的葡萄、南瓜、鸽子、黑猫并不如主人之“如是想”而有所言动，反而轮流出场，一一反驳，其中以葡萄之言最为直接晓畅：

人类往往作这种狂妄的态度：回家偶逢花儿未落就说它“留待主人归”；送别偶逢鸟儿闲啼，就以为“恨别鸟惊心”；出门偶逢天晴，自以为“天佑”，岂不可笑？

1　丰子恺：《漫画创作二十年》，载《丰子恺全集·文学卷二》，海豚出版社 2016 年版，第 264—265 页。
2　同上书，第 265—266 页。

所谓草木有本心，何求美人折，自然并不为人而存在：“缘缘堂主人倾耳而听，不漏一字；初而惊奇，继而惶恐，终于羞惭。想要辩解，一时找不出理由。土耳其卷烟熄，平旦之气消，愀然变容，悄然离窗，隐几而卧。”该文将略带文言风味的语段置于首尾，主体部分则以“如是想”之“主人”和“如彼说”之众物之间的戏剧性对话加以铺排（二者之间亦穿插与首尾风情相似的段落），简约、恣肆两幅笔墨对比鲜明，不无暗示人的傲慢在自然之前的渺小之意。有这一层了悟，就能以平常心、平等心对待万物，才见出丰子恺真正进入了澄明之境。

《纳凉闲话》是一篇奇文。夏夜难消暑气，作者坐窗挥扇，听得楼下廊中三人闲谈。三人从气温说到办公，又从办公时抽烟说到看杂志，再从邮寄杂志说到邮资，因邮票往往印有“暂作一分”字样引得一人突发奇想，要在一元钞票印上“暂作十元”，于是就说到犯罪和杀头，接着转入拉犯人赴刑场的黄包车夫，自然聊起了贫富生死，但由“人为财死，鸟为食亡”岔开，开始说鸟，从局长养的鸟转移到局长太太，又从局长太太的摩登说到摩登的中国化，因一人以鸦片为例，于是说到来沙尔，旋又因购买此药须医生证明，一人遂推荐自己做医生的哥哥，然后就说到这位哥哥因嫂嫂的狐臭而离婚，遂由狐臭想起杨贵妃，并由贵妃联系上贵妃醉酒和梅兰芳，直到最后发起话题的人突然醒悟，“我们今晚为什么讲到了梅兰芳”，于是大家复盘，这一番上天入地的谈话方告结束。该文之奇，在于话题或曰内容的日常、平常乃至庸常，而作者虽是旁坐静听，实与闲谈的三人心境相通，且乐在其中，所以能够化腐朽为神奇。

由此可见，同样是旁观，“隔”与“不隔”实是一道极为重要的分界线。其实，丰子恺此前的小品尽有不隔之作，但将生活作为艺术观照的用意都较为明显，即过于着意，只有到了这一时期，艺术与生活的融为一片才成为他的自觉追求，于是艺术就是生活，生活就是艺术，成就了他一种极其通脱潇洒的人生态度。因此可以看到，《午夜高楼》里“柝，柝，柝”的馄饨担和“的，的，的”的圆子担化作生命的音符，《生机》中的水仙花历经旱灾、水灾和冻灾而依然“生机不灭”，《梧桐树》中邻家院子里的梧桐树变作时序演变的符号，凡此种种，都成为丰子恺生命体验不可分割的部分了。

艺术与生活的不隔之作，可称为典范之作的是《山中避雨》。作者带着女儿在山中游玩，忽然遇雨，遂急入三家村茶店躲避，喘息既定，一边欣赏西湖“山色空蒙雨亦奇”之景，一边独自品味“一种寂寥而深沉的趣味”。为了安抚孩子，借来茶博士的胡琴，拉了各种西洋小曲，待一个女孩唱起《渔光曲》而店里的青年加入合唱，气氛热烈起来，“一时把这苦雨荒山闹得十分温暖”，所以到了分别之时，双方颇有依依不舍之感。这篇小品记述的是作者日常生活的一个片段，一场雨使得一群人不期而然地在荒村野店上演了一幕“乐以教和”的戏剧，场景生动，历历如在眼前；因为余兴未了，即使文字只是平常的记叙也难以掩抑感情的真挚，所以极为动人；笔墨随心绪演化而展开，抛弃了起承转合等文章笔法，所以形式极为自然，有唐人“行至水穷处，坐看云起时”的率性。可以这样说，景、情、境三者本就出色，又各各因为其余二者而增色，完全当得起至人至情至文之评。

同样具有神采而在形式上更加散漫的另外一篇，是《钱江看潮记》。该文记叙作者偕同友人、儿女赴钱塘江边的茶楼上观潮，却拉拉杂杂交待一路上的情形，待到潮起，却只见到“一条同桌上的香烟一样粗细的白线，从江口慢慢向这方面延长来”，楼前不过江水稍涨而已，于是人们纷纷散去，但只有小孩子不满足：

> 我同我亲友也想带了孩子们下楼，但一个小孩子不肯走，惊异地责问我：“还要看潮哩！”大家笑着告诉他：“潮水已经看过了！”他不信，几乎哭了。多方劝慰，方才收泪下楼。

孩子带着满心期待而来，没有惊涛骇浪，就等于没有看过，他们希冀的是一个戏剧性的场面，而如丰子恺者，本就没有期待，所以潮水如此，连扫兴都不曾有，何来失望？不过乘兴而来，兴尽而返罢了。

丰子恺最好的作品，不仅文字一如既往的平淡，而且趣味也返璞归真，笔调可谓臻于化境。当然，他也有诙谐乃至讽刺篇目，也有游戏文章，平心而论，这些小品并不落入俗套，故自有风趣，但就总体来说，它们与“论语派”小品文过于接近，并没有彰显出自身特色，反倒是一些带有回忆性质的篇章，如《西湖船》《新年怀旧》之类，与 1949 年后作者编成的《缘缘堂新笔》和《缘缘堂续笔》中的许多作品品格较为接近，清新雅致，如兰花一般品貌清淡而香味浓郁，具有永远的文学价值。

纵观丰子恺整个现代时期的小品写作历程可以看到，从《缘缘堂随笔》的“看山是山，看水是水”到《随笔二十篇》《车厢社会》的“看山不是山，看水不是水”，再到《缘缘堂再笔》的“看山还是山，看水还是水”，看似波澜不兴，而其实包涵了人生态度、艺术观念、创作旨趣的深层次转化。概而言之，丰子恺生活小品的特征，大致可以从如下几个方面加以观察。

第一，丰子恺善于在世俗生活中体察物理人情，而在从“以我观物”的世相品鉴进展到“物我两忘”的自然生发这一过程中，思绪也从主体的单向度投射进而转化为物我之间的随机激发，遂在艺术生活化的基础上再进一步，进入生活艺术化的融通圆熟之境。

艺术生活化，是丰子恺小品文的基本格调。他曾作如是说明：

> 艺术家必须以艺术为生活。换言之，必须把艺术活用于生活中。这就是用处理艺术的态度来处理人生，用写生画的看法来观看世间。因此艺术的同情心特别丰富，艺术家的博爱心特别广大，即艺术家必为仁者。[1]

1　丰子恺:《桂林艺术讲话之一》，载《丰子恺全集·文学卷二》，海豚出版社 2016 年版，第 148 页。

又曾标举“活的艺术”：“所谓活的艺术，就是能活用于万事，而与人生密切关联的艺术。”[1] 这些观点虽然是抗战中就艺术问题加以阐明的问题，但实是丰子恺多年以来一直忠实执行的写作原则。

丰子恺用艺术的手眼观摩世相时，或如前述，存在一个从“隔”进到“不隔”的历程。在前期，作者以俯视的姿态打量众生，从“自然”的“颜面”到“天的文学”，从“儿女”到“邻人”，从“车厢社会”到“都会之音”，宇宙之大，人生之细枝末节，凡能引起兴味者，统统摄入笔下，其取材特点，或如谷崎润一郎所言，“他所取的题材，原并不是什么有实用或深奥的东西，任何琐屑的轻微的事物，一到他的笔端，就有一种风韵，殊不可思议”[2]。不过，因为是以“有情”观“无情”，或曰“以我观物”，所以丰子恺的个人体悟（议论）渗透在字里行间（叙述），以至整篇都成了鲁迅式的“释愤抒情”（抒情）。本是“用写生画的看法来观看世间”，却变成了自我抒发，本心与实践之间富有意味的悖反，其实反映出丰子恺此时在本真与世情之间依违两可的状态，即所谓“真”与“俗”之间的对立。他曾在《大人》一文开篇引用后秦释僧肇论物不迁之语，有“谈真则逆俗，顺俗则违真。逆俗则言淡而无味，违真则迷性而莫返”等句，直接点明了他的困惑。“真”超越世相，“俗”则溺于人情，虽然“俗”中寓“真”，但二者并不等同，该如何取舍？丰子恺肯定为此苦恼不已，而又没有办法化解二者之间的矛盾，无奈之下不了了之，却不期而然地在“自然”之中找到了解决之道。这一情形，或如《还我缘缘堂》叙述全面抗战期间逃难至萍乡，寄居祠堂，因女儿怀念家乡而“作了一首感伤的小诗”，自我解嘲道：“我嫌恶此调，但来了也听其自然。”“听其自然”，即顺应本性，只要出于至情，旧诗也好，新诗也罢，又有什么关系呢？

作者回归自然之后，“我”与“物”之间的界限消除了，故他与世界

1　丰子恺：《桂林艺术讲话之三》，载《丰子恺全集·文学卷二》，海豚出版社 2016 年版，第 153 页。
2　［日］谷崎润一郎：《读缘缘堂随笔》，载《丰子恺全集·文学卷二》，夏丏尊译，海豚出版社 2016 年版，第 187 页。

之间的关系，已经不是看与被看的单向度关系，而是众生平等，但又不仅是“以物观物”，更有“物我两忘”，故所谓善于体察，往往并无明确的道理可讲，只是性之所近、意之所迷、情之所钟的自然生发。正如《日本的国歌》一文所言，“因为这是感情的感觉，不可用理由来说明”。正因为这样，体察只有是否妥当熨帖之分，而没有是非正误之别，只要富有兴味，都可以纳入笔下。《午夜高楼》对“金陵津渡小山楼，一宿行人自可愁”两句诗特别是“自可愁”之语的品味，《山中避雨》中闲坐荒村野店时升起的“一种寂寥而深沉的趣味”的反刍，《纳凉闲话》对夏夜市井对话之“跑野马”异趣的会心，都是“忘却营营”之后刹那之间的体会，迹近悟道。不过，丰子恺的善于体会，有艺术家的敏感，有佛法的启迪，而究其根本，乃在于对“人生无常”这一“平凡的至理”（《无常之恸》）的处处留心。职是之故，他的人生感悟都只是将个人刹那之间最有体会的一点感触如实道来，正如周作人所言，“不必定含妙理而自觉可喜”[1]，至于它通达何处，那是可以不管的。

丰子恺由艺术生活化而进到生活艺术化，乃人生境界的跃升。流俗所谓生活艺术化在许多时候流于表面，故作惊世骇俗而已，丰子恺依了自然的律动而任意作息，是顺天应人的率性随意，所以能够做到既不违真，也不顺俗，而是与现实和光同尘的同时而又能表现出超脱的情境，其境界之高，不仅在现代作家中当得凤毛麟角之评，就整部中国文学史而言，亦属佼佼者。

第二，丰子恺固然受早期新文学“以真为主，美即在其中”风气的影响，诚于中而形于外，真诚成为其小品的感染力源泉之一，但在“真”之外，他较为着意地从形而上的层面填补了“善”这一维度，而同时并不排斥“巧”（即技巧），职是之故，真、善、巧遂成为其生活小品的三个审美向度。

1　周作人:《地方与文艺》，载《谈龙集》，止庵校订，河北教育出版社 2002 年版，第 11 页。

丰子恺作品的感染力，源于他的朴素的真情。《新年怀旧》描述旧时所谓“年关”情形，充满了淳朴的人情味：

> 吃过夜饭，店里的柜台上就点着一对红蜡烛，一只风灯。红蜡烛是岁烛，风灯是供给往来的收账人看账目用的。从黄昏起，直至黎明，街上携着灯笼收账的人络续不绝。来我们店里收账的人，最初上门来，约在黄昏时，谈了些寒暄，把账簿展开来看一看，大约有多少，假如看见管账先生不拿出钱来，他们会很客气地说一声“等一会儿再算”，就告辞。第二次来，约在半夜时。这会拿过算盘来，确实地决算一下，打了一个折扣，再在算盘上摸脱了零头，得到一个该付的实数。倘我们的管账先生因为自己的店账没有收齐，回报他们说，“再等一会儿付款”，收账的人也会很客气地满口答允，提了灯笼又去了。第三次来，约在后半夜。有的收清账款，有的反而把旧欠放弃不收，说道“带点老亲”。于是大家说着“开年会”，很客气地相别。我们的收账员，也提了灯笼，向别家去演同样的把戏，直到后半夜或黎明方才收清。这在我这样的孩子们看来，真是一年一度的难得的热闹。

只是如实道来，娓娓动听，与沈从文在《长河》中对顺顺一家一年四季依时序有条不紊展开的生活画卷不分伯仲，从中自可见出丰子恺的恬然自喜。

当然，受时代文学风气影响，他往往也从某一角度表现出对现实社会的某种不满。《音语》一篇有云：

> 现代都市对于音太不关念了。我每初入都市，常觉头痛脑胀。推求其故，知其为嘈杂之音所致。嘈杂之音中最可厌的，莫如汽车的汽笛。有的如怒鸣，有的如号哭，有的如狗叫，有的如

> 放屁。立在马路上等电车的时候，耳鼓几被聒破！我常想，这是市街美的一大破坏者，当局人倘能稍留意于声音美的方面，应该设法改良这种汽笛的音。在杭州时闻有一汽车，其汽笛的鸣声奏一主和弦，如 Sol Do Mi Sol，觉得很不讨厌。可惜很少，似乎只有一辆。

又如《谈梅兰芳》："在现代，为什么花旦还是由男子担任？我又觉得有些儿疑问。难道'当女子'这件事，也同'缝纫'和'中馈'一样，闲常由女子司理，出客必须烦成衣和厨夫等男子担任的么？"丰子恺并没有存心表现"传统"与"现代"之间的对立，考究其语意，毋宁说他在相当意义上是超越这一对范畴的。他以有情之心观无情之现实，则万相殊不合理，难免使人想到黑格尔关于"合理的"与"存在的"二者之间的思辨。

由此引出丰子恺的"善"和"巧"的概念。应该说，新文学理念并不缺乏"善"这一维度，但往往将之认作"'悲天悯人'或'博施济众'的慈善主义"或过于切实的人道主义[1]，前者系于私德，后者源出现代文明，都缺乏超越性。丰子恺的特别在于，他所主张之善具有本体论色彩。在他看来，美德"就是爱美的心，就是芬芳的胸怀，就是圆满的人格"[2]，虽也有周作人所谓"个人主义的人间本位主义"倾向，但更具有泛爱众生的宗教情怀。不过，他并没有儒者惯常持有的"有德者必有言"的论调，而是比较注重技巧，强调"真正的艺术，必兼备'善'和'巧'两条件"："倘只有美德（即只有可贵的感想）而没有技术（即巧妙的心手），其人固然可敬，但还未成为艺术家。反之，倘只有技术而没有美德，其人的心手固然巧妙，但不能称为艺术家。他们只是匠人。现今多数人的谬误，就是错认匠人为艺术家。故艺术必须兼有巧妙的形式和可贵的内容，即艺术家

1　周作人：《人的文学》，载《艺术与生活》，止庵校订，河北教育出版社 2002 年版，第 11 页。
2　丰子恺：《桂林艺术讲话之二》，载《丰子恺全集・文学卷二》，海豚出版社 2016 年版，第 151 页。

必须兼有技术和美德。”[1]

丰子恺文笔之“巧”，或如其谈论自己的漫画时所说的“我的画不写细部，仅描大体”之语[2]，大抵也是写意，但也正因为能够体察人情并善于创设情境，所以即使是粗粗淡淡的笔墨，也往往具有细描的真实感。《钱江看潮记》表面是粗枝大叶的记叙，但个人于秋高之际出游的意绪萧然之态历历可见，而就其潦草涉及的众多场面而言，则茶楼上嘈杂纷扰的场景亦宛然如在眼前，可谓写实的细腻与写意的传神兼具。林语堂认为：“盖现代散文之技巧，专在冶议论情感于一炉，而成个人的笔调。”[3] 丰子恺散点透视的记叙、随意点染的议论和隐而不露的抒情，都是他个人独特笔调的构成和外露，而这与他的人格修养密不可分。

第三，丰子恺习佛法，日常较为注重品行修为和淬炼，因而造就了一种既有传统士大夫的旷达又有现代知识分子的沉郁的人格，表现在外就是有立场而不流于偏激，有定见而不定于一尊，这是一种现代文人的洒脱性情。

废名论周作人有一观点，认为“知堂先生的德行，与其说是伦理的，不如说是生物的，有如鸟类之羽毛，鹄不日浴而白，乌不日黔而黑，黑也白也，都是美的，都是卫生的”[4]，丰子恺同样如此。就人格而言，丰子恺的宗教背景自然使得他不排斥“生物的”原则，又因为接受过艺术训练故而更为亲近这一天然的人类秩序法则。但也需要强调，因为“善”这一超越观念的介入，“生物的”刚硬在他那里被削弱了，所以许多时候表现为“伦理的”柔和。《自然》一文曾以生活现象为例谈“美”，可以见出痕迹：

路上的褴褛的乞丐，身上全无一点人造的装饰，然而比时装美女美得多。这里的火车站旁边有一个伛偻的老丐，天天在那里

1　丰子恺：《桂林艺术讲话之二》，载《丰子恺全集·文学卷二》，海豚出版社 2016 年版，第 151 页。
2　丰子恺：《我与手头字》，载《丰子恺全集·文学卷四》，海豚出版社 2016 年版，第 100 页。
3　林语堂：《论文》，载《我的话·披荆集》，上海时代书局 1948 年版，第 10 页。
4　废名：《知堂先生》，载王风编《废名集》第 3 卷，北京大学出版社 2009 年版，第 1299 页。

> 向行人求乞。我每次下了火车之后，迎面就看见一幅米叶〔米勒〕(Millet) 的木炭画，充满着哀怨之情。我每次给他几个铜板——又买得一幅充满着感谢之情的画。

废名论周作人本就承认“伦理的”背后是“生物的”，丰子恺亦可作如是观，而二者之间的差异，在于周氏更为贴近“生物的”的混沌，丰子恺更为亲近“伦理的”的明晰。

《谈自己的画》一文云：“欢喜读与人生根本问题有关的书，欢喜谈与人生根本问题有关的话，可说是我的一种习性。”[1] 丰子恺的许多小品都有哲思性质，如《渐》《自然》《艺术三昧》《大账簿》《梦耶真耶》《随感十三则》等篇差不多都可以认为是作者的沉思。或许，这些篇章没有达到悟道的高度，但的确明心见性，可以见出晶莹剔透的性情，而正因为生活、信仰、艺术和写作融为一体，造就其人格，所以丰子恺的文章或如他个人所言，“我对作品大抵不修删”[2]，只是从胸臆中自然流出，便自有风韵。在这一点上，他和周作人也是极为接近的。

职是之故，丰子恺生活小品大都表现为与其性情一致的中和之美。丰子恺性情的中和，与其精神结构息息相关：他的宽容大抵带有一点中庸思想的底子，不过去除其模棱两可的态度；带有佛法因缘的影子，而不离俗世，所以能够择取其中与现实人生相关的部分；受艺术训练和实践的影响，但从不“为艺术而艺术”，而肯定生活乃艺术的本源。可以这样讲，丰子恺自青年时代以来的人生经验都因不同契机点滴渗入他的思想，在加以熔铸之后，已经形成一个富有个人特色的精神结构，以此为本，发而为文，自然形成林语堂所谓个人笔调，从而在一众散文作者中具有极其鲜明的辨识度。

丰子恺小品的笔墨常是萧散随心的惬意，不过因为有性情做底子，所

1　丰子恺：《谈自己的画》，载《丰子恺全集・文学卷一》，海豚出版社 2016 年版，第 276 页。
2　丰子恺：《我写文章的一些经验》，载《丰子恺全集・文学卷四》，海豚出版社 2016 年版，第 208 页。

以驾驭题材并不吃力。《家》记述所谓“优待的虐待”：“例如拿了不到半寸长的火柴来为我点香烟，弄得大家仓皇失措，我的胡须几被烧去；把我所不欢喜吃的菜蔬堆在我的饭碗上，使我无法下箸；强夺我的饭碗去添饭，使我吃得停食；藏过我的行囊，使我不得告辞。”这是生活谐趣。作者爱读诗话、词话，所以这些书籍都是“床中伴侣兼旅中伴侣”，但大都“被塞在床角里或手提箱里”，以至于“翻破，折皱，弄脏，撕碎，个个衣衫褴褛”，不过“我看见它们正像天天见面的老朋友，大家不拘形迹了”。且看他如何描述病中读《随园诗话》：

> 它那体裁，短短的，不相连络的一段一段的，最宜于给病人看，力乏时不妨少看几段；续看时不必记牢前文；随手翻开，随便看哪一节，它总是提起了精神告诉你一首诗，一种欣赏，一番批评，一件韵事，或者一段艺术论。若是自己所同感的，真像得一知己，可死而无憾。若是自己所不以为然的，也可从他的话里窥察作者的心境，想象昔人的生活，得到一种兴味。[1]

这里描述的情形既是所谓的“闲情”，又是文人意趣。至于如《热天写稿》极言天气之热：“吾乡有俗语说：‘陈抟老祖活了八百，勿曾见过黄梅水勿发。’可见陈抟老祖的寿命太短，眼界未广。假如他能活到今年，就说不出这句话。今年的黄梅时节，看来不是迟到，而是请假了。”这种信笔由之的诙谐口吻，更是所在多多。此外，《手指》一文引日本学者上田敏“无名指最美”之言加以发挥，多有令人忍俊不禁的会心之处。大拇指“在五指中是工作最吃苦的工人。凡是享乐的生活，都由别人去做，轮不着他”，所以是吃苦耐劳的“农人”；食指“在形式上虽与中指、无名指、小指这三个有闲阶级同列”，但工作“虽不比大拇指吃力，却比大拇指的

1　丰子恺：《我的书：随园诗话》，载《丰子恺全集·文学卷四》，海豚出版社 2016 年版，第 102 页。

复杂”，所以是技巧娴熟的“工人”；中指“身体最高，在形式上是众指中的首领人物”，但“讲到能力，他其实是徒有其形，徒美其名，徒尸其位，而很少用处的人”，所以是外强中干的“官吏”，诙谐之外，更是现代知识分子融合古今中外的反讽了。

生活谐趣、文人雅趣和现代反讽，不过是丰子恺个人笔调的诸多表现而已，究其实，丰子恺生活小品的风情缘于作者基于生活而能摄取宗教、艺术多种素养所自然建构起来的性情和人格。人格为本源，创作是流脉，这在丰子恺身上表现得极为鲜明。好的小品文作家大都如是，这是丰子恺及其生活小品给予后人的启示。

第十二

朱自清文史随笔

如果说丰子恺是飘逸放达，那么朱自清的风格要朴实厚重得多，到了后来，则变为言简意赅而意蕴深远了。

朱自清（1898—1948，原籍浙江杭州，生于江苏东海，后随父定居江苏扬州），现代散文家、诗人、学者。原名自华，号实秋，后改名自清，字佩弦。1912 年入江苏第八中学（今扬州中学）就读，1916 年考入北大预科，次年升入本科哲学系。参加新潮社，在此前后开始写作、发表诗歌，且曾参与五四运动，加入平民教育演讲团。1920 年提前毕业，先后在杭州浙江省立第一师范、扬州江苏省立第八中学、台州浙江省立第六师范学校、浙江上虞的春晖中学等校任教，在此期间，加入文学研究会，参与发起新文学史上第一个新诗社团“中国新诗社”并创办《诗》月刊。1924 年，发表近 300 行的抒情长诗《踪迹》，并出版诗歌、散文合集《踪迹》。1925 年中进入清华大学任教。1927 年国民革命失败，目睹社会黑暗，在抒情散文之外，多有抨击现实的杂文。1928 年，出版散文集《背影》，该书奠定了他在中国现代文学史上的散文大家地位。

《踪迹》和《背影》是朱自清早期的散文代表作，一般也认为是所谓美文佳品，它们开创了作者后来所谓的“朴实清新一路”[1]。不过，朴实与清新并不是一回事，毋宁说是两种风格，《踪迹》偏向清新，《背影》近于朴素，而就文体而言，二者也表现为抒情散文与杂文随感的分野。对这两类或曰两种风格的散文作品，在当时就有截然相反的看法。朱自清如是描述：

1　朱自清：《写作杂谈》，载《朱自清全集》第 2 卷，江苏教育出版社 1996 年版，第 105 页。

> 关于这两类文章，我的朋友们有相反的意见。郢看过《旅行杂记》，来信说，他不大喜欢我做这种文章，因为是在模仿着什么人；而模仿是要不得的。这其实有些冤枉，我实在没有一点意思要模仿什么人。他后来看了《飘零》，又来信说，这与《背影》是我的另一面，他是喜欢的。但火就不如此。他看完《踪迹》，说只喜欢《航船中的文明》一篇；那正是《旅行杂记》一类的东西。这是一个很有趣的对照。我自己是没有什么定见的，只当时觉着要怎样写，便怎样写了。我意在表现自己，尽了自己的力便行；仁智之见，是在读者。[1]

文中提及的两人，"郢"是叶绍钧，"火"是刘熏宇，他们分别肯定了美文和杂文，而朱自清本人则无所取舍——虽然他的说法不无倾向性。这一姿态其实反映了他此时的思想矛盾。

朱自清在1928年初有一篇随笔《那里走——呈萍郢火栗四君》。朱自清将中国十年来的社会发展概括为自我解放、国家解放和阶级斗争或曰思想革命、政治革命和经济革命三个阶段，而他认为其时的中国现实正处在变革的前夜，自己既非天才又不想投机，既做不成革命者更做不成反革命者，所以就在"国学里找着了一个题目"，将之认作"现在我走着的路"。[2] 朱自清忠厚、朴素甚至不无拘谨的性情，是包括《荷塘月色》在内的早期散文"有点儿做作，太过于注重修辞，见得不那么自然"[3] 风格形成的主因，所以他后来不无反思。在收入《你我》的《论无话可说》一文中，朱自清曾提及他走上创作之路的情形：

---

1 朱自清:《〈背影〉序》，载《朱自清全集》第1卷，江苏教育出版社1988年版，第34页。
2 朱自清:《那里走》，载《朱自清全集》第1卷，江苏教育出版社1996年版，第226—244页。按：该文收入全集时标题有误。参见龚明德:《朱自清〈那里走〉的副题》，《今晚报》2017年5月30日。
3 叶圣陶:《朱佩弦先生》，载《叶圣陶散文》，北京联合出版公司2015年版，第152页。

十年前正是五四运动的时期，大伙儿蓬蓬勃勃的朝气，紧逼着我这个年轻的学生；于是乎跟着人家的脚印，也说说什么自然，什么人生。但这只是些范畴而已。我是个懒人，平心而论，又不曾遭过怎样了不得的逆境；既不深思力索，又未亲身体验，范畴终于只是范畴，此外也只是廉价的，新瓶装旧酒的感伤。

不过，朱自清是一个具有深度自省意识的学者型作家，当他察觉到这一创作风格与个人性格气质在某种程度上难以调和之后，感到“既不能运用纯文学的那些规律，而又不免有话要说，便只好随便一点说着”[1]，就从美文即狭义的抒情散文转入更为自由一些的散文文体之中，于是才有了《背影》集中的《旅行杂记》《海行杂记》等几篇作品。前文曾引用《背影》序言所提及的叶圣陶、刘熏宇两人对《旅行杂记》的不同态度，其实，就朱自清的本心来说，他是倾向于刘熏宇对该文的肯定立场的。原因自然十分清楚：这种随便说说的淳朴风格契合他本人的性情，不刻意，本色。另外，可以补充的是，朱自清在《我所见的叶圣陶先生》一文中称赞叶圣陶的“和易出于天性，并非阅历世故，矫揉造作而成”，其实也正是他本人性情的写照。

《你我》一集反映出朱自清在散文语言和文体方面的探索和尝试，一定程度上反映出他从“国语的文学”到“文学的国语”的转变。应该说，朱自清是同时期的青年作者中较早确立个人风格的一位散文家，工笔写景虽然稍显繁复，直抒胸臆也略有做作之感，但它们毫无疑问造就了其个人独特的散文风情。不过，《桨声灯影里的秦淮河》《绿》《白水漈》等篇章，其实是朱自清有意识地向“纯文学”靠拢而“精心结撰”的产物，但因为这一方向与其本人性情存在较大距离，所以无论怎样写起来都“还是费力”，而且还“使人不容易懂”[2]。无论从哪个角度来看，《你我》的整体

1　朱自清:《〈背影〉序》，载《朱自清全集》第 1 卷，江苏教育出版社 1988 年版，第 32 页。
2　朱自清:《写作杂谈》，载《朱自清全集》第 2 卷，江苏教育出版社 1996 年版，第 106 页。

特征都表现为“杂”。集中的散文文体包括了随笔、杂感、游记等在当时已经较为成熟的新文学文体，也包括序、跋、读书札记等看似古典的文体；既有海阔天空的漫谈，也有精心撰写的美文；既有规范整饬的书面白话，也有刻意采用的口语。因此，朱自清本人也说“这里所收的实在不能称为创作，只是些杂文罢了”，不过，他还交待以“你我”为集名，只不过“是因为这是今年来所写较长的一篇罢了”[1]，只恐隐去真意了。其实，即使不作过于比附的揣测，检点集中各篇的内容和写法，“你我”作为集名也完全名副其实。

“你我”意味着对等双方的对话关系，甚至还带有一丝亲切感。乙辑主要是序跋文，加上几篇书评，评论对象几乎都是朱自清老友的作品，所以可以视为朱自清在和那些作者在进行某种意义上的对话，而因为过于熟稔，所以评论时的腔调、语气往往都似乎是朋友对谈，有一种说不出的亲昵；甲辑中的各篇，《给亡妇》这一以“你”为对象的叙述口吻就是谈话，几篇游记处处流露出与读者进行对话的神色，而几篇与后之所谓学者散文风格接近的论理文，既是要说服读者，就更是一种对话了。当然，作者和读者的关系在许多时候未必对等，但写作本来就可以视为二者之间的精神交流，而朱自清在返归朴素之后又特别注重以真挚的感情融入叙述，无疑更拉近了与读者之间的距离。

就总体而言，朱自清一直关心语言的欧化问题，在后期，许多时候也径直将语言的“欧化”等同于“现代化”。他这样说过，“现代中国文学所用的语言百分之九十几是所谓欧化的语言；现代中国文学如果已经被公认，那种所谓欧化的语言似乎也该随同着被公认的”，而且，“为‘欧化’而‘欧化’；这些都是现代生活反映在语言里，都是不得不然。我们都知道，我们的国家在现代化，我们的军队在现代化；谁都觉得这是必要的，而且是不得不然的……所以语言的‘欧化’实在该称为语言的现代化，那

1 朱自清：《〈你我〉自序》，载《朱自清全集》第1卷，江苏教育出版社1988年版，第113页。

才名实相符呢”[1]。不过，他一度对“欧化”语言的食洋不化存有戒备之心，所以在写作中有意识地采用“口语”，《给〈一个兵和他的老婆〉的作者——李健吾先生》《给亡妇》等作品皆是，而作者在此后的日记中也曾明确表示对“欧化”风格的不满[2]。前文已有论述涉及朱自清从“国语的文学”逐渐向“文学的国语”的演进，不过，这一阶段为时不长，创作不多，而且朱自清很快就认识到此路不通，所以可以视为其散文创作进程中一次有限的探求，一次回归本色过程中的旁逸斜出。

更为重要的变化是，《你我》较之此前创作所出现的文体新变。可以看到的是，甲辑中的作品，在有意识的口语入文尝试之外，一方面有不少篇章是以记叙为主且与《背影》风格较为接近的游记，《扬州的夏日》《看花》《潭柘寺　戒坛寺》等篇均是，另外一方面，《论无话可说》《谈抽烟》之类的学者散文开始出现，虽然数量更为有限，但可以认为是朱自清散文后来主导文体即小品文的雏形，意义不容小觑。

这些作品都带有朱自清人格的烙印，所以在内容和风格上都显得颇为质实。首先，内容上，以真实具体的个人生活体验介入常识，融世相、世情、事理为一炉。《论无话可说》摆出人到中年无话可说的窘境，然后以个人写作不过“是说些中外贤哲说过的和并世少年将说的话”，之后切入中年人“听别人的话渐渐多了，说了的他不说，说得好的他不说”，而“沉默又是寻常的人所难堪的”，所以尴尬，但如果强行“打着少年人的调子”，总觉不相宜，所以“更无话可说了”。其次，风格上，以诉诸普泛人性的方式论理，化解专业壁垒。《谈抽烟》以口香糖、槟榔和香烟的对比引出话题，然后直截了当点出观点，即“抽烟其实是个玩意儿”，开始细腻地描绘抽烟的动作，不过在另一些人眼中，抽烟却“为的是有个伴儿”，但不管哪种，“不择烟而抽的是大方之家”。应该承认，这些议论未必精

1　朱自清：《新语言》，载《朱自清全集》第 8 卷，江苏教育出版社 1993 年版，第 292—294 页。

2　朱自清 1934 年 9 月 4 日的日记云：“叶给我看他写的一篇论文《从心理学观点看小说写作》。文章不错，但风格颇欧化，我不喜欢这种不自然的风格。”参阅《朱自清全集》第 9 卷，江苏教育出版社 1997 年版，第 315 页。

彩，但都是朱自清基于个人生活经验的真实心声。朱自清此时的相关创作，应该说只带有学者散文的基本特征，专业性不足、逻辑性不够明晰、哲理意味也不够浓厚，但仍有其自身特色。

《欧游杂记》和《伦敦杂记》是前面所提及的朱自清自觉转换文学风格之后的尝试。《欧游杂记》是一部以平实的景物记述为主的游记，有描写，也与早期的渲染风格大异其趣。朱自清曾特别强调本集“记述时可也费了一些心在文字上”，可以见出他的文学追求：“觉得‘是’字句，‘有’字句，‘在’字句安排最难。显示景物间的关系，短不了这三样句法；可是老用这一套，谁耐烦！再说这三种句子都显示静态，也够沉闷的。于是想方法省略那三个讨厌的字，例如‘楼上正中一间大会议厅’，可以说‘楼上正中是——’，‘楼上有——’，‘——在楼的正中’，但我用第一句，盼望给读者整个的印象，或者说更具体的印象。再有，不从景物自身而从游人说，例如‘天尽头处偶尔看见一架半架风车’。若能将静的变为动的，那当然更乐意，例如‘他的左胳膊底下钻出一个孩子’（画中人物）。”[1] 这些当然不是“雕虫小技”，但反映了他在“文学的国语”方面的追求。《伦敦杂记》的写法，照朱自清本人的说法，“还是抱着写《欧游杂记》的态度，就是避免‘我’的出现。‘身边琐事’还是没有，浪漫的异域感也还是没有”。[2] 这当然见出朱自清力图摆脱早期感伤格调的努力，不过，与《欧游杂记》相比，明显亲切了许多。个中道理也很简单：游历欧陆五国是走马观花，在伦敦毕竟住了七个月，了解的程度不一样，感情自然也存在深浅之别。

较之《欧游杂记》，《伦敦杂记》的写法也有所不同。《欧游杂记》参考了三种旅行指南性质的书，所以较多平铺直叙的介绍，而《伦敦杂记》虽然也参考了一本《伦敦指南》，“但大部分还是凭自己的经验和记忆”。[3]

---

1 朱自清：《欧游杂记·序》，载《朱自清全集》第1卷，江苏教育出版社1988年版，第290页。
2 朱自清：《伦敦杂记·自序》，载《朱自清全集》第1卷，江苏教育出版社1988年版，第378—379页。
3 同上书，第377页。

简言之，如果说《欧游杂记》是对欧陆五国风景的记叙，那么《伦敦杂记》的基本笔法仍是记叙，而且与记叙对象仍然保持一定的距离，所不同之处，在于后者从前者的风景转为风情，而且由于对象多为人文景致，作者时有共鸣，所以融入的情感自然也较多。不过，因为朱自清的自我节制，不仅早期惯有的大段抒情消失了，连稍稍直抒胸臆的地方都很少见，而代之以波俏的幽默。

朱自清的幽默，是以直率的笔调揭破浮华背后的空无一物，所以使得夸饰成为掩饰，从而令人哑然失笑。《文人宅》开篇引用杜甫《最能行》一诗："若道士无英俊才，何得山有屈原宅?"然而据《水经注》的记载，不过"累石为屋基"而已，朱自清顺口就说秭归的屈原古宅"只是一堆烂石头，杜甫不过说得嘴响罢了"；《公园》描绘演讲者，是这样的情形——"他站在桌子上，椅子上，或是别的什么上，反正在听众当中露出那张嘴脸就成"。朱自清以冷静的笔调呈现的场景，都与传说或想象中的堂皇构成较大的反差，就自然产生了幽默的味道。有意思的是，朱自清偶尔也有讽刺，如《三家书店》之"诗籍铺"，因为位置冷僻，颇难寻觅，但"那时候美国游客常去"，作者揣测说，"一个原因许是美国看不见那样老宅子"。不过，这样的文字极少。职是之故，朱自清就很少担任"游记在建构他者形象时总是扮演着新形象揭示者的重要角色"[1]，而只是一个冷静的旁观者。

应该说，抗战之前的朱自清基本上是一位不断寻求个人写作突破的新文学作家，他在散文语言、文体、风格等方面的探索，都对完善以美文为目标的现代散文产生了重要的推动作用。可以看到的是，如果说《踪迹》《背影》《你我》所折射出的朱自清形象仍然是一位感伤的"五四"之子，那么《欧游杂记》《伦敦杂记》中的朱自清已经进入中年，开始努力摆脱早年的那种不无滥情的作风，开始寻求一种简约但不失风情的写作路径。

1　孟华：《从艾儒略到朱自清：游记与"浪漫法兰西"形象的生成》，《中国比较文学》2006 年第 1 期。

他在《什么是散文?》当中论及散文文体，认为它是“与诗，小说，戏剧并举”的“新文学的一个独立部门的东西”，“或称白话散文，或称抒情散文，或称小品文”，从而对“小品文”概念有所界定：“小品文对大品而言，只是短小之文；但现在却兼包‘身边琐事’或‘家常体’等意味，所以有‘小摆设’之目。”他并且指出：“这种散文的趋向，据我看，一是幽默，一是游记、自传、读书记。若只走向幽默去，散文的路确乎更狭更小，未免单调；幸而有第二条路，就比只写身边琐事的时期已展开了一两步。”[1] 需要强调的是，将小品文等同于“五四”以来的散文固然算不得错，但应该看到，前者系受晚明小品等中国本土散文传统影响而兴起，与后者之深具西方文学背景其实颇有不同。事实上，朱自清提及周作人为《杂拌儿》作序（其实是《杂拌儿跋》）时所提出的晚明小品与新文学极为相近的观点，曾有极为明确的一个判别：“明朝那些名士派的文章，在旧来的散文学里，确是最与现代散文相近的。但我们得知道，现代散文所受的直接的影响，还是外国的影响；这一层周先生不曾明说。”[2] 但不管怎么说，朱自清对小品文的界定不失准确，而且也正沿着他所谓的“第二条路”前行，不过，《欧游杂记》和《伦敦杂记》较为枯窘，远没有达到小品文言简义丰的境界。

全面抗战时期，朱自清意欲写出《语文影》和《人生一角》两部书，前者讨论语文问题，后者描摹世相片段，“的确很用心在节省字句上”[3]，照他自己的看法，这些文章都“夹带着玩世的气氛”[4]，即具幽默味道，其实都是不错的小品，可惜在作者生前没有出版。得以出版的两部，《标准与尺度》和《论雅俗共赏》，里面的文章大都作于抗战胜利以后，而且文体很杂，但亦不乏清新俊朗的小品文。朱自清这一时期的小品文，许多

1 朱自清：《什么是散文?》，载《朱自清全集》第4卷，江苏教育出版社1996年版，第363—364页。
2 朱自清：《背影·序》，载《朱自清全集》第1卷，江苏教育出版社1988年版，第31页。
3 朱自清：《标准与尺度·自序》，载《朱自清全集》第3卷，江苏教育出版社1996年版，第113页。
4 朱自清：《语文影及其他·序》，载《朱自清全集》第3卷，江苏教育出版社1996年版，第334页。

带论文性质，它们大都围绕语言、文学之中的小问题展开，但作者娓娓道来，颇有趣味，无以名状，姑且称之为“文史小品”。史者，谓其带有学者考辨之意，近于所谓学者散文。

且看收入未刊集《语文影》的一篇小品：《说话》。该文脉络极为清晰：先从现象入手，表明哑巴也有说话的欲望；其次交代说话并不容易，并延及其与文章难易的比较；再次则分别说话的种类，即公开场合的正式谈话和私密环境之中的闲谈两类；然后向历史溯源，寻出《左传》《国策》《世说》“三部说话的经典”，将之归结为三种风格；最后总结说话的态度，涉及传统的文言之辩，而最末以一句大白话作结：“我们所能希望的只是：说得少，说得好。”文章论述周详，是论文的路数，不过，这种夹叙夹议的文章虽然也说理，但所谓理者，往往不过生活中的一点感悟、体会、心得，当不得如此大张旗鼓，而只宜说与会心人听。

稍后于《说话》的一篇文章——《沉默》，如是说“说话”：

> 谁都知道口是用来吃饭的，有人却说是用来接吻的。我说满没有错儿；但是若统计起来，口的最多的（也许不是最大的）用处，还应该是说话，我相信。按照时下流行的议论，说话大约也算是一种“宣传”，自我的宣传。所以说话彻头彻尾是为自己的事。若有人一口咬定是为别人，凭了种种神圣的名字；我却也愿意让步，请许我这样说：说话有时的确只是间接地为自己，而直接的算是为别人！

用一本正经的口吻和貌似中正的调子，兜兜转转，最后说出了一个人所共知的意思，但细细品味，这没有什么意思的意思里面似乎又多出了一点什么东西。这就是作者在这种看似随意的氛围中议论所自然分泌出的一种理趣。

能够把琐屑细微的人生体验讲述得妙趣横生，这是五四时代的美文

（即朱自清所谓抒情散文）并不具备的审美特性，它是小品文的天然风情。当然，这样的小品文又可以分出两条路径，其一是根植于本土传统的带有文人意趣的小品，其二是借鉴英美 Essay 风格的带有现代知识分子情趣的小品，前者可以俞平伯、废名等人为代表，后者可以梁遇春等人为代表，能够化合两者且不留痕迹者，乃钱锺书、梁实秋、王了一等所谓学者散文作者。朱自清在小品文的这两种流脉之中，颇有依违两可的心态：一方面，他被目为美文作手，历来的写作经验也偏于作为四大新文学体裁之一的散文，无论观念还是实践，都难以完全倒向以晚明小品为主要表现形式的本土审美；而在另一方面，他又是一个拘谨的人，加之教育背景的局限，所以很难全身心地拥抱西洋文学，遂对其精妙之处体会无多，自然也就无从加以吸纳熔铸。就朱自清抗战时期的相关创作来说，它们一方面带有早期抒情散文的影子，另一方面，或与作者人到中年和长期从事教学相关，强化了此前“朴实清新”中的“朴实”一路，而又寻求变化，追求理趣，开始表现出“论语派”小品文向学者散文过渡的态势。

《论废话》一文作于抗战中，不仅是谈论一种语言现象，也涉及一些思辨性质的问题，如言与意、无用之用等。朱自清先从这一词语的写法入手，指出“废话”和“费话”的细微差别：“旧小说里似乎多用‘费话’，现代才多用‘废话’。前者着重在啰唆，啰唆所以无用；后者着重在无用，无用就觉啰唆。”然而，不管道教、佛家如何说法，“可是人活着得说些废话，到头来废话还是不可废的”，因为“得有点废话，我们才活得有意思”。作者写道：

> 这些废话最见出所谓无用之用；那些有意义的，其实也都以无用为用。有人曾称一些学者为“有用的废物”，我们也不妨如法炮制，称这些有意义的和无意义的废话为“有用的废话”。废是无用，到头来不可废，就又是有用了。

已经可以看到曲折的风情了。原拟编为“人生一角”的几篇文章，在此基础上更进一步，居然不无议论纵横的味道，颇为令人惊喜。《论自己》开头有云：

> 翻开辞典，“自”字下排列着数目可观的成语，这些“自”字多指自己而言。这中间包括着一大堆哲学，一大堆道德，一大堆诗文和废话，一大堆人，一大堆我，一大堆悲喜剧。

这种迹近放肆的文风，出现在朱自清的作品当中，令人不无耳目一新的感觉。同样是这篇文章，述及个人渺小，亦颇为痛快：

> 大丈夫也罢，小丈夫也罢，自己其实是渺乎其小的，整个儿人类只是一个小圆球上一些碳水化合物，像现代一位哲学家说的，别提一个人的自己了。庄子所谓马体一毛，其实还是放大了看的。英国有一家报纸登过一幅漫画，画着一个人，仿佛在一间铺子里，周遭陈列着从他身体里分析出来的各种元素，每种标明分量和价目，总数是五先令——那时合七元钱。现在物价涨了，怕要合国币一千元了罢？

这种诙谐的讽刺，就更为难得了。在这之外，朱自清也有一些较为透辟的文字，像对人情世故的议论，指出“从前通行请教‘尊姓’，‘台甫’，‘贵处’，甚至‘贵庚’等等，一半是认真——知道了人家的姓字，当时才好称呼谈话，虽然随后大概是忘掉的多——，另一半也只是哼哼罢了”（《撩天儿》）之类，因为深入一些，所以理趣就更为悠长一点。

客观说来，朱自清乃所谓望之俨然即之也温的儒者，木讷倒不至于，但性灵的枯窘实是常态，所以即使一些好笑的典故，到他笔下也往往趣味索然。《如面谈》提及“刘半农先生曾主张将‘密斯’改称‘姑娘’，却只成为一时的谈柄”，下面却没有一点借势的发挥，就颇为令人失望。总之，作为朱自清生前编定的一个文集，“语文影及其他”虽然无疑义地隐含了新的文学追求，但不能将之看作一种成熟的风格。杨振声曾将朱自清的散文风格概括为“风华从朴素出来，幽默从忠厚出来，腴厚从平淡出来”[1]，但或如余光中所论，“朱文的风格，论腴厚也许有七八分，论风华不见得怎么突出，至于幽默，则更非他的特色”。[2] 就事实看，朱自清的确也曾有在朴素和风华、忠厚和幽默、平淡和腴厚之间徙倚不定的时期，他自全面抗战爆发以后的散文也表现出了某种新的动向，不过平心而论，他的这些追求理趣的小品文，许多时候都是中规中矩的陈述，虽然不乏曲折婉转之处，但大概都较少摇曳生姿的风韵。例如，《人话》一文谈论北京人惯用的这一个口头语词，认为背后是他们“讲究规矩”，于是就有了一段关于规矩的议论：

> 规矩是调节天真的，也就是“礼”，四维之首的“礼”。礼须要调节，得有点儿做作是真的，可不能说是假。调节和做作是为了求中和，求平衡，求自然——这儿是所谓“习惯成自然”。规矩也罢，礼也罢，无非教给人做人的道理。我们现在到过许多大城市，回想北平，似乎讲究规矩并不坏，至少我们少碰了许多硬钉子。讲究规矩是客气，也是人气，北平人爱说的那套话都是他们所谓“人话”。

朱自清采用了不少北京口语，也看得出想活泼起来的努力，但还是见不到波俏，所以不无差之毫厘失之千里之感。朱自清的优点，还是李广田所指出的——《背影》的风格在于“老实”和“真情”，并将之看作朱自清人

1　杨振声：《朱自清先生与现代散文》，《文讯》1948 年第 9 卷第 3 期。
2　余光中：《论朱自清的散文》，载《余光中散文选集》第 3 辑，时代文艺出版社 1997 年版，第 140—141 页。

格的自然体现。[1] 李广田之语，可谓有关朱自清为人、为文的不易之论。

如果上面所论不虚，那么《标准与尺度》和《论雅俗共赏》两个集子当中那些写于战后的文章，不少篇目就都可以视为具有朱自清个人特色的小品。《论吃饭》受其时国内反饥饿运动的影响而写，古今纵横，不过讲了一个“吃饭第一的道理”，非常平实，但许多地方都可以见出他本人的性情：

> 士人对于吃饭却还有另一种实际的看法。北宋的宋郊、宋祁兄弟俩都做了大官，住宅挨着。宋祁那边常常宴会歌舞，宋郊听不下去，教人和他弟弟说，问他还记得当年在和尚庙里咬菜根否？宋祁却答得妙：请问当年咬菜根是为什么来着！这正是所谓“吃得苦中苦，方为人上人”。做了“人上人”，吃得好，穿得好，玩儿得好；“兼善天下”于是成了个幌子。照这个看法，忍饥挨饿或者吃粗饭、喝冷水，只是为了有朝一日可以大吃大喝，痛快的玩儿。吃饭第一原是人情，大多数士人恐怕正是这么在想。

可以看到的是，当朱自清摆脱抗战中那种有意改换写作风格的心态而老老实实按照自己的一贯风格来写的时候，语言畅达了，理路清晰了，风格也明朗了，此时的风格也自然区别于他的早期作品了。

这里不妨再度提起“朴素清新”这个说法：如果说朱自清早期是自发地走上清新的路子，那么经过抗战时期的摸索，他此时已经自觉地走上了朴素之路，此其一；第二，所谓朴素，不是朴实平淡的文风，而是世事阅尽后的通达，以此作为根柢，则凡有叙述无不从容不迫，凡有描写无不恰到好处，凡有议论无不清通畅快，凡有抒情无不得乎其中。反过来，也可以这样说：这不仅关乎写作本身，更是作者心性修为的一种境界。

1　李广田：《最完整的人格——哀念朱自清先生》，载《李广田文集》第3卷，山东文艺出版社1984年版，第503页。

朱自清战后所写的文章，许多涉及抽象命题，如“严肃”“气节”“书生的酸气”“低级趣味”“雅俗共赏”“百读不厌”“常识”等，其写法都是从个人经验——可以是专业知识，也可以是普通的日常体会——出发，娓娓道来，虽然并没有什么过人的见解，但都是本诸本心、良知和学识、阅历而作出的公允之论，所以往往不乏精彩之处。《论书生的酸气》一文考究“寒酸”用以形容书生的历史，认为既有魏晋时期门阀制度的原因，也有读书人说话、读书迹近无病呻吟的缘由，一路下来，清清爽爽，而作者的态度尤为宽容和超越：

> 向来说“寒酸”、“穷酸”，似乎酸气老聚在失意的书生身上。得意之后，见多识广，加上“一行作吏，此事便废”，那时就会不再执着在书上，至少不至于过分的执着在书上，那“酸气味”是可以多多少少“洗”掉的。而失意的书生也并非都有酸气。他们可以看得开些，所谓达观，但是达观也不易，往往只是伪装。他们可以看得远大些，“梗概而多气”是雄风豪气，不是酸气。

这些看法，不仅仅针对的是一种现象，也涉及人格修养了。

朱自清谈文论艺，大都将历史的因素融入，而现实、历史交融的背后，则与人性密不可分。《论雅俗共赏》议论的雅与俗及其关系问题，既是当时文坛所关切乃至有所争论的一个核心话题，也是文学史上聚讼不休的一个关键命题，更是人性深处高尚和卑俗两种矛盾趋向的表征。该文仍然从历史角度切入，指出唐中叶前后的社会变动打破了等级界限，不过“雅人多少得理会到甚至迁就俗人的样子”，大概是“在宋朝或者更后”，而其中最有意味的一点在于，雅俗共赏“虽然是以雅化的标准为主，‘共赏’者却以俗人为主”，最后且指出：

> 十九世纪二十世纪之交是个新时代，新时代给我们带来了新

> 文化，产生了我们的知识阶级。这知识阶级跟从前的读书人不大一样，包括了更多的从民间来的分子，他们渐渐跟统治者拆伙而走向民间。于是乎有了白话正宗的新文学，词曲和小说戏剧都有了正经的地位。还有种种欧化的新艺术。这种文学和艺术却并不能让小市民来“共赏”，不用说农工大众。于是乎有人指出这是新绅士也就是新雅人的欧化，不管一般人能够欣赏与否。他们提倡“大众语”运动。但是时机还没有成熟，结果不显著。抗战以来又有“通俗化”运动，这个运动并已经在开始转向大众化。“通俗化”还分别雅俗，还是“雅俗共赏”的路，大众化却更进一步要达到那没有雅俗之分，只有“共赏”的局面。这大概也会是所谓由量变到质变罢。

这些基于人性而对文学和社会发展作出的判断可谓不同凡响。另外值得注意的是，在理性的清明之外，朱自清此时的文学语言也终于彻底摆脱了五四时代的滥情伤感气息，变得质朴、简约、干净而又可以见出基于性情、修养的趣味。他在《禅家的语言》一文中提及：“正像道家以及后来的清谈家一样，他们都否定语言，可是都能识得语言的弹性，把握着，运用着，达成他们的活泼无碍的说教。”[1] 这里面自然有朱自清个人的体悟在，所以他的文学语言或者在一定程度上可以当得似癯实腴之评罢。

总体而言，朱自清小品文多具文史性质，即采取历史的分析方法谈论文艺问题或命题，这自然是学问家作风，亦即后之所谓学者散文。抗战时期，在朱自清左右，其实不乏个中高手，曾短期任教于西南联大的钱锺书即为其中最受人瞩目的一位。

1　朱自清：《禅家的语言》，载《朱自清全集》第3卷，江苏教育出版社1996年版，第302页。

第十三

钱锺书幽默小品

中国是一个具有悠久文史传统的国度，治学名家往往也是文章高手，例如上述之朱自清，不过，由于文学历来被视为“雕虫小技”，所以作为经国大业、不朽盛事的文章和“闲情偶寄”性质的文学往往处于对立状态，按周作人在《中国新文学的源流》当中的说法，就是载道和言志的分离。近现代以来，随着社会形态的变迁和文学观念的改变，学者与政教之间经过相当程度的剥离之后，他们更多地以具备精深的专门知识的专家面目行世，因而纪事、抒情、论理、述学的相关文章才成为所谓学者散文。

学者散文最基本的形态，是依据学理，以专业知识和方法呈现世相、阐释世情、推演世理。就内容而言，专业和常识二者相辅相成，缺一不可：因为专业，学者本人的学养、性情、才气等带有个性特质的质素得以展现；因为是常识，普通读者才能产生共鸣，且和作者之间形成情感、思想、精神的对流。这一点用王了一（王力）在《小品文》中的说法，就是“言浅意深，言近旨远”：“言浅，因为讲的往往是日常生活琐事，人人看得懂；意深，因为其中包含着哲理，只有聪明人看了才发出会心的微笑。言近，因为讲的往往是眼前的事物；旨远，因为从这一件小事可以推类引申出许多大道理来。”[1] 就形式而言，学者散文最重要的特征是各篇基于学理的逻辑性展开。这就是说，学者散文以说理为主，虽然最终导向普泛的人性经验，但其具体路径却是超出普通人的日常经验的，而这也是其作为散文的一个亚种在一般读者眼中显得新颖独特的一个重要原因。

学者散文在新文学诞生后就已出现。文学革命前后，聚拢在《新青

---

1 王力：《小品文》，《文艺研究》1982 年第 1 期。

年》周围的一批北大教授，胡适、陈独秀、李大钊、刘半农、钱玄同等人，就写有很多带有文学意味的读书论学的或幽默、或滑稽的文字。此后，徐志摩、叶公超、梁遇春等人的散文沿着这一路径继续发展，到 20 世纪 40 年代前后，学者散文蔚为大观，与 20 世纪 80 年代思想解放背景下出现的学者散文潮互相呼应，成为新文学史上一个独具特色的创作路径。钱锺书、梁实秋和王了一均为个中翘楚，且各有风采。

钱锺书（1910—1998，江苏无锡人），原名仰先，字哲良，后改名锺书，字默存，号槐聚，曾用笔名锺书君，著名作家、学者。生于书香门第，父钱基博为著名文史学者。少年懵懂，后发奋读书，1929 年考入清华大学外文系，期间结识后来的妻子杨绛，并在毕业前夕订婚。1933 年毕业，在上海光华大学任教，两年后通过英国庚款留学考试，赴牛津大学留学。1937 年毕业，在巴黎大学做研究工作，次年秋返国，被清华大学破格聘为教授，再次年转任国立蓝田师范学院教授，开始撰写《谈艺录》。1941 年返沪探亲，因太平洋战争爆发而困居上海，一边教书，一边写作，出版散文集《写在人生边上》。抗战胜利后，担任上海暨南大学外文系教授，出版小说集《人·兽·鬼》和长篇小说《围城》。1949 年重又回到清华大学任教，后进入中国社科院文学研究所，陆续推出多种学术著作。新时期以来，他的文学、学术对文化界产生了广泛而深远的影响。

钱锺书才情极高，大学时期即已表现出过人的学识和见解，毕业前后，有多篇读书札记、书评、随笔等小品文章发表。这些文章几乎全部集中于文史领域，大都是作者读书心得，不过出之以古今中外的旁征博引，已有令人目不暇接之感，而所谈虽小，但往往能够抽丝剥茧层层推进，涉及文学、文化乃至文明的重大问题，更能窥见作者谈文论艺的心魄。其中，《论俗气》差不多就已经具有后来《写在人生边上》的普通面貌了。因此，钱锺书是一个早熟的作家，出道之初就已奠定基本风格，此后不过是在此基础上的腾挪闪转。他的创作旨趣和风情，坊间惯称幽默，学界多谓雅谑，准确说来，其实是林语堂所谓“机警犀利之讽刺”的“郁剔”

(wit)。"wit"的内涵，多指才思敏捷、说话诙谐的机智，文雅一点的翻译是"风趣"，通俗的译法是"俏皮话"，机警固是当然之意，犀利则在某种意义上应视情形而定。在林语堂看来，幽默与所谓郁剔至为不同：

> 幽默只是一位冷静超远的旁观者，常于笑中带泪，泪中带笑。其文清淡自然，不似滑稽之炫奇斗胜，亦不似郁剔之出于机警巧辩。幽默的文章在婉约豪放之间得其自然，不加矫饰，使你于一段之中，指不出那一句使你发笑，只是读下去心灵启悟，胸怀舒适而已。其缘由乃因幽默是出于自然，机警是出于人工。幽默是客观的，机警是主观的。幽默是冲淡的，郁剔讽刺是尖利的。世事看穿，心有所喜悦，用轻快笔调写出，无所挂碍，不作滥调，不忸怩作道学丑态，不求士大夫之喜誉，不博庸人之欢心，自然幽默。[1]

郁剔，或曰机智风趣，出于主体聪明才智，多有拨开云雾见青天之感，所以在相当程度上也是犀利的。

作为典型的学者散文，《写在人生边上》实是化合中西的现代小品：一方面，它具有浓郁的西洋格调，从立意到结构再到文风，差不多都是英式 Essay 的路子；而在另一方面，作者自由穿梭在古今典籍之中，每有会心，则往往以诙谐的笔法出之，若有深意但又带着若无其事的神情，颇有游戏文章的味道，所以也不乏空泛灵动的文人意趣。这里可以捎带提及的是，梁遇春是西洋风情表现得最为明显的另外一位现代小品作者，但根据钱锺书评述温源宁《不够知己》（*Imperfect Understanding*）所顺带提及的一句话，即"又如梁遇春先生的小品文，我们看来，老觉得他在掉书袋，够不上空灵的书卷气"[2]，几乎可以见出他眼中的梁遇春，是厚重有

1　林语堂：《论幽默》，载《我的话·行素集》，上海时代书局 1948 年版，第 11 页。
2　钱锺书：《不够知己》，载《钱锺书集》，北京三联书店 2002 年版，第 336 页。

余而空灵不够。另外，还可以补充的一句是，梁遇春只有“见”，钱锺书不仅有“见”（即知识），而且有“识”（即判断）。当然，二人的性情只是高明、沉潜之分，而各自代表一种写作风格，并无所谓高下，但由此可见钱锺书学识渊博之外的性情飘逸。

《写在人生边上》收文十篇，加上此前的《论俗气》《谈交友》等篇，钱锺书具有完整篇章格局的小品文不过十多篇。这些文章本是以“一种业余消遣者的随便和从容”心态“不慌不忙地浏览”，“每到有什么意见”便“随手在书边的空白上注几个字，写一个问号或感叹号”，其特色“像中国旧书上的眉批，外国书里的 marginalia”[1]，若论风格则或许得当“片面的深刻”之语，不过，既是任意读写的体悟，其为人生零碎的感想殆无疑义了。钱锺书的特别之处，在于很多似是而非、似非而是的议论以及让人忍俊不禁的调侃都建立在对人性的洞察之上。《魔鬼夜访钱锺书先生》中的“有种人神气活现，你对他恭维，他不推却地接受，好像你还他的债，他只恨你没有附缴利钱。另外一种假作谦虚，人家赞美，他满口说惭愧不敢当，好像上司纳贿，嫌数量太少，原璧退还，好等下属加倍再送”；《说笑》认为“假充一桩事物”即冒牌“总有两个动机”，“或出于尊敬，例如俗物尊敬艺术，就收集骨董，附庸风雅。或出于利用，例如坏蛋有所企图，就利用宗教道德，假充正人君子”；《吃饭》中“吃饭有时很像结婚，名义上最主要的东西，其实往往是附属品。吃讲究的饭事实上只是吃菜，正如讨阔佬的小姐，宗旨倒并不在女人”等，都是对现实中的人性作精细考察之后得出的“结论”。

钱锺书对世相的表现以及对之带有嘲讽意味的描述，一方面表明他对人性人情有着浓厚的兴趣并多有体会，另一方面，也表明他对它们并不满意。就前者来说，结合其一生为人和至今流传的关于他的一些轶事来看，钱锺书并不是一个擅长虚与委蛇的八面玲珑之人，所以他对人情的细腻体

1　钱锺书：《写在人生边上・序》，载《钱锺书集》，北京三联书店 2002 年版，第 7 页。

察并不出自个人生活，而源于站在“人生边上”乃至“人生边上的边上”的观摩，部分来自阅读中外小说的经验；就后者而言，他对“无毛两足动物的基本根性”[1] 不满，但似乎并不相信存在一种圆满的人性，更不相信有一种尽善尽美的人情。合而观之，可以这样讲，钱锺书是一位自发的社会人情观察者和书写者，文笔的老到和见识的高明，都带有传统知识分子的狂狷色彩，故高屋建瓴也好，冷眼旁观乃至袖手旁观也罢，都不过是后来人基于各自立场的评介而已。

钱锺书对社会人生的描摹，不脱学者本色。且看他写于大学毕业前夕的一篇小品：《论俗气》。“俗气”是与朱自清《论书生的酸气》之“酸气”一样的“比任何气体更稀淡、更微茫，超出于五官感觉之上的一种气体”，作者此句之后一转，说“只有在文艺里或社交里才能碰见”，算是完成了“引言”部分。亚尔特斯・赫胥黎的《文学中之俗气》一书认为“俗气的标准是跟了社会阶级而变换的”，但作者引用之后，迅速根据这一说法追加了一句，“若说根据银行存款的多少来判定阶级，赫胥黎先生断不至于那样势利的”，而且以学者的严谨评说道：“赫胥黎先生的说法只让我们知道俗气产生的渊源（origin），没有说出俗气形成的性质（nature），只告诉我们怎样有俗气，并没有讲清什么是俗气。”然而，不同阶级的人所指为俗的内容尽管不同，但彼时彼刻的“心理反应或感想一定是相同的”，为什么呢？作者又引赫胥黎关于爱伦坡的一句诗比喻，“说它好比戴满了钻戒的手，俗气迎人”，然后就是一系列古今中外的例子：

从有一等人的眼光看来，浓抹了胭脂的脸，向上翻的厚嘴唇，福尔斯大夫（Falstaff）的大肚子，西哈诺（Cyhano）的大鼻子，涕泗交流的感伤主义（sentimentality），柔软到挤得出水的男人，鸳鸯蝴蝶派的才情，苏东坡体的墨猪似的书法，乞斯透

1　钱锺书：《序》，载《围城》，上海晨光出版公司 1947 年版，第 1 页。

> 顿（Chesterton）的翻筋斗似的诡论（paradox），大块的四喜肉——天呀！还有说不尽的 etc. etc.，都跟戴满钻戒的手一般的俗。

作者列举了这些现象，然后作恍然大悟状，曰：“这形形色色的事物间有一个公共的成分——量的过度。”因此推论道，“俗气不是负面的缺陷（default），是正面的过失（fault）”，且有说明云，“骨瘦如柴的福尔摩斯是不会被评为俗的，肥头胖耳的福尔斯大夫便难说了”。如果这样的例子太文艺，那么下面的类比则是人人皆有的体会了：

> 简单朴实的文笔，你至多觉得枯燥，不会嫌俗的，但是填砌着美丽词藻的嵌宝文章便有俗的可能。沉默冷静，不会应酬的人，你至多厌他呆板，偏是有说有笑，拍肩拉手的社交家顶容易变俗。

不仅如此，作者更从“通俗”这一个日常语汇“悟到俗气的第二特点：俗的东西就是可以感动‘大多数人’的东西”，而且细分为两面：一是数量，“是卡莱尔（Carlyle）所谓‘不要崇拜大多数’（don't worship the majority）的‘大多数’”；一是质量，“是易卜生（Ibsen）所谓‘大多数永远是错误的’（a majority is always wrong）的‘大多数’”。接着，作者将这两点关于俗气的观点与赫胥黎和山潭野衲（Santayana，今多译桑塔亚纳）的观点作比，进一步辨明并严密化了相关界定，然后推开去，谈起古今中外那些“求美而得丑”或“求雅而得俗”的文艺现象，而归之于《儒林外史》第二十九回杜慎卿所谓“雅的这样俗”之语的反面，即“俗的这样雅”：

> 天下不愁没有雅人和俗人，只是没有俗得有勇气的人，甘心

> 呼吸着市井气，甘心在伊壁鸠鲁（Epicurus）的猪圈里打滚，有胆量抬出俗气来跟风雅抵抗，仿佛魔鬼的反对上帝。有这个人么？我们应当像敬礼撒旦（Satan）一般的敬礼他。

钱锺书的基本写法，也可以认为是其基本特征或曰特色，是以专业知识导向常情常理，就此而言，“渊博与睿智”作为其“两大精神支柱”[1] 起到了关键作用：因为渊博，所以自然妥帖细腻；因为睿智，所以常是入情入理。他的具体手法，表面非常本土，无外乎从辞章、考据、义理入手，其实从构思到表达再到风格，都是非常西化的。又如《窗》，作者先引陶渊明《归去来辞》快速呈上“结论”：“门许我们追求，表示欲望，窗子许我们占领，表示享受。”然后举极为日常而充满谐趣的例子略加“证明”：“一个外来者，打门请进，有所要求，有所询问，他至多是个客人，一切要等主人来决定。反过来，一个钻窗子进来的人，不管是偷东西还是偷情，早已决心来替你做个暂时的主人，顾不到你的欢迎和拒绝了。”再进一层，作者又从常识开始“推理”，从屋子全有门而可以不必有窗的事实，指出“门是住屋子者的需要，窗多少是一种奢侈”，进而强调“门是需要，需要是不由人做得主的”，而“窗子算得奢侈品”，所以可以由人“看情形斟酌增减”。文末则宕开一笔，就窗子之于房屋和眼睛之于人作了极其有趣的类比性发挥。从《窗》的文脉中可以看到，文章有明显的论据、证明和结论，在相当程度上就是一种论文的变体，但一本正经地说玩笑话，却也正是英式幽默的基本手法。

钱锺书散文的基本风格是幽默。柏格森指出，加强幽默效果需要“以无动于衷的冷酷态度去记下这个弊端的特点”，而在操作层面，则特别偏好“具体的词汇、技术性的细节、明确的事实”[2]，钱氏并不例外。他聪敏过人且博闻强识，因为睿智，所以能将时人习焉不察的现象剖析得淋漓

1　柯灵：《促膝闲话中书君》，载罗思编《写在钱钟书边上》，文汇出版社 1996 年版，第 90 页。
2　［法］柏格森：《笑》，徐继曾译，北京十月文艺出版社 2005 年版，第 86 页。

尽致，而因为多闻，所以时时处处可以做到触类旁通，以古今中外各种鲜活的具体事例，特别是文学细节予以佐证，使人在会心之后，一面蘧然开怀，一面叹服不已，故幽默的味道尤其深远绵长。不过，钱锺书不止于幽默，有时更可再进一步，论及现实之中人性的悖谬情形。《魔鬼夜访钱锺书先生》一篇记叙“我”与“魔鬼”之间的谈话，许多段落都逻辑严谨，即如上引“自传就是别传”一句，魔鬼曾加以发挥道：

> 现在是新传记文学的时代。为别人做传记也是自我表现的一种；不妨加入自己的主见，借别人为题目来发挥自己。反过来说，作自传的人往往并无自己可传，就逞心如意地描摹出自己老婆、儿子都认不得的形象，或者东拉西扯地记载交游，传述别人的轶事。所以，你要知道一个人的自己，你得看他为别人做的传；你要知道别人，你倒该看他为自己做的传。

这一段文字夹枪带棒，当然意有所指，不过它的张力或者说趣味在于逻辑很强，极有说服力，使人不得不信；但这一结论又明显与常识违背，让人较难接受。这种两难状况，也就是《论快乐》所谓“矛盾是智慧的代价”的一种具体情形了。设定一个前提或语境，用严密的逻辑层层推进，最后却得出一个凭常识即可断定其为谬误的结论，这在逻辑学中称为归谬法，但运用在文学中，则仿佛杀鸡用牛刀，大而无当，往往产生一种荒诞的讽喻效果。

钱锺书的幽默大都是林语堂所谓“机警巧辩”风格，故以智性为第一特征，而在“机警”即智慧的灵明之外，特重“巧辩”，即表达形式的婉而多讽，这就决定了他受冷静的英式幽默的影响而又能超脱于其外，带有讥弹、嘲讽、讥刺等。就此而言，他的讽刺矛头更多地对准了现实。比如，《说笑》中的笑“本来是幽默丰富的流露，慢慢地变成了幽默贫乏的掩盖”，《谈教训》中的“假道学比真道学更为难能可贵。自己有了道德而来教训他人，那有什么稀奇；没有道德而能以道德教人，这才见得本领”之类。《读〈伊索寓言〉》以动物情状类比所谓文明时代的“人”的种种悖谬言行，充满反讽意味，而在其他作品中，钱锺书有对某种生存智慧的嘲讽，如“我会对科学家谈发明，对历史家谈考古，对政治家谈国际情势，展览会上讲艺术赏鉴，酒席上讲烹调。不但这样，有时我偏要对科学家讲政治，对考古家论文艺，因为反正他们不懂甚么，乐得让他们拾点牙慧；对牛弹的琴根本就不用挑选甚么好曲子”（《魔鬼夜访钱锺书先生》）；有对某种文学现象的讥刺，如“自从幽默文学提倡以来，卖笑变成了文人的职业”（《说笑》）；有对某种社会现实的讥弹，如“最巧妙的政治家知道怎样来敷衍民众，把自己的野心装点成民众的意志和福利”（《吃饭》）；等等。这些插科打诨式的嘲讽，或如《魔鬼夜访钱锺书先生》末尾这一突然的插入，“内地的电灯实在是太糟了！你房里竟黑洞洞跟敝处地狱一样！不过还比我那儿冷；我那儿一天到晚生着硫磺火，你这里当然做不到——听说炭价又涨了”，表明钱锺书并非一味高蹈，而自有其现实关怀的方式。

钱锺书以睿智为本、以渊博为用的幽默小品之审美风情或如前述，而其另外一个特点，即语言和辞章方面的特色，也颇为值得重视。

新文学自产生以来，其创作语言受北方话体系特别是北京话的影响很深，而且，口语化主张在许多阶段都受到广泛推崇并得到多方实践。这固然是因为新文学在早期要摆脱文言文学的影响而理有必至的一种“偏至”，而且也与整个现代时期国族处于危亡之中而要求文学尽量发挥启蒙、动员功能的状况不可或分，但时过境迁，应该看到这种“以笔就口，口所不出，笔亦不容”的“划地为牢”的文学语言观，实是“大大削弱了新散文的力量”[1]。即如朱自清而论，他后期的文史小品本以精简练达为要，但文中经常杂有带着北京话味道的口语语汇，就与整体文风不无龃龉而令人感到别扭。事实上，宋元以来，南方市民社会日渐成熟，各种俗文学门类

1　余光中：《论朱自清的散文》，载《余光中散文选集》第 3 辑，时代文艺出版社 1997 年版，第 153 页。

经历代文人提炼，《儒林外史》《老残游记》等古白话小说为其中的佼佼者，已经形成了一种新鲜活泼且富有表现力的语言，钱锺书、张爱玲等人都从古白话小说中吸纳养分，其中至关重要的一点，即文学语言。这是有别于以俗、白为特点的北方方言的南方民间文学语言。根据鲁迅《中国小说史略》的命名和划分，自清朝建立以来，小说事实上存在着一个包含“拟晋唐小说”“讽刺小说”“以小说见才学者”和“人情小说”“狭邪小说”“侠义小说”“公案小说”等在内的分别偏向雅与俗的创作及文学语言的两条流脉，“谴责小说”或可视作二者的合流。钱锺书对二者的喜爱不分轩轾，如杨绛《记钱锺书与〈围城〉》一文所言，“只似馋嘴佬贪吃美食：食肠很大，不择粗精，甜咸杂进”，是故形成了一种化合雅俗的语言风格。他收放自如，总是可以恰到好处，兼具“雅得这样俗”和“俗得这样雅”两种相辅相成的语言风情。

“雅得这样俗”和“俗得这样雅”，在许多时候颇难予以截然判别。钱锺书的语言总是那么的雅，又是这样的俗，多有观者自得之效。《吃饭》描写富有情调的吃喝，有云：

> ……吃饭时要有音乐，还不够，就有“佳人”、“丽人”之类来劝酒；文雅点就开什么销寒会、销夏会，在席上传观法书名画；甚至赏花游山，把自然名胜来下饭。吃的菜不用说尽量讲究。有这样优裕的物质环境，舌头像身体一般，本来是极随便的，此时也会有贞操和气节了；许多从前惯吃的东西，现在吃了仿佛玷污清白，决不肯再进口。

这一段文字中有不少典雅的词语，但整体表现为一种文人的诙谐，这是俗。《一个偏见》有一个片段如是写道：

> 寂静并非是声响全无。声响全无是死，不是静；所以但丁

> 说，在地狱里，连太阳都是静悄悄的（dove il sole tace）。寂静可以说是听觉方面的透明状态，正好像空明可以说是视觉方面的静穆。寂静能使人听见平常所听不到的声息，使道德家听见了良心的微语（still small voice），使诗人们听见了暮色移动的潜息或青草萌芽的幽响。

又是极典雅之能事了。需要说明的是，以上两例不过为了说明而强作分别，其实不足为训，钱氏文学语言，一如他的说话，乃辛笛所谓“汪洋恣肆，趣味盎然”[1]，这一点可以得到多家印证。

钱锺书是语言的行家里手，也是文字方面一等一的高手，许多习焉不察的语词及其相关现象一经他指出，人们会有恍然大悟的会心之感。《魔鬼夜访钱锺书先生》中“你老人家半夜暗临，蓬荜生黑”是对光临、蓬荜生辉这两个语词根据具体语境的改写，《论快乐》中认为“永远快乐”“不但渺茫得不能实现，并且荒谬得不能成立”，《谈教训》对“洁身自好”的解释，都是极佳的例子。这种文字功夫，当然与钱氏之聪慧淹博的才性密不可分，且也与地域和家世颇有相关。就前述亲近传统雅文学这一支脉而言，清中叶以来流行于江南地区的“博识之风”不可忽视：“雍乾以来，江南人士惕于文字之祸，因避史事不道，折而考证经子以至小学，若艺术之微，亦所不废；惟语必征实，忌为空谈，博识之风，于是亦盛。”[2] 钱氏家族乃江南书香世家，钱锺书在此一流风余脉之中，受这一风气影响自是情理中事，而其渊博或有掉书袋的炫技之嫌，但正如鲁迅论《镜花缘》所言，“惟经作者匠心，剪裁运用，故亦颇有虽为古典所拘，而尚能绰约有风致者”[3]，这关乎语言，而又更上一层楼，乃一种辞章家功夫。

《记钱锺书与〈围城〉》一文提及，钱锺书十几岁时挨了一顿打之后

1　王辛笛：《〈槐聚诗存〉读后》，载罗思编《写在钱钟书边上》，文汇出版社 1996 年版，第 134 页。
2　鲁迅：《中国小说史略》，载《鲁迅全集》第 9 卷，人民文学出版社 1981 年版，第 249 页。
3　同上。

“豁然开通”而“从此用功读书，作文大有进步”，而且悟性很高，居然“有时不按父亲教导的方法作古文，嵌些骈俪，倒也受到父亲赞许”，遂至为父代笔，为钱穆的一本书写过序言，而八行书信就更不在话下了。当然，旧文章的辞章术未必值得多加肯定，所以这里也不展开，但这种文章历练无疑造就了钱锺书长于糅合义理、考据及辞章三方而成新词新句的能力，所以产生了许多格言式的警句，如“自传就是别传”（《魔鬼夜访钱锺书先生》）、“矛盾是智慧的代价。这是人生对于人生观开的玩笑”（《论快乐》）、“提倡幽默作一个口号，一种标准，正是缺乏幽默的举动”（《说笑》）、“纯正的目的不妨有复杂的动机”（《谈教训》）、“道德教训的产生也许正是文学创作的死亡”（《谈教训》），这种格言式的警句简直数不胜数。

一般而言，钱锺书的辞章家功夫最为明显的表现领域在修辞，而在修辞之中，最常见也最为人所瞩目的手段是比喻。其实，比喻最基础的前提是比较，而打通不同事物之间的界限或融合一种事物的不同方面，正是鲁迅所谓“博学之风”的一种表现。《窗》云“窗可以算房屋的眼睛”，还是刘熙《释名》和凯罗（Gottfried Keller）等人所谓“眼睛是灵魂的窗户”的一种移用；《说笑》嘲讽提倡幽默的行为与“国货提倡”不过“增添了冒牌”异曲同工，似乎也只是一种类比；《论快乐》认为“一切快乐的享受都属于精神的”，然后以洗澡、赏花、吃饭为例加以说明，作者就末者发挥道：

> 要是你精神不痛快，像将离别时的筵席，随它怎样烹调得好，吃来只是土气息、泥滋味。那时刻的灵魂，仿佛害病的眼怕见阳光，撕去皮的伤口怕接触空气，虽然空气和阳光都是好东西。

这里似乎可以听得见作者对“土气息、泥滋味”的讪笑，但顶吸引人的，还是其中的两个比喻。移用、类比、比喻，就广义来说，都是在不相关的两种事物之间寻找关联点。《写在人生边上》中的比喻大都是暗喻，由于本体和喻体的关系建立在一种内在体验的相通性之上，所以二者之间距离显得较远，而两者看起来相似性愈少，则比喻愈新奇。

比喻的作用，在于化抽象为具体。钱锺书讽刺人到中年变得道学起来，说“譬如中年女人，姿色减退，化装不好，自然减少交际，甘心做正经家庭妇女，并且觉得少年女子的打扮妖形怪状，看不上眼”（《谈教训》）；嘲讽假正经，说那像“造屋只有客厅，没有卧室，又好比在浴室里照镜子还得做出摄影机头前的姿态”（《一个偏见》）；形容“在非文学书中找到有文章意味的妙句”，说“正像整理旧衣服，忽然在夹袋里发现了用剩的钞票和角子；虽然是分内的东西，确有一种意外的喜悦”（《释文盲》）。这些比喻（包括通感）将某种感受、情绪、道理、哲理纤毫毕现地呈现出来，当然就强化了幽默的效果。

综而言之，钱锺书以睿智对人性人情的洞幽烛微兼以渊博在表现形式上的纵横恣肆，造就了现代文人小品的一种新面相。如果说周作人的“读书记”是名士清谈，以驳杂从容为特点，是一种横向的拓展，即对人生展开宽度的描绘，那么钱锺书则是另外一种与之颇有差别的风情。不过，虽然他的小品也因为高屋建瓴而深刻，但钱氏又非周作人《地方与文艺》一文所提及的与“飘逸”相对应的另外一极“深刻”[1]，因为“飘逸”也好，“深刻”也罢，都是站在人生之内纵横测量人生，钱锺书的特别，是站在人生边上乃至隔岸观火，故与实际人生拉开了距离，他的幽默也就与本土的游戏文章或者滑稽文学从此分道扬镳，而成为一种沟通中西、连接古今的现代文章。

1　周作人:《地方与文艺》，载《谈龙集》，止庵校订，河北教育出版社 2002 年版，第 11 页。

第十四

梁实秋的文人雅谑

钱锺书《谈艺录》云："唐诗多以风情神韵擅长，宋诗多以筋骨思理见胜。"钱锺书与梁实秋当然都以绵密的清谈见长，但细究起来，庶几亦有此分野：钱锺书敏于察觉人性和人生的诸多悖谬，故善谈妙理而骨骼清奇，风格近宋诗；梁实秋烟火气重，颇多旁逸斜出的生活谐趣，文章丰润，风格近唐诗。钱、梁二人的小品文格调之不同如是，若论渊源，大约出自禀赋、性情、家世和语境等方面的差异，不过，虽然二人同受西方文学的深刻影响，西洋风情也历历可数，但在散文风情方面却都具有浓郁的文人气质，表现出向传统小品文回归的态势，而梁实秋独以散文小品而成现代文学大家的事实表明，本土文学审美同样具有顽强的生命力。

一个众所周知的事实是，西方文学的强势乃至支配性影响既是现代文学发展的外因，也是其内因，而中国本土文学理念、精神则位置比较尴尬。虽然20世纪30年代初中期小品文风气的盛行算是一个回潮，但就其实际情形看，其与本土文学传统之间的距离其实非常之大。例如较早的梁遇春的散文，据废名所说，是既有"外来的影响"，也可以见出"中国固有的文化"[1]，但据当下学界的一般意见，梁遇春小品通常被认为充满了西洋风味，这是因为，梁遇春从立意到落笔为文，都是英国文学所谓随笔的路子，表现为一种"外国绅士风"[2]。本土和西洋，虽说在现代中国在多数情况下都是处于分离状态，但亦有少数几位散文作家能够将之予以化合，从而熔铸为独特的个人笔调。在这些作家之中，能够吸纳西洋绅士的

1　废名：《悼秋心（梁遇春君）》，载王风编《废名集》第3卷，北京大学出版社2009年版，第1988页。

2　朱自清：《背影·序》，载《朱自清全集》第1卷，江苏教育出版社1988年版，第33页。

幽默风情，而亦不乏儒士的雍容气度，且又独具现代文人潇洒风采的小品作者，在现代时期首推梁实秋。

梁实秋（1903—1987，浙江杭县人），生于北京，原名治华，字实秋，有秋郎等笔名，著名散文家、批评家、翻译家、学者。1915年考入清华学校，组织成立“小说研究社”，后与闻一多等人将之扩充为“清华文学社”。1923年赴美留学，先入科罗拉多学院英文系，次年进入哈佛大学研究院攻读硕士学位，深受白璧德人文主义思想影响。1926年回国，任南京东南大学教授，次年到上海，参与新月社、新月书店和《新月》月刊的活动，期间与左翼文学阵营发生争论。1930年赴青岛，任山东大学外文系主任兼图书馆馆长。1934年任北京大学英文系教授，后兼系主任。1935年参与创立《自由评论》，先后主编过几个报纸的文学副刊。1938年任国民参政会参政员，同时主持重庆编译馆翻译委员会，担任教科书委员会常务委员。抗战胜利后在北平、广州等地任教，1949年到台湾。他去台湾之前的创作，主要有杂文集《骂人的艺术》和散文集《雅舍小品》。

《骂人的艺术》虽然一般认为是杂文集，如作者所说，“里面有的，只是‘闲话’、‘絮语’、‘怨怒’、‘讥讽’、‘丑陋’和各式各样的‘笑声’”，但作者另外也提到，“一个夙性严重的人忽然发疯一般作了三个月不严重的文字”[1]，其实已经是暗示题材的非宏大叙事性，所以很多篇目饶富小品趣味，其实亦是不俗的小品集。且看用作书名的《骂人的艺术》一篇。该文上来就是一句断语，“古今中外没有一个不骂人的人”，接下去的一句话是，“骂人就是有道德观念的意思”，这后面其实可以作成皇皇大论，一如鲁迅《论“他妈的!”》一文，但作者避重就轻，表示“想骂人的时候而不骂，时常在身体上弄出毛病，所以想骂人时，骂骂何妨”，将之归结为日常生活小节，遂消解了严肃性，而成为一篇触及人情深处曲折的嘲讽

1 梁实秋：《自序》，载《骂人的艺术》，新月书店1927年版，第1页。

小品。

由于作者悟性极高，所以该集题材虽是日常，但往往涉及幽微的人性和细腻的人情，职是之故，该集的第一个特色正是洞悉人性人情所产生的练达文章，这往往体现为对某种语境中人的具体心态的准确把握和细腻摹画。《花钱与受气》回忆小时候买东西的情形颇为传神：

> 后来脸皮居然练厚了一点，到大商店里去我居然还能站得稳，虽然心里面有时还不能不跳。但是叫我向柜台里的先生张口买东西，仍然诚惶诚恐。第一，我总觉得我要买的东西太少，恐怕不足以上渎清听，本想买二两瓜子，时常就临机应变，看看柜台里先生的脸色不对，马上就改作半斤，紧张的局势赖此可以稍微缓和一点。东西的好坏，是否合意，我从来不挑剔，因为我是来求人赏点东西，怎敢挑三换四的招人讨嫌！

店员之爱理不理的神情固是生动，但对儿童购物心理的揣摩更是呼之欲出。其余如《戒烟》对戒烟过程的描绘、《让座》对让座者心理的分析、《阴历》对房东房客各自倾向阴历阳历之私下算计的披露以及《应酬话》所勾勒的青年人会见陌生人一句话也说不出的窘况之类，都可以见出作者阅人阅世的通透。

值得玩味的是，作者洞悉人情，却往往对世俗不发诛心之论，而持一种“看破不说破”的立场，即使有所流露，也多作委婉语，即使有所用心，亦不过期其自省而已。《半开门》将商人惯打折扣之行为迁移到对他们罢市之半开门行为的解释之中：

> 中庸之道，大概就是“打折扣”的哲学罢？半开门的罢市，也总算是圣人之教了。不知道在吃饭的时候，有没有这允执厥中的精神？

梁实秋当然对国人做事不彻底之根性了然于胸，但社会之复杂非能以某一理路穷尽，焉知由此而来的所谓透彻就不是一种“偏至”和偏执？职是之故，只以类比手法轻轻点出矛盾之处，斯足矣。

该集的第二个特色是行文的幽默。大体说来，幽默乃跳脱具体环境，以无动于衷而又一本正经的堂皇语调重述个人的荒唐遭际，经历愈是离奇而记叙口吻愈是冷静，则幽默的味道愈浓。《生病与吃药》上来就是一句“不幸生而为人”，大有将自家排除在人类范畴之外的气概，只能算是为幽默提供了前提，只有像《吃相》这种拉开距离记叙青年时代事体的篇章才是幽默的大块文章。需要注意的是，幽默通常是冷的，但并不意味着没有感情投入，更何况梁实秋许多时候并不能毫不动容，所以他的幽默颇有热度，因此也就产生了不少变化，幻化出反讽、反语、诙谐、滑稽等不同形式。

反讽的主体情感介入稍多，可以明显见出作者的讽刺，例如《招聘》所谓“若非自己的夫人没有兄弟，谁肯登报招聘经理”之类，就不无辛辣之感，而如《纪诗人西湖养病》这样的通篇反讽的文章就更算作手了。不过，梁实秋的反讽，情感流露一般很少如此强势。《雅人雅事》提及国人热衷于在山清水秀处所的白墙上题诗，强调“这一件雅事只能在我们雅人最多的中华民国举行”，《小声些！》说“我们中国人的喉咙之大，在全世界，可称首屈一指”，《时间观念》描述国人不守时，反说“凡是大国的国民，做起事来，总要带些雍容闲适的态度”，《麻雀》所谓“我们的一副麻雀牌，自从曾祖高祖的时候打起，到现在那般曾孙玄孙就许还没有打完”，这些皮里阳秋的话，一集之中可谓遍地皆是。

梁实秋从日常生活中的具体事件出发，观察到国民性之种种表现，常是情难自禁，所以不免见其真情流露的一面，不过，他的情感一般比较隐晦，也因此，反语实较反讽为多。《蚊子与苍蝇》以反语述受苍蝇骚扰，居然成了苦中带乐的名士场景：

苍蝇的合群心恐怕要在我们中国人以上。记得小时候唱过一个《苍蝇歌》，内中的警句是："一个苍蝇嘤嘤嘤，两个苍蝇嗡嗡嗡，一群苍蝇轰轰轰！"苍蝇的音乐，的确是由清悠以渐至于雄壮。当其嘤嘤的时候，我便从梦中醒来，侧耳而听，等到嗡嗡的时候，我便翻过身去，想在较远的地方去听，到了轰轰的时候，我便兴奋得由床上跳起来了。音乐感人之深，不亦伟哉！

这种无可奈何，大概也只宜采取反语自譬自解了。

另外还有诙谐和滑稽。《好容易过了端午节》自叙端午节一天大概流了一加仑的汗，之所以如是，乃因当天在家就先有两场虚惊，一是朋友差人送枇杷，一是邮差，胆战心惊之余，索性与妻外出避债，"走到一个顶远的地方，走出了许多的时候"，以至于柴米店的伙计守候一天饥饿难忍而自行离开。作者颇为自得，"我就这样的战胜了端午节"。这种诙谐的自嘲笔调，颇有滑稽的味道。滑稽重在场面描摹，笔触愈是端庄凝重而结果愈是令人哑然，则其效果愈为强烈。《打架》所描摹的国人打架情形正是其中一景：

打架就要有打架的方式，两方先怒目相视，然后口出秽言，双方由妹妹骂起，骂到外祖母为止，声音越来越高，小脸越来越红，最后，双方同时卷袖口，同时摘眼镜，同时向后退，距离愈来愈远。这时节，和解的人应运而生。劝架的人越热心，打架的人越凶猛，结果是双方距离太远，无结果而散。

林语堂曾引康德所谓"笑是紧张的预期忽化归乌有时之情感"之语加以引申，指出"笑之发源，是看见生活上之某种失态而于己身无损，神经上得一种快感"。[1] 梁实秋之种种幽默，大概如此。

1　林语堂：《论幽默》，载《我的话·行素集》，上海时代书局 1948 年版，第 12—13 页。

该集的第三个特色是语言的畅达自如，其中颇为值得瞩目的地方是修辞技巧的出众。

梁实秋的语言一贯明白晓畅，不仅论文如此，散文更是这样，而且前后期并没有多大差别，都是一样的自然，且能够根据题材、主题之变化而变化，表现出多种面目而并不零散混乱，最终同归于主体而形成其个人笔调。这里仅举两例，略发其委婉细腻与酣畅淋漓相得益彰之效。其一，委婉细腻。《生病与吃药》讽刺中医曰：

> 我们中医大概都秉性忠厚一些，绝不肯打下一针去就让你死去活来，他会今天给你两钱甘草，明天开上三分麦冬，如若你要受罪，他能让你慢慢的受，给你留出从容预备后事的工夫，这便是中医的慈善处。中医之所以历数千年而弗替者，其在是乎?

其二，酣畅淋漓。《骂人的艺术》之第五部分“态度镇静”一条云：

> 骂人最忌浮躁。一语不合，面红筋跳，暴躁如雷，此灌夫骂座，泼妇骂街之术，不足以言骂人。善骂者必须态度镇静，行若无事。普通一般骂人，谁的声音高便算谁占理，谁的来势猛便算谁骂赢，惟真善骂人者，乃能避其锋而击其懈。你等他骂得疲倦的时候，你只消轻轻的回敬他一句，让他再狂吼一阵。在他暴躁不堪的时候，你不妨对他冷笑几声，包管你不费力气，把他气得死去活来，骂得他针针见血。

梁实秋的散文语言往往具有平中见奇的特色。《蚊子与苍蝇》起首如是写来：“我家里人口众多。除了我和我的太太，还有一个娘姨以外，有几千百头的苍蝇，有几千百头的蚊子。”第一句总起，引起猜测，但接下来两句很平常，任何人都可以预料得到，而下面却以最平实的一句加以转折，为使转折平顺，紧跟的一句采取类似重复的句式，恰好稳稳托住。在一句两句话中制造波澜，可谓笔力不凡，而有时梁实秋在某些地方刻意强调一下，如《悲观》一文之“并且——（我又要并且了）”、《信纸信封》一文之“然而（一个很使劲儿的然而）”之类，这种故意将马脚漏出来的手法，倒是出于文意，就不仅仅是语言技巧了。

众所周知，梁实秋对文学、文化均持一种古典主义的态度，所以他惯用一些常见的语言技巧和文章技法，比如修辞。修辞作为一种对待文学的古典态度和方式，之于小品之“小”极为重要，因为它可以将日常情趣表现得极其实在从容：因为实在，所以易懂；因为从容，自有风韵。梁实秋的散文所采用的修辞手段，大概就是现今经常提及的几种，比喻、借代、比拟、对比、对偶，诸如此类，但他运用起来极为娴熟，大体都是在语言的字里行间自然生长起来，不仅极为准确妥帖，而且极有表现力。《小报》一文谈上海的小报，将之比喻为姨太太，且有这一番议论：

> 我们平常看大报，像是和太太谈天，她老是板着脸，不是告诉你家里钱不够用，就是告诉你家里弟兄吵架，使你听得腻而且烦。偏是翻开小报看看，她会嬉皮笑脸的逗着你玩。

《名片》讽刺一个人将所有头衔印在姓名后面，“就好像一个人的背上驮起一块大石碑”，均极富表现力。

梁实秋相信“文学并无新旧可分，只有中外可辨”[1]，而他本人几乎也就可以说是中西文学素养深厚，加之又对世俗生活抱有浓厚兴趣，所以古典今典一视同仁，典籍和现实中的引车卖浆者流的语言随手拈来，信手化用，而均有活灵活现之妙。《雅人雅事》以上海街道上“告地状”作比，将风景名胜处题诗之人称为“告墙状”，《缠足》所谓“欺脚太甚”，都属

1　梁实秋：《现代中国文学之浪漫的趋势》，载《浪漫的与古典的　文学的纪律》，人民文学出版社1988年版，第6页。

于词语的移用，而化用古典诗词名句的例子也颇多，除多篇文章当中出现的“行行重行行”之外，还有《吃相》所谓“天下事大定矣的时候”、《虎烈拉》所谓垃圾桶之“盖虽设而常开”等，都借来化入文中，不仅渲染得法，更添一重诙谐的氛围。

概而言之，在《骂人的艺术》一集中，梁实秋以幽默诙谐的笔法描绘出的人间百态，大都如《小德出入》一文所谓“随便‘出入’都还‘可也’”的“小德”，大抵是与现代文明龃龉的日常生活习惯和习俗，严肃点说，背后可以窥见国民性，不过正如其夫子自道，因为文字“不严重”，所以文风俊朗轻快，而由于作者达观态度和幽默性情的滋润，文风更显飘逸潇洒。这些优点，在他后来的小品文中得到保留，并且有所发展，并使得他成为中国现代文学史上的小品大家。

“雅舍小品”是梁实秋1940年应重庆出版的《星期评论》之邀开设的专栏，每星期一篇两千字的短文，十多篇之后《星期评论》停刊，又改在《世纪评论》上沿用这一专栏名称发表十余篇。梁实秋曾将相关文章辑录交商务印书馆，却因时局动荡难以出版，直到1949年，三十四篇文字才由台湾正中书局冠以此名结集面世。《雅舍小品》虽产生于动荡时期，却均“与抗战无关”，梁实秋从生活琐事中取材，绘制了一幅中国人的世态百相图册，笔墨浓淡，全出自一己心胸，表现出一个带有传统士大夫情趣的现代知识分子的既宽容又旷达的生命态度。

就梁实秋个人创作历程看，《雅舍小品》和《骂人的艺术》一样，都是作者胸臆的自然舒张，所以都具有自然、率性、诙谐、幽默的品质，但前者毕竟是作者在后者约二十年之后的出产，在人生阅历不断丰富、人生经验逐渐充实和人情体验日益深入的条件下，梁实秋本就不太张扬的谑浪笑傲的一面更显收敛，温润如玉的性情得到了更多表现，从而成就其林语堂意义上的个人笔调。可以这样讲，透过《雅舍小品》，一方面可以见到其人生的充盈，而在另一方面，更可见其渐趋达观的心胸。假如“道德”不是狭义的伦理观而指的是一个人的人格修养，那么梁实秋和他的《雅舍小品》正是道德、文章二者的相得益彰。

《雅舍小品》的语言仍然纯熟、地道，主要的语言技巧也仍是那些常见的修辞，例如《雅舍》中“有窗而无玻璃，风来则洞若凉亭，有瓦而空隙不少，雨来则渗如滴漏”等处，不过骈偶文手段，而《男人》说他们“洗脸完毕，手背可以不湿”，是夸张，《孩子》所谓“没有孩子的家像是一株不结果实的树”，也是平常的比喻而已。不过，梁实秋的语言极富生活气息，也极有表现力，而且愈来愈炉火纯青。《女人》一文描述女人之善于说话，端的是一篇妙文：

> 等到长大之后，三五成群，说长道短，声音脆，嗓门高，如蝉噪，如蛙鸣，真当得好几部鼓吹！等到年事再长，万一堕入“长舌”型，则东家长，西家短，飞短流长，搬弄多少是非，惹出多少口舌；万一堕入“喷壶嘴”型，则琐碎繁杂，絮聒唠叨，一件事要说多少回，一句话要说多少遍，如喷壶下注，万流齐发，当者披靡，不可向迩！

这些都是道地的汉语，也是逼真的国人性情。梁实秋此时自然也不乏讽刺和幽默，而且更加得心应手。在《信》中，作者对那种轻易不写信的人，说是“把自己的文字润格订得极高，颇有一字千金之概”，微讽而已。其实，作者模仿奥勒留名句而交待自己接到各种信件之后可能产生的心情，更见风趣：

> 我每天早晨拆阅来信，亦先具同样心理，不但不存奢望，而且预先料到我今天将要接到几封催命符式的讨债信，生活比我优裕而反来向我告贷的信，以及看了不能令人喜欢的喜报，不能令人不喜欢的讣闻等。

“以及”一语之后提及的两种情形，乃生活中实有的情绪，不过，这样的话说出来大概只能见出自己的小气，而以这样的幽默笔法轻轻带出，则恰得其宜，反有一种自然的风趣在内。

《雅舍小品》不仅保留了梁实秋前期小品的诸种优点，更重要的是，在此基础上多有发展。

首先，描写和抒情成为与记叙、议论并驾齐驱的文章方法而造就了感性和智性的调和之美。

作者擅长记叙、议论，在《骂人的艺术》当中已有淋漓的表现，《雅舍小品》在这方面也并不弱。《女人》如是描写女人：“女人善变，多少总有些哈姆雷特式，拿不定主意；问题大者如离婚结婚，问题小者如换衣换鞋，都往往在心中经过一读二读三读，决议之后再复议，复议之后再否决，女人决定一件事之后，还能随时做一百八十度的大转弯，做出那与决定完全相反的事，使人无法追随。”记叙萦绕而思路清晰，议论斩截而富有层次，都是基础但很能见出功力的文章功夫。就此而言，梁实秋在整个现代时期的散文作者当中都是比较突出的一个。

梁实秋最好的小品文字，大概是能够融各种表达方式于一炉，合思想、情感、意识为一体的篇章。这方面的代表作，首推《雅舍》一文。不过，该文给予读者的第一印象，却在描写，甚至可以这样说，整个《雅舍小品》一集，论描写的功夫，大概无有过于《雅舍》一文关于月夜的一段：

> “雅舍”最宜月夜——地势较高，得月较先。看山头吐月，红盘乍涌，一霎间，清光四射，天空皎洁，四野无声，微闻犬吠，坐客无不悄然！舍前有两株梨树，等到月升中天，清光从树间筛洒而下，地上阴影斑斓，此时尤为幽绝。直到兴阑人散，归房就寝，月光仍然逼进窗来，助我凄凉。

《雅舍》一文从居所的建造材料、方式说起，极言其简陋，但居住有日，自然生情。不过，作者素来服膺古典人文主义者关于文学的见解，主张理性节制情感，所谓“情不在多，而在有无节制”[1]，所以他在文末有一番议论，将从字里行间渗透出来的极为有限的情感又特别冲淡了一些。

《雅舍》一文，记叙的清爽和文风的洁净、议论的明净和氛围的纯粹与描写的清淡和意趣的蕴藉、抒情的含蓄和情绪的平和，都是明显特征，这几方面融合起来，共同建构了作者温柔敦厚而不失风流蕴藉的现代文人形象。其实，不仅此篇如是，《雅舍小品》一集中的许多篇章都因作者为人、为文的这些特质而有一种中和之美。

例如《下棋》。该文名曰“下棋”，其实通篇都是作者抱着“弈虽小术，亦可以观人”的态度，通过下棋之人的不同风格来写人的性情。作者夹叙夹议，一面叙述太有涵养的人、急性子慢性子如何下棋，一面就是对这些人性格的描述，而作者的态度大概介于认真和玩笑之间，似有情若无情，尽在两可之间。作者的议论虽然极为彻底，指出下棋“合于人类好斗的本能”，但立即又以一则轶事将之推入玄远之境：

> 我有两个朋友下棋，警报作，不动声色，俄而弹落，棋子被震得在盘上跳荡，屋瓦乱飞，其中一位棋瘾较小者变色而起，被对方一把拉住！“你走！那就算是你输了。”此公深得棋中之趣。

这就是只可意会不可言传的魏晋风度了。

需要注意的是，梁实秋调动各种表达方式熔铸的情理交融的场景，大都是一种将“自然人性化（To humanize nature）”[2] 的主体心境的外显和个人意趣的表现。《客》一文描述了一幅“风雨故人来”的温馨图景：“在

1　梁实秋：《现代中国文学之浪漫的趋势》，载《浪漫的与古典的　文学的纪律》，人民文学出版社1988年版，第15页。

2　梁实秋：《“与自然同化”》，载《浪漫的与古典的　文学的纪律》，人民文学出版社1988年版，第52页。

风飒飒雨霏霏的时候，心情枯寂百无聊赖，忽然有客款扉，把握言欢，莫逆于心。”情境颇为古典，而亦由此滋生了求其友声的情愫，不过，作者接下来就开始述说他对于客人的期待乃在于“来客不必如何风雅，但至少第一不谈物价升降，第二不谈宦海浮沉，第三不劝我保险，第四不劝我信教”。作者固是一贯的雅谑，而或如上述，“所想”驱散了“所欲”，一种经过精心设计的语境置换了一个随机生成的场景，当然有伤自然，然而，细细思量，却也不无道理：在这样一个“别有幽愁暗恨生”的特别时刻，如果来访的客人特别煞风景，则将如何自处？但无论是所想还是所欲，指向的都是作者的心境，这就意味着其个人性情成为阅读、品鉴的对象。正因为这样，即使有论者指出《雅舍小品》的文体“介于纯美的艺术品与逻辑论证的论文之间”[1]，似表明其艺术性存在不足，但因为审美对象乃梁实秋这一个完整的人，故事实上这些并不影响其小品文的纯粹。

其次，梁实秋身处现代而持古典立场，亟于以理性矫正“进步的观念”影响下出现的“现代的嗜好”即浪漫化趋势[2]，二者本身就构成了一个富有张力的独特存在，而其小品文理性和情感的调和状态，或可认为这得益于作者吸纳东西方士绅文化而造就的一种自由、自如的“从心所欲不逾矩”的人生境界。这种境界，与废名所礼赞的朱熹注“思无邪”为“使人得其性情之正”的意思颇为接近[3]，故虽然在一些情况下他也会越过自划的边界而进入人性的荒莽世界，但就总体来说，在伦理上无疑是善的。

梁实秋抗战时期已届中年，人生阅历既多，加之专业修为日益高深，所以谈笑风生之中处处散发出一个现代知识分子的优雅从容。他谈中年况味，认为“中年的妙趣，在于相当的认识人生，认识自己，从而做自己所能做的事，享受自己所能享受的生活。科班的童伶宜于唱全本的大武戏，

1 高旭东：《论〈雅舍小品〉的审美风格及其在中国大陆的接受》，《江汉论坛》2005年第1期。
2 梁实秋：《现代中国文学之浪漫的趋势》，载《浪漫的与古典的 文学的纪律》，人民文学出版社1988年版，第11页。
3 废名：《响应“打开一条生路”》，载王风编《废名集》第3卷，北京大学出版社2009年版，第1425页。

中年的演员才能担得起大出的轴子戏，只因他到中年才能真懂得戏的内容”，不啻夫子自道。正所谓随心所欲不逾矩，梁实秋在调侃之中，总带有温柔敦厚的传统士大夫风范。

如果说《骂人的艺术》还是就社会生活中的偶发现象作见缝插针式的点评，那么《雅舍小品》涉及的都是生活（旅行、讲价、理发等）、艺术（音乐、画展等）、人与人性（男人、女人、孩子、中年和下棋等）、品性与人情（谦让）之类的话题，大体说来，前后期相比，可以认为是从对“世相”的观摩转到对“人情”的摹画。他的基本风格，都像《孩子》一文那样，只是摆出一种引而不发的姿态。该文描述现代人对孩子期望很高却往往落空，原因在于父母眼中的“小时聪明”，大概都是“大时未必了了”，作者有一个很有趣的类比：

> 孩子中之比较最蠢，最懒，最刁，最泼，最丑，最弱，最不讨人欢喜的，往往最得父母的钟爱。此事似颇费解，其实我们应该记得《西游记》中唐僧为什么偏偏欢喜猪八戒。

这或如前论，也是看破不说破的含蓄。不过，他对人情的表现，在含蓄的另一面，多是淋漓尽致的意到神会，而他对人性的窥探很少有诛心之论，虽然偶尔也有峥嵘，不过常常旋以幽默消解了严肃，故仍不“严重”。《谦让》一文描摹了国人宴饮之时相互让座的情形，有所经历的人必定多有会心，而作者的心得是从不谦让，因为据体验，“等风波过后，剩下的位置是我的，首座也可以，坐上去并不头晕，末座亦无妨，我也并不因此少吃一嘴”，于实际利益并无妨害。他接下去对让座之风盛行的缘由的分析就不仅是洞悉人情，也涉及人性了：

> 第一，让来让去，每人总有一个位置，所以一面谦让，一面稳有把握。假如主人宣布，位置只有十二个，客人却有十四位，

那便没有让座之事了。第二，所让者是个虚荣，本来无关宏旨，凡是半径都是一般长，所以坐在任何位置（假如是圆桌）都可以享受同样的利益。

在宴饮场合，人们讲究体面，不会原形毕露，而在牵涉实际利益的时候，人的本性方才有所暴露，所以作者“发现了一般人处世的一条道理”：

可以无须让的时候，则无妨谦让一番，于人无利，于己无损；在该让的时候，则不谦让，以免损己；在应该不让的时候，则必定谦让，于己有利，于人无损。

作者拿孔融让梨的故事作比：“孔融那几天也许肚皮不好，怕吃生冷，乐得谦让一番。”这一插科打诨式的补叙，无疑削弱了前面有关人的本性的略显尖锐的意见。

梁实秋毕竟是信奉古典主义的一个现代人，故虽指出谦让这一套虚文的背后乃不加掩饰的人性，但仍然承认它“作为一种仪式，并不是坏事”。他对世俗人情的表现，往往如此，总是在触及其本质的时候往回退缩，回到一个自己觉得适当的位置。这倒不是出自一种自我保护的心理，而是一个训练有素的古典主义者对过度、泛滥、放纵等不节制倾向的一种下意识反应。就此而言，梁实秋或可被指为成见太深，而且颇有讽刺色彩的是，这又何尝不是一种不加节制呢？因此，梁实秋身上的张力不仅有其主观认定的理想与情感之间的悖反，而且也有其主观姿态与现实表现之间的分歧。这也颇值得细细品味。

再次，作为现代小品文的文体特质，智性在梁实秋小品中得到了凸显和圆满展示。不过，与钱锺书较多表现为思辨性的智性之美颇为不同，梁实秋小品文的智性之美往往与他对浸染了浓郁的世俗气息的人性人情的同情的理解相关，所以许多时候带有自由、宽容的气度。

《雅舍小品》描绘了众声喧哗的世相，反映出作者对人性人情的洞若观火。梁实秋偶有像《音乐》所谓“音乐这样东西，在所有的艺术里，是最富于侵略性的”之类的比较刚性的表述，还有些颇类似警句格言，如《女人》“越是柔韧的东西越不易摧折”，同时也不乏意气，如《病》总结出“同情要在人弱时施给”之后，也顺带说了一句：“不似鲁迅那般伟大的人，便在体力不济时和人类容易妥协。”不过，他的总体风格并不如此。比如，关于女人说谎，梁实秋看到的是“女人总欢喜拐弯抹角的，放一个小小的烟幕，无伤大雅，颇占体面”（《女人》）；论及男人的自私，甚至于“他说他爱女人，其实他不是爱，是享受女人”（《男人》）；提到乞丐的乞讨手段，“一是引人怜，一是讨人厌”（《乞丐》）。不过，作者在观摩世态人情的时候，字里行间总是流露出洞察之后的谅解，像讲价，“有些人是特别的善于讲价，他有政治家的脸皮，外交家的嘴巴，杀人的胆量，钓鱼的耐心，坚如铁石，韧似牛皮”（《讲价》）；像让座，“为明哲保身起见，在让座时我总躲得远远的。等风波过后，剩下的位置是我的，首座也可以，坐上去并不头晕，末座亦无妨，我也并不因此少吃一嘴”（《谦让》）。诸如此类，都表现出某种不无欣赏的态度，一种乐在其中的愉快。

因此，梁实秋很少锋芒毕露的讽刺（因为那需要强烈的情感介入），而至多表现为嘲讽，比如《脸谱》中为官僚谄上骄下的行径贴上“帘子脸”的标签，或如《谦让》中所“发现”的“一般人处世”的道理：“可以无须让的时候，则无妨谦让一番，于人无利，于己无损；在该让的时候，则不谦让，以免损己；在应该不让的时候，则必定谦让，于己有利，于人无损。”同时，梁实秋可能会顺手调侃一下，比如“外国的汤盆很浅，好像都是狐狸请鹭鸶吃饭时所使用的器皿”（《吃相》）之类，但很少有深邃的幽默（因为那需要时时保持客观冷静），而更多地表现为一种含蓄的生活谐趣。比如“英文俚语，勉强拿出一块钱，叫做‘咳出一块钱’，大概也是表示钱是深藏于肺腑，需要用力咳才能跳出来”（《代沟》）；再如人到中年，“讣闻不断的来，有些性急的朋友已经先走一步”，发现白发，

“平夙一毛不拔的人到这时候也不免要狠心的把它拔去”（《中年》）；又比如渐入老年，则“脸上的肉七棱八瓣，而且还平添无数雀斑，有时排列有序如星座，这个像大熊，那个像天蝎”（《老年》）。这一风情，如余光中所言，乃“机智闪烁，谐趣迭生，时或滑稽突梯，却能适可而止，不堕俗趣。他的笔锋有如猫爪戏人而不伤人，即使讥讽，针对的也是众生的共相，而非私人，所以自有一种温柔的美感距离”。[1] 梁实秋与世俗之间始终保持着若即若离的关系，在而不在，因此文风不温不火，一如其文学主张，一如其人格修养。

总体而论，梁实秋心智健全，所以生命力充沛，又因为深得生活之趣，所以始终保有一种对于生活的乐观，体现在创作当中，便是开朗的人生态度、充沛的文气和挥洒自如的文字。1949 年后，梁实秋延续了《雅舍小品》的写作风格，陆续作有多篇记人、叙事、抒情、议论的文字，大都仍以此冠名，在海内外产生了极为广泛而深远的影响。

---

1 余光中：《文章与前额共高》，载李正西、任合生编《梁实秋文坛沉浮录》，黄山书社 1992 年版，第 413—414 页。

第十五

王了一的典雅讽刺

如果说梁实秋的作品风格是俊逸潇洒，那么王了一（王力）的则是严谨细密。作为语言学家，王力对各种语言技巧烂熟于胸，所以随意敷衍皆成文章。说他严谨是从语言风格着眼，说他细密是仅就为文运思而言，至于整体的风格，是于法度之中寓万千变化，从中颇能窥见一个严肃的人文学者的人间情怀。

王了一（1900—1986，广西博白人），原名王力，字了一，语言学家、翻译家、散文家。幼年家贫，刻苦自学，曾在家乡小学任教，后由亲友资助进入上海南方大学学习，后改入上海国民大学。1926 年考入清华大学国学研究院，次年赴法留学，后获巴黎大学博士学位。1932 年回国后，先后在清华大学、燕京大学等校任教。全面抗战期间，在西南联大任教，为补贴生活而介入创作，陆续作有多篇小品文，包括《星期评论》及《中央周刊》时期的“瓮牖剩墨”、《生活导报》时期的“龙虫并雕斋琐语”、昆明《中央日报》时期的“棕榈轩詹言”、《自由论坛》时期的“龙虫并雕斋琐话”等几个系列（介于“詹言”和“琐话”之间的《独立周报》时期的“清呓集”仅四篇，风格也较为接近杂文，与其他系列的小品风情颇有差别），1949 年由上海观察社结集为《龙虫并雕斋琐语》出版。

王了一对他之进入文学界及当时的创作情形和文风，在《〈生活导报〉与我》（即《龙虫并雕斋琐语》初版的“代序”）一文中有过较为详细的交待和描述：

我开始写小品的时候，完全是为了几文稿费。在这文章不值钱的时代（依物价三百倍计算，我们的稿费应该是每千字一千五

> 百元），只有多产才不吃亏。正经的文章不能多产，要多产就只好胡说。同是我这一个人，要我写正经的文章就为了推敲一字呕出心肝，若写那些所谓小品，我却是日试万言，倚马可待。想到就写，写了就算了，等到了印出来之后，自己看看，竟又不知所云！有时候，好像是洋装书给我一点儿烟士披里纯，我也就欧化几句；有时候，又好像是线装书唤起我少年时代的《幼学琼林》和《龙文鞭影》的回忆，我也就来几句四六，掉一掉书袋。结果不尴不尬，连我自己也不知道是什么文体。[1]

因为要挣稿费补贴生活而介入写作，自然追求多多益善，不遑推敲，不过，作为一个训练有素的语言学家，这些作品倒并不似作者所言之“不尴不尬”，而是在严谨细密的文风中潜伏着变化多端的思绪，在千姿百态的世相之后窥得见作者乐天知人的达观情怀。

整体而言，此前学界论及王了一小品的特色，一般以知识性、趣味性加以概括。这当然没有问题，不过要稍作修订：知识性并不能算是文学的内在追求，而趣味性则无疑是文学的核心要素之一。因此，这里从题材之“杂”、语言之“雅”、趣味之“谑”和风格之“讽”这四方面展开对《龙虫并雕斋琐语》的分析。

先看题材之杂。

王了一小品文的写作题材有一个明显的发展变化的过程。如果将集中的四个系列分作四个时期，可以看到他在“瓮牖剩墨”时期（即开始写作的时候），写的都是“姓名”“书呆子”“西洋人的中国故事”“战时的书”等明显出自个人职业和专业的题目，然后才延及战时生活，写起了乡居期间的所见所闻，如《乡下人》《辣椒》之类，而且还在观摩日常生活的基础上有所延展，涉及“迷信”“诅咒”等文化话题；到“龙虫并雕斋琐语”

1 王力：《自序》，载《龙虫并雕斋琐语》，商务印书馆 2002 年版，第 2 页。

时期，大抵是所见、所思和所读的结合，既有对身边现象的观察，是之谓“景”，又有对同类现象的一贯性思考，是之谓“理”，还有旁征博引的古今中外之事以为补充，是之谓“论”，而穿插在三者之间的是作者皮里阳秋的态度，是之谓“情”，情、景、理、论几者无间融合成为一个整体，成为绝妙小品；在“瞻言”时期，许多题目看似从容萧散，如衣食住行之类，但都与战时现实生活息息相关，不过写法与第一个时期的以叙带论不同，此时更多采取夹叙夹议的表达方法；而“琐话”则重又回到现实题材，“公共汽车”“标语”“开会”等现实事务成为关注重点，似乎主观情绪的投射较多，故讽刺的味道也稍浓。《龙虫并雕斋琐语》写作题材的变迁有迹可循，从写作心理角度看，其实也颇容易理解。作者初涉写作，理有必至地从最熟悉的对象入手，待到渐入佳境，视野开始扩大，延及稍稍抽象一点但颇有心得的题目；风格基本形成之后，则无妨上天入地，古今中外地自由挥洒，所以凡有所出，皆成文章，皆见性情；不过，当素来积累的知识消耗殆尽，一个自然的办法则是重新回到起点——当然，这是写作技巧和境界均得到提升之后的折返。

《龙虫并雕斋琐语》的题材，包括现实、文化、语言、礼俗、饮食、物品等诸多方面，很多并不是纯粹的知识，而涉及作者的主观态度。关于战时日常生活，作者写道，“其实政府何尝不加薪？只是公务员的加薪和物价的飞涨好比龟兔竞走，这龟乃是从容不迫的龟，那兔却是不肯睡觉的兔”，极言战时物价飞涨之巨（《战时的物价》）；关于中西文化差异，作者指出姓名方面的一个重要区别，即“西洋人同名的多，同姓的少；中国人却是同姓的多，同名的少”（《姓名》）；关于语言，作者接连举出打岔、兜圈子和捉把柄之类的例子，却说“相骂的时候都用得着”（《说话》）；关于礼俗，作者在衣食住行之外，更涉及劝菜、请客、结婚等多种；至于饮食和物品，更是所在多多。

因此有必要强调，作者由现实而历史，从西洋到东洋，不管题材如何变换，在如此庞杂的对象背后，始终居于核心地位的，是作者对人情的浓厚兴趣。如《洪乔主义》一文，先借晋代殷洪乔的故事引入托人捎带信件及其他物品的话题，然后辨析古今差异，认为在现代托人带物要么是因为吝啬，要节省一点邮资，要么是喜欢占小便宜，“只要自己得到好处，就顾不得别人辛苦”，所以作者故作严肃地在文末宣言：“悭吝的人我们该使他破财，喜欢占小便宜的人我们该使他吃大亏，这就是我们的‘洪乔主义’。”再如《看报》，作者并不研究报纸内容如何，而是描绘看报之人，所谓“专看标题的”“专看广告的”和“专看社会新闻的”三类人，所读之内容不同，所以表现各异，而另外还有一种人，那就是“全份报纸一字不漏，看个‘够本’的第四种人”，且自嘲曰：“我就是其中的一个。”

作者很少单独议论人性，有时触及人心的隐微之处，也大都与人情结合起来表述，而作为人性的某种方式的自然流露及其礼俗化的体现，人情背后也的确可以见出本性。《夫妇之间》如是描摹婚后夫妻之间的相处情形：

> 成了家，妻子便把丈夫当做马牛：磨房主人对于他的马，农夫对于他的牛，未尝不知道爱护，然而这种爱护比之热恋的时候却是另一种心情！成了家，丈夫便把妻子当做狗，既要她看家，又要她摇尾献媚！

作者不说人性热衷新鲜的事物，而反过来描绘两个人从陌生转为熟悉的情形，其实不无暗示的立意在内。这种“看破不说破”的温柔敦厚风格，无疑体现了作者的修养和学养。就学养而言，作者语言学的专业背景极为重要，使得他的写作在语言方面与主流的新文学作者大异其趣。

再看王了一小品文的语言之雅。

新文学语言的师法对象，在初期主要是古白话小说（含历史形态的民间文学）和翻译文学两种，大体可以认为分别代表白话和欧化两种路径，到后来出现了一个变化，即大众化运动使得口语较之五四时代得到更多的重视，算是增添了一种文学语言策略，但不管这三种路径在创作上有何具体表现或者说存在多少缺憾，它们都是新文学写作语言的正统殆无疑义。在这种文学的政治正确条件下，虽然以鸳鸯蝴蝶派为代表的通俗作家群较为亲近文言文学传统，但因其趣味也的确限于市民社会谐趣而难以取得新式知识分子群落的认同，故文言及其所代表的本土雅文学传统就处于压抑和持续性衰落的状态。在王了一之前，当然也不乏较多采用文言语汇的作家，如冰心、废名等，但他们似乎限于制造一种疏离的语言效应，而没有表现出吸纳文言及其相应的表达方式之后所应有的表现力。王了一的作品几乎可以认为是天时、地利、人和三者交相作用下的自然产出：天时，指的是去五四时代敌视文言的态度已远；地利，指的是作者语言学专业素养；人和，指的是文艺界在抗战时期讲求统一战线，并不排斥文学。有此三者，则王了一的出现实属必然。

《龙虫并雕斋琐语》的语言是纯正、典雅的现代汉语。一集之中，王了一极少使用长句，更别说那种佶屈聱牙的欧化表达了，他的语言几乎都是建立在鲜活生动的口语基础之上的纯熟白话，极为通达畅快，写到痛快的地方，却又不像废名那般用“文生情”的笔法任意延伸下去，而总能收得住。这种放得开且收得住的文字功夫，在王了一的几乎每一篇小品之中都有淋漓的表现。

王了一的语言表现力极强，可谓绘声绘色，栩栩如生。且看《回避和兜圈子》一文：

> 然而在这年头儿，我们写文章的人，真是“两姑之间难为妇”。一位婆婆自然是“仙色”，另一位婆婆却是“丽德”，这两位婆婆都是不好服侍的。好容易得到“仙色”婆婆点了头，“丽德”婆婆却在生气甚至于责骂了。反过来说：“丽德”婆婆最喜欢的作品，“仙色”婆婆偏不让你拿出来。

“仙色”者，新闻检查员（censor）之谓；“丽德”者，读者（reader）也。作者以“仙色”“丽德”指称政治和社会对于文学的不同要求，已经因为反讽而引人遐思了，又勾勒出作家居于两间的为难情形，更令人忍俊不禁。不过，作者的诙谐并未向狂欢化方向发展，而几乎都有控制，所以往往有一重庄重的神情在内。《诅咒》一文如是谈论“诅咒”的历史和心理：

> 《左传》里说：“郑伯使卒出豭，行出犬鸡，以诅射颍考叔者。”可见诅咒在当时是一种颇隆重的大典。《旧约》圣经里也不少关于诅咒的记载，可见古今中外都相信这一套法宝。咱们也不能说这种事完全是一种弱者的行为：在当时，大家的确相信这是一套有效的法宝，这是无形的刀剑，和有形的刀剑同功。以诅咒杀人，和《封神榜》里所说的哼哈二将用口鼻嘘气杀人，并没有强弱勇怯的分别。到了现代更不同了，诅咒的人故意要让被诅咒的人听见，这样，一则显得诅咒的人自己并不相信这是一种有效的法宝，二则显得诅咒的人实在是个弱者，没有法子宣泄他的怨恨，只能利用那于人无损的诅咒，试看现代喜欢诅咒的人多数是女人，而且往往不敢指名诅咒，就可明白这个道理。

作者从引经据典迅速滑向市井谐趣，看似由庄趋谐，其实颇有讲究：其一，为照顾普通报章读者，故不宜过于严肃；其二，经典打头，无论后面如何变幻，盖均不出此范围也。

王了一小品文语言的典雅，与其较多化用传统书面语技巧密切相关。作为一个熟谙各种语言技巧的学者，作者难免因技痒而在自己的写作中对语言技巧加以运用发挥，于是就可以看到各种源自古汉语的表达方式。修辞之中，作者惯用的是对偶和借代。兹举两例。《看戏》当中的“怪声叫好，吹口哨，令你想到这是赤县的声音；不脱帽子，嗑瓜子，扔果皮，令你不忘这是神州的秩序”之类的对偶，所在皆是。细细品味可以发现，用白话写对偶句，其实就制造出了一种张力，即语言的松散和句式的整饬之间的对立，这其实也是情绪的松弛和紧张之间的游移交换。《公共汽车》叙述战时抢票的艰难情形，有“在三十六位抢票天罡当中，他做不到第一名及时雨宋公明，也做不到第二名玉麒麟卢俊义，倒也罢了，偏要退到第三十六位，做了一个浪子燕青”之句，用大众熟悉的水浒人物指代现实之人，一是增添可读性，二是拉开了读者与现实的距离，使之获得阅读所需的余裕，如此方有审美也。

作者以专业背景介入小品文写作也偶有可见，《简称》对“截取式”和“紧缩式”两种当时流行的简称方法的概括就是明显的例子，不过需要强调的是，这些技巧不过雕虫小技，《龙虫并雕斋琐语》语言之雅，大抵出于作者性情之正。不过，作者并非道学家，作为一位现代知识分子，他专业素养高而兼具现代眼光，因为前者而“通”，因为后者而“透”，所以在表现古往今来的物理人情时，自然通透敞亮。王了一短暂地从研究工作中抽身而出，身心舒展，愉悦无比，所以在通透的基础上多有发展，能够任意发挥而不失宏正，议论谨严而能够妙趣横生，颇见现代文人心性。

接下来转入对王了一小品文趣味之谑的讨论。

有必要说明的是，性情须正或曰立身有所本而在文章之中放浪形骸，即梁简文帝萧纲所谓“立身之道与文章异，立身先须谨慎，文章且须放荡”，奇正相生，差堪视作中国文人的一个传统。不过，这大抵是名士做派，普通文人走得没有那么远，所以一般表现为雅谑。有意味的是，雅谑本身就是一个富有张力的概念，其外在有玩笑、嘲弄、反语、讥讽等多种形式，而究其实际，作者（或叙述人）则多与对象之间保持若即若离的距离，远一点就与幽默比较相似，近一点则与讽刺较为接近，所以主体的情绪也就介乎冷热之间，在毫厘之间徘徊。

且看《开会》一文对会议期间“争主席”之风的描述：

他可以把握空气，操纵空气，甚至于改变空气，制造空气。

当他看见会场的空气不佳的时候，他可以掉三寸不烂之舌，收移天换日之功。一个说话不会掉枪花的人，可以说是不配当主席。他如果要左袒盗跖，右袒孔丘，他只消在复述盗跖的提案的时候隐隐地加上了动人的色彩，又在复述孔丘的提案的时候暗示着一些可憎的颜色，或有气无力轻描淡写，使它黯然无光。这样，不待表决，盗跖的提案已经有了“九分光”了。

作者采取淡然的口吻叙述会议主席之“掉枪花”，虽则倾向性明显，即讥弹其暗中袒护，但行文之间也若有赞叹之情，即感喟一个按规则进行的现代议事程序居然可以如此操纵，讥弹与感叹的两种情绪对立共生、和谐相处，主体的态度也就颇为玄妙了。

王力属文，总是先下定义，如“书呆子”“老妈子”之类，这些当然不是学术意义上的界定，而是吸纳人情世故的大致描述，亦庄亦谐，然后一路敷衍下来，随意点染，处处可见风趣，而又万变不离其宗，最后总能导向一种切要的人生命题或道理。这种摇曳生姿的文风，读来多有谐趣。《标语》一文起首一句“标语也是外国的玩意儿，据说有宣传的妙用”，算是界定了标语的功能，但加一“据说”，则怀疑的态度、轻蔑的神情尽显无遗。接下去，作者描绘社会中人对于标语的观感，“老百姓是不大理会标语的，因为他们大多数不认识字。知识分子也是不大理会标语的，因为大多数的标语都反正不过是那两句话，大家在未看以前都有‘知道了’的感想”，正因为这样，标语也就成了“姜太公在此”和“泰山石敢当”了。意欲宣传而最终被人视为无物，这是制作标语的人的悲哀，而徒然浪费大家的精神，则更是罪过了。

《龙虫并雕斋琐语》之谑，大都表现为作者在对人性人情作出精细分析基础上的发挥或引导。比如跳舞，“二十年前，上海某大学开一个游艺会”而表演交际舞，“其中一双是并未拥抱，两个身体中间几乎可以容纳第三个人，葳葳蕤蕤地，敷衍了事。另一双却是拥抱得特别紧，两个身体中间跳不进一只小跳蚤，热热烈烈地，认真表演”，结果是“观众对于前者自然毫无印象；对于后者却是印象很深”，令人叫绝的是：“大多数的观众都喟然叹曰：‘恶形得来！’”作者分析道：

> 这一段故事有三点值得注意：第一，交际舞在中国是奇事一桩，比无毛的鸡和生角的马更能令人惊愕，所以游艺会的主持人把它作为最精彩的 Bouquet；第二，交际舞是外国的东西，一时不容易全盘西化，所以某一双舞伴仍保持着相当的距离，这就象征着中西文化的冲突；第三，中国人对于两性间的道德观念并没有彻底改变，以致少见多怪，认交际舞为“恶形”。

从人性到人情，无缝对接。例如人情，作者谈国人的热衷于请客吃饭，认为“中国人这种应酬是利用人们喜欢占便宜的心理”，那就是“如果被请的人比我的地位高，他可以‘有求必应’，助我升官发财；如果被请的人比我的地位低，他也可以到处吹嘘，逢人说项，增加我的声誉，间接地于我有益”（《请客》），简直是淋漓尽致地和盘托出了国人的算计心理。而对于人情变化，他也有观察，例如“笔名”，其实与古之“别号”一样的用意，“《儿女英雄传》的著者署名燕北闲人，和《阿 Q 正传》的著者署名鲁迅，只有摩登不摩登的分别而已”，只不过是时代变了，方式也跟着变而已。

从这些例子可以看到，王了一的“谑”总在一个合理的范围之内而极少趋于极端，这表明作者在洞悉人性、洞达人情之后选择了与世俗和解，不过他的特别之处，是能够运用知识而知其所以然，故而可以运用理性和智慧加以客观对待，并显得极为平和。职是之故，雅谑之“雅”就不仅仅是性情之正，也与智慧、理性、知识密不可分，而性情之正往往通往庸言庸行，智慧与理性则不同，一般导向对并不圆满的世界的不满，由此难免讽刺。

最后，就谈谈王了一小品文的讽刺。

前文已论及，王了一善于体察人性人情，不过，因为自己也是其中一个具体的有着七情六欲的人，所以谑而不虐。不过，在这些日常人情之外，他见微知著，推己及人，目光所及，见到中国社会的实际情形，就将一己遭遇上升为对民族性的反思，难免有所讽刺了。比如等公车，“抢和乱是中国全社会的情形，公共汽车的卖票只是全社会的一个缩影”，“因为还有一辆容纳四万万五千万人的公共汽车比上述的情形更糟”（《公共汽车》）；比如开会，“中国人一向是‘中学为体，西学为用’，惟有对于开会这一件事却是‘西学为体，中学为用’，因为这是凭着中国人的人情世故，去学西洋人的民主形式”（《开会》）。应该承认，这些描述都是极为中肯的，而作者在临摹这些反映了民族劣根性的种种世态人情时，总免不了带上一种嘲讽的口吻，比如对国人的“‘跟着走’哲学”以及作为“也是奴”的西崽丑态（《外国人》）的批判。不过，《龙虫并雕斋琐语》较为书卷气，所以其嘲讽也往往采用最文艺的说辞委婉出之，例如“等车所需要的耐心，比‘人约黄昏’的耐心还要大”（《公共汽车》）、“交际舞是外国的东西，一时不容易全盘西化，所以某一双舞伴仍保持着相当的距离，这就象征着中西文化的冲突”（《跳舞》）之类。

若论具体手法，王了一的嘲讽通常是以具体表现抽象。所欲反思的对象（民族性）愈是抽象、描写愈是具体，则嘲讽的意味愈浓；如果作者的态度相对超然、客观，那么嘲讽就朝着幽默转化。可以看到，作者根据情况有不少变化：比如顺势的借代，有“呆之圣者”“呆之贤者”（《书呆子》）之类的“造词”；比如反话正说，像《劝菜》所谓“中国有一件事最足以表示合作精神的，就是吃饭”“中国人之所以和气一团，也许是津液交流的关系”之类的反讽；比如描绘自家境遇的那种自嘲，述及抗战时期的家庭情形是“主仆之分未移，主仆之情已改”：“因为衣食欠缺，住屋湫隘，惟恐她嫌；又因为工资低微，惟恐她走。她对我们是稍忤即嗔，恨尤甚于刺骨；我们对她是未言先笑，谄有过于胁肩。”（《老妈子》）作者愈是煞有介事，嘲讽或是幽默的味道愈足。《路有冻死骨》一文云：“用不着研究经济学，大家都能明白，朱门的酒肉越臭，路上的冻死骨越多。”如果没有第一句话，说的就是一个常识，并无特别之处，但加上了那一句，人们就仿佛看见一个学究全神贯注或是忙手忙脚地在做一件毫无意义的事，因之就幽默了。

应该看到，王了一虽然虚晃一枪，说自己的写作是“瞎胡调”，但也强调“隐讽比直言更有效力”，而隐讽“其妙在隐，要使你不知道这是讽，才可以收潜移默化之功”[1]，所以他的讽刺都是比较温和的，故“刺”不多，多的是婉而多讽的“讽”。他的《题壁》一文也是国民性批判很强，其中涉及国人的一种颇为“风雅”的陋习：

题壁不知始于何时。相传司马相如过升仙桥，题柱曰“不乘高车驷马，不过此桥”，可见汉朝的人就有了弄脏公共场所的习惯。又唐朝韦肇（或云张莒）初及第，偶于慈恩寺塔题名，后进慕效之，遂成故事。这故事就是后世所谓“雁塔题名”。司马相如和韦肇有一个共同点，就是羡慕富贵：一个是未富贵而先夸口，一个是初富贵而便忘形。说得好听些，这是雅人深致；若从坏里说，这简直是无聊，令人作三日呕。

更轻一点的则是“嘲”。《手杖》嘲讽“三十杖于街的人”之姿态各异：

第一种人昂头挺胸，手杖离地三寸，如张翼德和他的丈八蛇矛；第二种人身轻如燕，手杖左右摆动，如孙悟空和他的金箍棒；第三种人壮年龙钟，手杖拄地而行，如佘太君辞朝。第一种

1　王力：《自序》，载《龙虫并雕斋琐语》，商务印书馆 2002 年版，第 5 页。

人最神气，真可使得“长坂桥边水逆流”；第二种人则未免令人有轻佻之感；至于第三种人，在只该用两只脚走路的年龄就用了第三只脚，非但毫无神气之可言，而且显得未老先衰，丑态可掬了。

“讽”与“嘲”都是情感溢于言表，王了一其实有更多感情不太外露的反语。例如《乡下人》对于长期处于贫困状态的国人的生活习惯、习俗的描绘：

西洋人往往把每年收入之半用于海滨避暑，中国人以为奇，但是，如果西洋人知道咱们中国的乡下人把每年膳食费用的一半花在端阳中秋除夕这几个佳节上头，他们又将作何感想？真的，他们平日尽可以三月不知肉味，而当他们过节的时候，四个八口之家不惜凑起钱来共宰一口肥猪。

这种困于贫穷的行为固然不宜嘲讽，但确有不合理处，大概只有反语较为适宜了。而且，作者许多时候也不乏自嘲。如《书呆子》所言：

事实上，做书呆子也是很难的。即使你甘心过那种“田园一蚊睫，书卷百年腰”的生活，你的父母、兄弟、妻子，以至表兄的连襟的干儿子，却都巴望你“朝为田舍郎，暮登天子堂”。苏秦奔走七国，凭着寸厚的脸皮去碰了许多钉子，固然因为他自己热中利禄，却也有几分是由于他有一个不下机的妻，一个不为炊的嫂，和一对不以为子的父母。

其中有不少过来人的甘苦体验在内。

总括来看，或如有论者指出的那样，王了一《龙虫并雕斋琐语》

的成功之处，在于“直面人生的内容和读者易于接受的形式之间契合点的把握”。[1] 然而，人生的内容可谓万古如斯，无非欲望在变动不居的现实之中幻化的形与相，如何将之捕捉并加以表现，才是文学的任务。王了一以伶俐俊俏的语言所呈现出来的大千世界之形，是人性人情在或特殊（战时）或一般（日常）状况下的自然情形，他既有理解和同情，也有调笑和嘲讽，反映的是一个现代文人清明的理性和豁达的人生态度。可以这样讲，王了一之清通和钱锺书之睿智、梁实秋之俊朗共同构成了现代中国文人小品的殿军，使之在一个新的高度上作结，这一结尾称得上中国文化史上一个光荣的阶段性休止符。

1　吴澄：《王了一散文论》，《上海师范大学学报》1993 年第 2 期。